本书由西北民族大学中亚与中国西北边疆研究中心

西北民族非物质文化遗产保护研究中心资助出版

ZHONGGUO WUZIBIEKESITAN
MINJIAN GUSHI XUANYI

（中文-乌兹别克文对照）

中国-乌兹别克斯坦
民间故事选译

阿达来提
（乌兹）菲茹扎·哈萨诺娃
（Xasanova Feruza Mirzabekovna）
（乌兹）贾苏尔·孜亚穆哈穆达夫
（Ziyamuhamedov Jasur Tashpulatovich）
编译

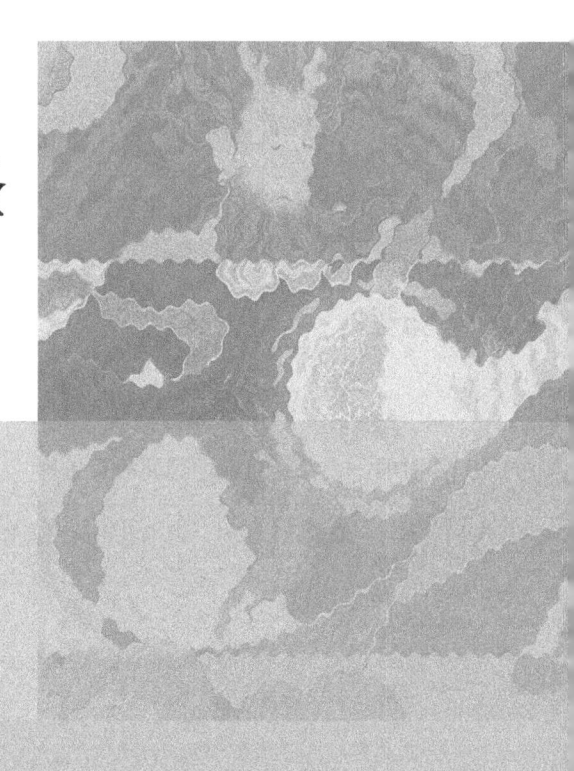

中央民族大学出版社
China Minzu University Press

图书在版编目（CIP）数据

中国-乌兹别克斯坦民间故事选译/阿达来提，（乌兹）菲茹扎·哈萨诺娃，（乌兹）贾苏尔·孜亚穆哈穆达夫编译.—北京：中央民族大学出版社，2024.10

ISBN 978-7-5660-2364-3

Ⅰ.①中… Ⅱ.①阿… ②菲… ③贾… Ⅲ.①民间故事—作品集—中国 ②民间故事—作品集—乌兹别克 Ⅳ.①I277.3 ②I362.73

中国国家版本馆CIP数据核字（2024）第100561号

中国-乌兹别克斯坦民间故事选译

编　　译	阿达来提　菲茹扎·哈萨诺娃（Xasanova Feruza Mirzabekovna）
	贾苏尔·孜亚穆哈穆达夫（Ziyamuhamedov Jasur Tashpulatovich）
责任编辑	买买提江·艾山
审　　校	吉莉（Mirzaaxmedova Dilsora）
封面设计	舒刚卫
出版发行	中央民族大学出版社
	北京市海淀区中关村南大街27号　　邮编：100081
	电话：（010）68472815（发行部）　传真：（010）68933757（发行部）
	（010）68932218（总编室）　　　　（010）68932447（办公室）
经销者	全国各地新华书店
印刷厂	北京鑫宇图源印刷科技有限公司
开　　本	787×1092　1/16　印张：18
字　　数	310千字
版　　次	2024年10月第1版　2024年10月第1次印刷
书　　号	ISBN 978-7-5660-2364-3
定　　价	80.00元

版权所有　翻印必究

22 "oktyabr" 2024 -yil   01-12-10-6320-son

"Xitoy va oʻzbek ertaklari saylanmasi tarjimasi" kitobiga taqriz

Oʻzbek va Xitoy xalqlari qadimgi "Buyuk ipak yoʻli"dagi ikki buyuk davlatdir. Bu ikki xalqning madaniyatiga xos donishmandligi, hamda asrlar davomida shakllanib kelgan maʼnaviy-axloqiy xususiyatlari mushtarak hisoblanadi.

Xitoy Xalq Respublikasining Shimoli-Gʻarbiy Minzu universiteti professori Adolat Ablajon, Toshkent davlat sharqshunoslik universiteti Xitoyshunoslik oliy maktabi boshligʻi dotsent Feruza Xasanova hamda professor Jasur Ziyamuhamedovlar tomonidan tarjima qilingan "Xitoy va oʻzbek ertaklari saylanmasi tarjimasi"da buyuk oʻzbek shoiri Abdulla Oripovning taʼbiri bilan aytganda "Sharqqa donishmandlik xos" ikki xalqning donishmandligi oʻz aksini topadi.

Xitoy va Oʻzbek xalq ertaklari, afsona va rivoyatlari har ikki xalqning boy madaniyatining bir qismi boʻlib, ularning tarixi koʻp asrlarga borib taqaladi. Mazkur boy materialni eʼtiborsiz qoldirib boʻlmaydi, chunki bu afsona, hikoya va ertaklar bugungi kungacha oʻquvchilarni oʻziga jalb qilib kelmoqda. Oʻzbek hikoya-ertaklari kabi Xitoy xalq ertaklari, afsona va rivoyatlari hikmat va muhim saboqlarga boy.

Mazkur kitobdan oʻrin olgan ertak va hikoyalar shunchaki koʻngil ochish vositasi, ermak emas, balki ajoyib suhbatdosh, bizni faqat ezgulikka undovchi, zavq-shavq bagʻishlovchi maʼrifat manbasi hamdir.

Folklorshunoslik — xalq ogʻzaki ijodi, xalq ogʻzaki ijodi asarlarini toʻplash, nashr etish va oʻrganishni oʻz ichiga olgan nomoddiy madaniy merosimizning ajralmas qismini tashkil etadi. Shunday ekan, mazkur yoʻnalishda nashr etilgan, "Xitoy va oʻzbek ertaklari saylanmasi tarjimasi" nomoddiy-madaniy merosimizni boyitishga xizmat qilishini inobatga olib, ushbu kitob mualliflariga kelgusida shu turkumdagi ishlarning koʻlamini yanada kengaytirishlarini xohlagan holda, shu yoʻnalishdagi tarjima faoliyatlariga muvaffaqiyatlar tilab qolaman.

Madaniyat vaziri   Ozodbek Nazarbekov

乌兹别克斯坦共和国文化部

2024年10月22日　　　　　　　　01-12-10-6320号

《中国－乌兹别克斯坦民间故事选译》序

中国与乌兹别克斯坦与是古代"丝绸之路"沿线的两个伟大国家。两国的人民共同拥有悠久文明的智慧以及数世纪以来所孕育的精神与道德品质。

《中国－乌兹别克斯坦民间故事选译》一书，由中华人民共和国西北民族大学的阿达来提·阿布拉江教授、塔什干国立东方大学高等汉学院的菲茹扎·哈萨诺娃副教授以及贾苏尔·孜亚穆哈穆达夫教授共同翻译完成。该书展现了两国人民的智慧，同时也印证了乌兹别克斯坦著名诗人阿卜杜拉·奥里波夫所言："智慧属于东方"。

中乌两国的民间故事与神话，作为各自文化遗产的宝贵组成部分，其历史渊源可追溯至数千百年前。这些文献的丰富性不容小觑，它们所蕴含的故事、神话及传说至今仍深深吸引着读者。中国的民间故事、神话传说与乌兹别克斯坦的民间故事同样，都蕴含着丰富的智慧与哲理。

本书所选译的民间故事，不仅能够为读者带来愉悦之感，犹如一位健谈者引导我们积极向善，更是知识启迪的源泉。

民俗学涵盖民间口头文学创作，其收集、整理、出版及研究工作构成非物质文化遗产不可或缺的组成部分。基于此等现实意义，《中国－乌兹别克斯坦民间故事选译》一书的出版，旨在丰富我们的非物质文化遗产宝库。期望本书的作者在未来的工作中，能够进一步拓展此类作品的深度与广度，并祝愿他们在该领域的翻译工作取得更加卓越的成就。

文化部部长

阿扎德别克·纳扎尔别科夫

Xitoy Xalq Respublikasining Shimoli-G'arbiy Minzu universiteti professori Adolat Ablajon, Toshkent davlat sharqshunoslik universiteti Xitoyshunoslik oliy maktabining professori Jasur Ziyamuxamedov va Xitoyshunoslik oliy maktabining dotsenti Feruza Xasanovalar tomonidan to'plangan va tarjima qilingan "Xitoy – O'zbekiston xalq ertaklarining tanlangan tarjimalari" nomli kitobiga

TAQRIZ

O'zbekiston Respublikasi va Xitoy Xalq Respublikasi o'rtasidagi turli sohalarga doir aloqalar tarixi qadim davrlarga borib taqaladi. Ayniqsa, mazkur aloqalar so'nggi yillarda jadallik bilan rivojlanib bormoqda. Davlatlarimiz rahbarlarining do'stona munosabatlari, hukumatlararo bitimlar mazkur aloqalarimizni yanada mustahkamlanib borishiga katta va ijobiy ta'sir ko'rsatmoqda. Jumladan, ta'lim va madaniyat sohasidagi o'zaro hamkorlik, ayniqsa, hozirgi davrda faollashgani juda quvonarli. Mamlakatlarimiz o'rtasidagi bundayin aloqalarning kun sayin rivojlanib borayotgani esa har ikki davlat yoshlari orasida kitobxonlikka, jumladan, badiiy adabiyotga bo'lgan muhabbatni oshirmoqda. O'zbekiston va xitoy xalqlari adabiyoti shakl va mazmunan juda boy. Xususan, ushbu xalqlarning badiiy adabiyotida janrlar xilma-xilligi, o'xshash motivlar mushtarakligi yaqqol ko'zga tashlanadi. Hozir biz o'qiyotgan mazkur kitobda xitoy va o'zbek xalqlarining o'tmishidan to hoziriga qadar sevib mutolaa qilinayotgan ertak va afsonalari hamda ularning tarjimalari o'rin bo'lgan. O'zbek xalqida ham, xitoy xalqida ham ertak va afsonalar nafaqat xalq va mamlakatning o'tmishidan hikoya qiluvchi, balki ezgulik yo'lida insonlarni yaxshilikka yetaklovchi, xalq qalbidan chuqur o'rin egallovchi ko'hna janrlardan biri hisoblanadi. Ertaklar va afsonalar xalq og'zaki badiiy ijodining eng qadimiy, ommaviy, hajman yirik, katta-yu kichiklar uchun birday sevimli bo'lgan janrlaridir. Ertaklarda, afsona va asotirlarda hamda xalq iboralarida, odatda, xalqning maishiy turmushi va oliyjanob insoniy fazilatlari haqidagi orzu-o'ylari xayoliy va hayotiy uydirmalar vositasida bayon etiladi. Shu nuqtayi nazardan ham biz tanishayotgan bu mo'jaz kitob o'zbek kitobxonlari uchun ham, xitoy kitobxonlari uchun ham barobar qiziqarli bo'lishi aniq.

Mazkur kitob uch bo'limdan iborat. Birinchi bo'limda xitoy xalqi og'zaki iboralarining kelib chiqish borasidagi hikoyalaridan o'ttiztasi xitoy tilidan o'zbek tiliga tarjima qilingan. Kitobning ikkinchi bo'limida xitoy afsona va asotirlaridan tanlab olingan o'n beshta hikoyaning tarjimasi xitoy tilidan o'zbek tiliga tarjima qilingan. Uchinchi bo'limda esa o'zbek xalq ertaklaridan o'n beshtasi o'zbek tilidan xitoy tiliga tarjima qilingan. Ushbu kitobning yana bir afzalligi shundaki, kitobda mazkur tarjimalar berilishidan avval asliyatdagi matn ham berilmoqda. Bu esa har ikki mamlakatda o'zbek va xitoy tilini o'rganishga qiziquvchilar uchun o'ziga xos o'quv qo'llanma vazifasini o'tashi ham mumkin. Shuningdek, mamlakatlarimiz o'quv dargohlarida o'qitilayotgan adabiyot darslari uchun ajoyib xrestomatiya qo'llanmasi sifatida ham amaliy ahamiyatga ega bo'ladi.

Tarjimonlar har ikki xalq sevib o'qiydigan va kundalik hayotlarida, og'zaki tilda faol qo'llaydigan iboralar haqidagi hikoyalarni tanlaganliklari ham bejiz emas. Zero, tarjimalar orqali, ularda aks etgan bir-biridan qiziqarli ertak va afsonalar orqali xitoy va o'zbek xalqi bolajonlari, yoshlari bir-birlariga yanada do'stona yaqinlashadilar. Ular o'rtasidagi do'stlik rishtalari tobora mustahkamlanadi.

Mazkur kitobning nashri kelgusida har ikki xalq tilshunosligi, adabiyotshunosligi va folklorshunosligi bo'yicha ilmiy tadqiqot ishlarini bajarish istagida bo'lgan yoshlarimiz uchun tayyor manba bo'lib xizmat qilishi aniq.

Men, avvalo, mazkur kitob tarjimasida faol qatnashgan professorlar Adolat Ablajonga, Jasur Ziyamuxamedovga va dotsent Feruza Xasanovalarga o'zim va xitoy adabiyotiga qiziquvchi keng kitobxonlar nomidan katta rahmat demoqchiman. Shu bilan birga kitobni nashrga tayyorlashda va uni nashr ettirishda jonbozlik ko'rsatgan barcha do'stlarimizga, mutaxassislarga va mas'ul shaxslarga o'zimning samimiy minnatdorchiligimni izhor qilmoqchiman. Umid qilamanki, hamkorlikdagi bunday foydali va ko'p manfaatli ishlarimiz kelajakda yanada bardavom bo'ladi.

**Toshkent davlat sharqshunoslik universiteti rektori,
professor Gulchehra Shavkatovna Rixsiyeva**

致中华人民共和国西北民族大学阿达来提·阿布拉江教授、塔什干国立东方大学高等汉学院贾苏尔·孜亚穆哈穆达夫教授、菲茹扎·哈萨诺娃副教授合作编译的《中国乌兹别克斯坦民间故事选译》一书

序二

中国和乌兹别克斯坦两国在各领域的交往源远流长。近年来，两国之间的关系发展迅速。两国领导人之间的友好交往以及政府间签署的合作协议，对加强双边关系起到了极其重要的积极作用。当前双方在教育和文化领域的合作十分活跃，令人感到振奋。此发展趋势显著提升了两国青年对阅读及文学作品的热忱。中乌两国文学都拥有丰富的形式和内容。特别值得注意的是，两国在文学体裁方面的多样性与共性已是有目共睹的。本书精选了中国与乌兹别克斯坦两国人民自古以来所喜爱的民间故事与神话传说。这些故事与神话不仅承载了两国人民的历史与文化，而且作为道德修养与向善行善的引导者，深受两国人民的爱戴，成为深入人心的传统文学形式。民间故事与神话传说作为民众口头创作的文学形式，历史悠久、受众广泛、深受各年龄层喜爱。这些故事和传说，以及谚语成语，借助想象与虚构的艺术手法，反映了人们对日常生产和生活的美好愿景以及对高尚道德品质的追求。从这一视角审视，我们当前所阅读的这部精彩作品无疑将为中国和乌兹别克斯坦的读者带来极大的阅读乐趣。

本书分为三个部分。第一部分精选了三十篇中国成语故事，并将其翻译成乌兹别克文。第二部分包含十五篇中国神话传说故事，亦翻译成乌兹

别克文。第三部分则将十五篇乌兹别克民间故事从乌兹别克文译为中文。本书之优势在于，先呈现原文，继而展示译文。此特点对于乌兹别克语与汉语的学习者而言，均能构成其独特的学习资源。此外，该书作为精选读物，对于两国的教学机构在文学课程方面亦具有实质性的价值。

译者精心挑选了两国人民广泛喜爱且频繁使用的成语故事，此举自有其深意。毕竟，通过翻译工作，借助一系列引人入胜的民间故事与神话传说，促进了中国与乌兹别克斯坦少年儿童之间的友好往来，巩固了他们之间的友谊。

相信，本书的出版将为两国从事语言学、文学、民俗学研究的年轻人提供便捷的参考资料。

我谨代表个人以及对中国文学抱有兴趣的广大读者，向积极参与本书翻译工作的阿达来提·阿布拉江教授、贾苏尔·孜亚穆哈穆达夫教授、菲茹扎·哈萨诺娃副教授致以最诚挚的谢意。同时，对于为本书出版付出不懈努力的各位朋友、专家以及相关负责人，我也表示衷心的感激之情。我期望此类富有成效、互利的合作能够持续发展。

塔什干国立东方学大学校长
古丽切赫拉·莎吾凯托夫娜·里赫希耶娃教授

序三

2021年，习近平总书记在访问乌兹别克斯坦期间发表题为《携手开展中乌关系更加美好的明天》署名文章指出："中国和乌兹别克斯坦都是文明古国，伟大的丝绸之路见证了两国人民两千多年的友好交往。中国西汉张骞、唐代玄奘、明代陈诚都到访过乌兹别克斯坦，在塔什干、撒马尔罕、纳沃伊等名城留下了来自东方的足迹。祖籍布哈拉的政治家赛典赤·赡思丁曾担任中国元代时期云南行省平章政事，出生于撒马尔罕的天文历法学家伍儒曾于14世纪中期在南京参与修建天文台。他们是中乌友好的开拓者和先行者，他们的故事至今在两国民间传颂。"近年来，中国与乌兹别克斯坦在各个领域的关系不断深化，共同谱写着友好合作的新篇章。从政治互信到经贸合作，从文化交流到人民友谊，从官方互动到民间交流，中乌两国的关系如同一条纽带，将两国人民的心紧紧相连。这种跨越千山万水的深情厚谊，不仅为两国的繁荣发展注入了强大动力，也为世界的和平与稳定贡献了积极力量。

在"一带一路"倡议的推动下，2024年1月，《中华人民共和国和乌兹别克斯坦共和国关于新时代全天候全面战略伙伴关系的联合声明》为两国关系迎来新的发展机遇。两国在经济、文化、教育、科技等领域的合作不断深化，双方的交流与互动愈发频繁。随着双边关系不断深化，人员交往不断增多，良好的语言沟通便显得尤为重要。语言不仅是沟通的工具，更是文化交流的桥梁，是促进两国人民之间彼此相互理解和加强友谊的基础。而翻译作为语言沟通最直接的渠道，在促进两国人民之间的相互了解和友好交流中发挥至关重要的作用，不仅能够帮助人们跨越语言障碍，准确传达信息，还能够深入揭示文化背景，增进双方的理解和尊重，从而在心灵深处搭建起译作与友谊的桥梁。民间故事作为集体记忆是口头文化传统最生动的体现，是人民的心声，也是民族民间文化的重要载体，反映一个民族独特的社会精神风貌，道德伦理观、价值观、人生观以及对美好生活的追求。

《中国-乌兹别克斯坦民间故事选译》正是基于这样的背景应运而生，收录了中国最具代表性的神话故事和成语故事经典和乌兹别克斯坦民间故事的经典代表作。这些故事如同一扇扇窗，让读者得以窥见中乌两国丰富多彩的民间故事，民间智慧及其独特文化特点。在悠久的历史长河中，无论是中国的神话故事和成语故事还是乌兹别克斯坦的神话故事都体现了对人性、自然和社会的深刻思考，都以其独特的魅力吸引着读者的目光，让人在阅读中感受到两国文化的深厚底蕴和异域魅力。尤其是中乌两种语言互对参照不仅可以给阅读者直接的语言体验，也为初学者提供对照阅读学习的参照，是一本难得的中乌语言学习参考书。

本书的译者团队均由国内外长期致力于中乌文化交流与研究的学者组成，他们凭借精通两国语言的优势，以深厚的学术功底和敏锐的洞察力，精心挑选并编译了这些民间故事。西北民族大学阿达来提教授是国内著名的乌兹别克语翻译研究专家，多年来从事乌兹别克语言研究，成果丰富，为中乌学术合作和交流做出了卓越贡献。乌兹别克斯坦国立东方大学高等汉学院菲茹扎·哈萨诺娃（Xasanova Feruza Mirzabekovna）副教授、贾苏尔·孜亚穆哈穆达夫（Ziyamuhamedov Jasur Tashpulatovich）教授是乌兹别克斯坦知名的中青年汉学家，为中国语言文学在乌兹别克斯坦及中亚地区的研究和传播做出了重要贡献。从译文看，译者不仅注重保持故事的原汁原味，还巧妙地融入了翻译方法和技巧，使得这本书既具有学术价值，又易于为读者所接受和喜爱。可以说，这本书是中吉两国译者合作的结晶，也是他们对中乌文化交流事业的一份深情厚礼。我相信，这本书的出版将为中乌两国的文化交流增添新的亮点，也将为广大读者带来一次难忘的阅读体验。

中国社会科学院民族文学研究所研究员、中国社会科学院大学教授

2024年10月于北京石景山鲁谷

作者序

乌兹别克斯坦是中国在中亚地区的重要合作伙伴。中国和乌兹别克斯坦建交30多年来，双方始终相互尊重、睦邻友好、同舟共济、互利共赢，两国关系实现跨越式发展，各领域合作成果丰硕，促进了两国各自发展振兴，也为维护中亚地区及至世界的和平与稳定注入正能量。2024年1月，两国建立了新时代全天候全面战略伙伴关系，在政治、经济、科技、文化等多个领域展开了全方位合作，标志着两国关系达到了新的历史高度。随着我国"一带一路"倡议的推进，与《2022—2026年新乌兹别克斯坦发展战略》的对接，中乌之间的交流日益频繁，有力推动了中乌关系高质量发展。

从高等教育领域来说，中乌高校在人才培养、科研合作、学术交流、师生互访等方面进行了全方位的合作，推动了学术交流和合作项目的签署。2024年1月，我国和乌兹别克斯坦共同举办了百校合作论坛，并发表了《中国—乌兹别克斯坦大学合作北京宣言》，旨在加强高等教育机构交流机制，推动数字教育合作发展。乌兹别克斯坦的高等院校，如塔什干国立东方大学汉学系，培养了大量熟悉中国历史、文化和优秀传统的中文人才，塔什干和撒马尔罕还开办了孔子学院，积极服务两国交流。

语言不仅是沟通的桥梁，是增进人民之间的情感纽带，更是促进文化交流与理解的关键。随着中乌交流的加深，汉语和乌兹别克语的教育教学日益凸显了其重要性，为两国人民提供了深入了解对方历史、文化和社会的窗口，为双边关系的长远发展奠定了坚实的基础。从两国的交流活动看，尽管双方都付出了诸多努力，但在中乌双语教学资料的建设、双语兼通人才培养等方面还有待加强。从社会需求看，我国的乌兹别克语学习者希望能够推出对照读物，作为辅助学习资料。乌兹别克斯坦东方大学高等汉学院和孔子学院的教师也多次提出中乌双语学习读物缺乏的问题。

为了满足两国语言学习者的迫切需要，为服务中国-中亚命运共同体的构建，通过讲好中国故事和中亚故事，不断推动两国人民间的交流，在两国学者的共同努力下，由西北民族大学教师阿达来提·阿布拉江、乌兹别克斯坦国立东方大学高等汉学院 Xasanova Feruza Mirzabekovna、Ziyamuhamedov Jasur Tashpulatovich 合作完成的《中国-乌兹别克斯坦民间故事选译》得以出版。本书汇集了来自两国喜闻乐见的传统民间故事。这些故事跨越了时间和空间的界限，承载着不同文化背景下的共同情感和智慧。

民间故事是文化的载体，反映劳动人民独特的社会生活和文化传统，传递着先人的智慧、道德观念和生活哲学，表达了人民对美好生活的向往和追求，构成了人民共同的记忆。这些故事是连接过去与现在的桥梁，也是人类共同精神家园的一部分，能够让我们了解两国文化的独特性和普遍性，理解人类在面对自然、社会和内心世界时的共同挑战。

本书分为三个部分，第一部分收录了30则中国成语故事，第二部分收录了15篇中国神话故事，第三部分收录了15篇乌兹别克斯坦民间故事。每个故事都经过精心挑选和细致翻译，均为中乌对照。在翻译过程中，译者在遵循文学翻译规律、保持故事原貌的基础上进行了多次讨论和修改，以确保其原汁原味地呈现给读者。希望通过这本书，使读者能够感受到民间故事的力量，无论是激发想象力、启迪思考，还是带来心灵的慰藉。当然，在选译过程中，很难避免这样或那样的问题。我们期待读者的反馈，让我们在今后的工作中做得更好。

在此，我们要衷心感谢资助本书出版的西北民族大学中亚与中国西北边疆研究中心、西北民族非物质文化遗产保护中心！特别感谢为本书作序的乌兹别克斯坦文化部部长尊敬的Ozodbek Ahmadovich Nazarbekov先生、乌兹别克斯坦国立东方大学校长Gulchehra Shavkatovna Rixsiyeva教授、中国社会科学院民族文学研究所研究员、中国社会科学院大学阿地里·居玛吐尔地教授对中乌学术交流与合作给与的大力支持和高度评价！我们还要感谢中央民族大学出版社编辑及审读专家负责而高效的工作，感谢我们的家人、亲朋好友的鼓励！

编译者

2024年10月

目 录

第一部分　中国成语故事
Birinchi boʻlim: Xitoycha iboralar hikoyalari

拔苗助长　　/ 2

东食西宿　　/ 4

此地无银三百两　　/ 6

唇亡齿寒　　/ 8

抱薪救火　　/ 10

刮目相看　　/ 12

前车之鉴　　/ 15

玩火自焚　　/ 18

夜郎自大　　/ 20

笑里藏刀　　/ 23

自相矛盾　　/ 26

熟能生巧　　/ 28

狐假虎威　　/ 30

害群之马　　/ 32

大公无私　　/ 34

打草惊蛇　　/ 37

杯弓蛇影　　/ 39

半途而废　　/ 41

守株待兔　　／ 43

画龙点睛　　／ 45

爱屋及乌　　／ 47

班门弄斧　　／ 50

痴人说梦　　／ 52

出奇制胜　　／ 54

画蛇添足　　／ 56

九牛一毛　　／ 58

鞠躬尽瘁　　／ 61

卷土重来　　／ 63

乐极生悲　　／ 65

临危不惧　　／ 67

第二部分　中国神话传说
Ikkinchi bo'lim: Xitoy afsona va asotirlari

盘古和女娲　　／ 70

神农尝百草　　／ 77

仓颉造字　　／ 84

祝融取火　　／ 91

彤鱼氏与筷子　　／ 97

年的来历　　／ 102

夸父逐日　　／ 107

后羿射日　　／ 112

嫦娥奔月　　／ 117

精卫填海　　／ 121

哪吒闹海　　／ 125

牛郎织女　　／ 130

愚公移山　／ 135

月下老人　／ 139

孟姜女哭长城　／ 144

第三部分　乌兹别克斯坦民间故事
Uchinchi bo'lim: O'zbek xalq ertaklari

Shahzoda Salmon 萨利曼王子　／ 150

Opa-singillar 姊妹　／ 161

Muqbil toshotar 投石手穆克比勒　／ 173

Ota vasiyati 父亲的遗言　／ 187

Baxt daraxti 幸福树　／ 198

Qirq qiz 四十位姑娘　／ 206

Dono qiz 智慧的姑娘　／ 213

Olim bilan podsho 贤人与国王　／ 217

Botir mergan va chaqimchi 神箭手巴特尔和告密者　／ 221

Yetti yashar bola 七岁神童　／ 225

Egri va To'g'ri 正直与奸诈　／ 230

Hunarning xosiyati 技艺的魔力　／ 240

Farhod va Shirin 法尔哈德与希琳　／ 247

Sabr tagi — sariq oltin 耐心是金　／ 252

Nima eksang, shuni o'rasan 种瓜得瓜，种豆得豆　／ 261

第一部分 中国成语故事

Birinchi bo'lim: Xitoycha iboralar hikoyalari

拔苗助长
bá miáo zhù zhǎng

宋国有一个农夫，他担心自己田里的禾苗长不高，就天天到田边去看。可是，一天、两天、三天过去了，禾苗好像一点儿也没有往上长。他在田边焦急地转来转去，自言自语地说：我得想办法帮助它们生长。一天，他终于想出了办法，急忙跑到田里，把禾苗一棵棵地往上拔，从早上一直忙到太阳落山，弄得精疲力尽。他回到家，对自己所做的事情感到很满意。第二天，他的家人急忙跑到田里一看，禾苗全都枯死了。

释义：拔苗助长这则成语的意思是将苗拔起，帮助它生长。比喻不顾事物发展的规律，强求速成，结果反而把事情弄糟。

Qo'llari bilan kurtaklarni tortmoq

Bir paytlar Song sulolasi davrida doim shoshib yuradigan bir dehqon bo'lgan ekan. Ekinlarni ekiboq tez hosil olishni o'ylar ekan. Dehqon har kuni urug'ining unib chiqishini tomosha qilgani borar ekan. Nihollar allaqachon unib chiqqan bo'lsa-da, dehqon xursand bo'lmabdi. U ko'chatlar juda sekin o'smoqda, deb o'ylabdi. Bir kuni u bir usulni o'ylab topibdi, dalaga borib, nihollar balandroq bo'lib ko'rinishi uchun ularni biroz ko'tarib tortib qo'yibdi. Bunga bir kun vaqt sarflabdi, shu ishidan juda mamnun bo'libdi. Ertasi kuni ertalab butun oilasi bilan kechagi ish natijalarini ko'rish uchun dalaga chiqishibdi. Ular hamma nihollar nobud bo'lganini ko'ribdilar.

Izoh: Hikoyaning tarbiyaviy jihati shundaki, ba'zida hamma narsa o'z yo'liga o'tishiga yo'l qo'ygan yaxshi, hamma narsani tezda bajarishga urinish faqat vaziyatni yomonlashtiradi.

东食西宿
dōng shí xī sù

从前在齐国，有一个年轻女子，长得非常漂亮。有一天，两个小伙子派人向她提亲。东边的一户富贵人家的公子虽然长得又矮又丑，可是家里有钱。西边的一户穷苦人家的后生善良又忠厚，长得又俊，就是家里穷一些。姑娘的父母犯起难来，嫁给富家吧，又嫌人长得丑；嫁给穷家吧，又怕闺女受苦。老两口没个主意，只好去问闺女，说："闺女呀，如果你不好意思说出口，你就表示一下，同意东家你就露出左胳膊，同意西家就露出右胳膊。"姑娘想了一会儿，慢慢地露出左臂，接着又露出右臂。老两口惊讶地问："这是什么意思呀？"姑娘羞涩地说："我愿意到东家去吃饭，到西家去居住。"

释义：东食西宿用来比喻贪婪的人各方面的好处都想要。

Sharqda ovqatlanib, g'arbda tunamoq

Chi qirolligida bo'yiga yetgan, husni-jamoli juda go'zal qizi bo'lgan bir oila yashagan ekan. Ikki yigit qizga sõvchi qo'yibdi. Kelinning uyidan sharq tomonda yashovchi nomzodning bo'yi past va xunuk, lekin ota-onasi juda boy ekan. Qizning qo'lini so'ragan ikkinchi yigit kelinning uyidan g'arb tomonda yashar ekan. Bu yigit ko'rkam va chiroyli, lekin ota-onasi kambag'al ekan. Qizning ota-onasi sovchilarning qaysi biriga rozilik berishni hal qila lmay, tortishuvlardan charchagach, qizni o'ziga tanlashni taklif qiliibdi va qizga: "Qizim, agar siz tanlovingizni so'z bilan ifodalab bera olmaydigan darajada uyalsangiz, hech bo'lmaganda ishora bilan bizga xabar bering. Agar bizni uyimizdan sharqda yashovchi yigitni afzal ko'rsangiz, chap qo'lingizni ko'taring; Agar sizning tanlovingiz bizdan g'arbda yashovchi oiladan bo'lgan yigitga tushgan bo'lsa, o'ng qo'lingizni ko'taring", deb aytishibdi. Bir oz o'ylab ko'rgandan so'ng, qiz avval asta chap qo'lini, keyin o'ng qo'lini ko'taribdi. Bundan hayron bo'lgan ota-onasi undan bu nimani anglatishini tushuntirishni so'rashibdi. qiz Qizarib: "Men sharqda yashovchi yigit bilan ovqatlanishni va g'arbda yashovchi yigit bilan yashashni xohlayman", debdi.

Izoh: "Sharqda ovqatlanmoq, g'arbda yashamoq" iborasi hamma narsaning eng yaxshisini xohlaydigan ochko'z odamlarni tasvirlash uchun ishlatiladi.

此地无银三百两
cǐ dì wú yín sān bǎi liǎng

古时候,有个叫张三的人,他费了好大的劲儿,才积攒下三百两银子,心里很高兴。但他总是担心被别人偷去,就把三百两银子钉在箱子里,然后把箱子埋在屋后的地下。可是他还是不放心,怕别人到这儿来挖,于是就在纸上写下"此地无银三百两"七个字,贴在墙边,这才放心地走了。谁知道,他的举动,都被隔壁的王二看到了。半夜,王二把三百两银子全偷走了。为了不让张三知道,他在一张纸上写下"隔壁王二不曾偷",贴在墙上。张三第二天早上起来,到屋后去看银子,银子不见了,一见纸条,才恍然大悟。

释义:此地无银三百两,本来的意思是这个地方没有三百两银子,现在用来比喻由于做事愚蠢,想隐瞒的事情反而被彻底暴露。

300 kumush tanga bu yerda ko'milmagan

Qadimda Chjan San ismli bir odam bo'lgan ekan. U mashaqqat bilan uch yuz kumush tanga yig'ibdi, o'zini juda baxtiyor his qilibdi. Lekin u hamisha shu yig'ilgan tangalarini boshqalar o'g'irlab ketishidan qo'rqar ekan. Bir kuni uch yuz kumush tanga solingan qutini mixlab, uyning orqasidagi yerga ko'mib qo'yibdi. Lekin, qutini bu yerda kimdir qazib olishidan xavotirlanib, qog'ozga: "Bu yerda uch yuzta kumush tanga yo'q", deb yozib, yopishtirgach, xotirjam uyiga kirib ketibdi. Uning bu harakatlarini esa qo'shni xonadondagi Vang Er ko'rib turgan ekan. Yarim tunda Vang Er uyuchzta kumushni hammasini o'g'irlab ketibdi, Chjan San bilib qolmasin deb qog'ozga: "Qo'shni xonadondan Van Er tangalarni hech qachon o'g'irlamagan" deb yozib, devorga yopishtirib qo'yibdi. Ertasi kuni ertalab Chjan San uyining orqa tomoniga o'tib xatni ko'rib tangalari o'g'irlanganligini anglabdi.

Izoh: Odamlar o'zlarining ahmoqligi tufayli yashirmoqchi bo'lgan narsalari butunlay oshkor bo'lganligini tasvirlash uchun ushbu iboradan foydalanadilar.

唇亡齿寒

chún wáng chǐ hán

　　春秋时，晋国的邻近有虢、虞两个小国。晋国想举兵攻打虢国，但要打虢国，晋国大军必须经过虞国。晋献公于是用美玉和名马作礼物，送给虞国国君虞公，请求借道让晋军攻打虢国。虞国大夫宫之奇劝谏虞公不要答应，但虞公贪图美玉和名马，还是答应给晋献公借道。宫之奇劝谏虞公说："虢国是虞国的依靠呀！虢国和虞国两国就好像嘴唇和牙齿一样，嘴唇没有了，牙齿怎么能自保？一旦晋国灭掉虢国，虞国一定会跟着被灭掉。这样的道理，您怎么就不明白？请您千万不要借道让晋军征伐虢国。"可虞公不听劝谏。宫之奇见无法说服虞公，只得带着全家老小，逃到了曹国。

　　释义：唇亡齿寒的意思是嘴唇没有了，牙齿就会觉得冷，比喻关系密切，利害相关。

Lab bo'lmasa tishga sovuq

Bahor va Kuz sulolalari davrida Jin Qirolligide ikkita qo'shni qirollig-Guo va Yu qirolligi bor edi. Jin davlati Guo davlatiga hujum qilish uchun qo'shin to'plamoqchi bo'ladi, lekin Guo davlatiga hujum qilish uchun Jin davlati armiyasi Yu davlatidan o'tishi kerak edi. Shundan so'ng Jin imperatori Jin Syangung qo'shni Yu davlati imperatori Yu Gungga chiroyli nefrit va mashhur otlarni sovg'a qiladi va qo'shini Guo davlatiga hujum qilish uchun uning hududidan o'tishga izn so'raydi. Yu davlatining vazir Gung Jiqi, imperator Yu Gungga rozi bo'lmaslikni maslahat beradi, lekin imperator Yu Gung chiroyli nefrit va mashhur otlarga qiziqar edi, shuning uchun u Jin Syangungning iltimosiga rozi bo'ldi. Gung 'qi Yu Gungga maslahat berib, shunday dedi: "Guo davlati – Yu davlatining tayanchi! Bu ikki davlat lablar va tishlarga o'xshaydi. Lablarsiz, tishlar qanday qilib o'zini himoya qilishi mumkin? Jin davlati Guo davlatini yo'q qilgandan so'ng, Yu davlati ham albatta yo'q qilinadi. Nega haqiqatni tushunmayapsiz? Iltimos, Jin armiyasi Guo davlatini bosib olishiga yo'l qo'ymang" deb yalinadi. Lekin imperator Yu Gung bu maslahatga quloq solmaydi. Shunda Gung 'qi imperator Yu Gungni ishontira olmaganini ko'rib, u butun oilasi bilan Cao davlatiga qochishga majbur bo'ladi.

Izoh: "Lablarsiz tishlarga sovuq" degani, lablar ochilganda tishlarga sovuq bo'lishini anglatadi, bu yaqin munosabatlarga putur yetishiga ishora qilish uchun ishlatiladigan ibora.

抱薪救火
bào xīn jiù huǒ

　　战国时期，许多小国都先后被大国吞并了，最后只剩下秦、楚、齐、赵、韩、魏、燕七个国家。七国之中，秦国的实力最强，它不断地派兵向邻国进攻，实行蚕食政策，扩大自己的疆土。有一回，秦国又派兵攻打魏国，于是魏国请韩、赵两国援助，可惜兵力太弱，最后还是被打败。大将段干子提议把南阳割让给秦国求和，战略家苏代却持反对意见，他说：秦国想并吞魏国，只割让土地无法满足秦国的野心，这就像抱着柴火去救火，柴没烧完，火是不会灭的。可是魏王不听苏代的劝阻，还是把南阳割让给秦国求和。最后真的就像苏代说的一样，秦国根本不满足，仍然继续攻打魏国，掠夺了魏国更多城池，最后弱小的魏国就被秦国消灭了。

　　释义：抱薪救火的意思是抱着柴草去救火。比喻用错误的方法去消除灾祸，结果反而使灾祸扩大。

Olovni o'chirish uchun o'tin tashlamoq

Janguo davri① da ko'plab kichik davlatlar birin-ketin yirik davlatlat tomonidan qo'shib olindi va nihoyat yettita davlat qoldi: Chin, Chu, Qi, Jao, Xan, Vey va Yan. Yetti davlat ichida eng qudratlisi Chin davlati bo'lib, qo'shnilariga hujum qilish uchun doimiy ravishda qo'shin yuborardi, bosqinchilik siyosatini olib borardi va hududini kengaytirib borardi. Bir marta Chin davlati Vey davlatiga hujum qildi. Shunda Vey davlati Xan va Jao davlatlaridan yordam so'raydi. Afsuski, qo'shin juda zaif bo'lganligi sababli mag'lubiyatga uchraydi. General Duan Ganzi tinchlik uchun Nanyangni Chin davlatiga berishni taklif qiladi, ammo Su Dai bunga qarshi chiqadi. U shunday deydi: Chin davlati Vey davlatini bosib olmoqchi, ammo xuddi olovni o'chirish uchun o'tin tashlash kabi yerni berishning o'zi Chin davlatining nafsini qondira olmaydi. O'tin o'chmaguncha olov o'chmaydi. Ammo Vey qiroli Su Dayning urinishlariga quloq solmaydi va baribir Nanyangni tinchlik uchun Chin davlatiga topshiradi. Oxir-oqibat, xuddi Su Dai aytganidek, Chin davlati Vey davlatiga hujum qilishni davom ettirdi, yana Vey shaharlarini taladi, va nihoyat zaiflashib qolgan Vey davlati Chin davlati tomonidan yo'q qilindi.

Izoh: "Olovni o'chirish uchun o'tin tashlash" degani, falokatni bartaraf etish uchun noto'g'ri usulni qo'llash, natija falokatni keltirib chiqarishdir.

---

① Eramizdan avvalgi 476/403–221 yillar.

刮目相看
guā mù xiāng kàn

三国时期,吴国有一位将领叫吕蒙。他勇敢善战,20多岁就已成为名将,但出身贫寒,早年没有读书的机会,在吴主孙权的启发下,在繁忙的军旅生活中,利用一切空闲时间发愤读书,越读越起劲。随着知识领域的不断扩大,见解也日益深刻。军师鲁肃领兵经过吕蒙驻地,以为吕蒙是个大老粗,不屑去看他。部下有人建议,吕将军进步很快,不能用老眼光看他,还是去一趟吧!

鲁肃前去看望,吕蒙设宴招待。席上,吕蒙问:"军师这次接受重任,和蜀国大将关羽为邻,不知有何打算?"鲁肃答道:"兵来将挡,水来土掩,到时再说吧!"吕蒙听了,婉言批评说:"现在吴蜀虽然结盟联好,但关羽性同猛虎,怀有野心,战略应该早定,决不能仓促从事啊!"并为鲁肃筹划了五项策略。鲁肃听了,非常折服,并拍着吕蒙的背亲切地说:"我总以为老弟只会打仗,没想到学识与谋略也日渐精进,真是士别三日,当'刮目相看'啊!"

释义:刮目相看用来比喻重新认识事物。

Hayrat bilan qaramoq

Uch Qirollik davrida Vu davlatida Lyu Meng ismli bir general bor edi. U jasur, jangga usta, 20 yoshida mashhur generalga aylangan. Ammo kambag'al oilada tug'ilganligi uchun, yoshligida o'qish imkoniyati bo'lmagan.Vu hukmdori Sun Chuandan ilhomlanib, band bo'lgan harbiy hayoti davomida u barcha bo'sh vaqtini sidqidildan o'qishga sarflagan, va qanchalik ko'p o'qisa, shunchalik kuchli bo'la boshlagan. Bilim sohasi kengayib borar ekan, tushunchalar ham kengayib boradi. Harbiy maslahatchi Lu Su o'z qo'shinlarini Lyu Meng stansiyasi yonidan o'tkazdi, u Lyu Mengni qo'pol odam deb o'yladi va unga nazar solmadi. Uning qo'l ostidagilaridan kimdir general Lyu Meng tez sur'atlar bilan rivojlandi va unga eski nazar bilan qaramang, yaxshisi, uning turgan joyiga boring-dep taklif berdi!

Lu Su ziyoratga bordi va Lyu Meng uning sharafiga ziyofat berdi. Lyu Meng ovqatlanayotganda: "Siz harbiy maslahatchi, bu safar muhim topshiriqni qabul qildingiz, shu davlat generali Guan Yu bilan qo'shni davlat, sizning rejalaringiz qanday?" deb sqvol berdilar. Lu Su javob berdi: "Askarlar kelganda, ularga qarshi turish uchun generallardan foydalanamiz; suv kelganda, ularni to'sish uchun tuproqdan foydalannamiz, shu paytda gaplashamiz!" Lyu Meng tingladi va muloyimlik bilan javob qildi: "Garchi Vu va Shu davlatlar hozir yaxshi ittifoqda bo'lsa-da, Guan Yu yo'lbarsdek kuch ega. Strategiyani erta hal qilish kerak, shoshqaloqlik bilan tadbir ko'rmaslik kerak!" Va Lu Su uchun beshta strategiya rejalashtirildi. Buni eshitgan Lu Su juda qoyil qoldi va Lyu Mengning yalkasini silab, mehr bilan dedi: "Men doim ukam faqat jang qilishni biladi deb o'ylardim, lekin bilimingiz va strategiyangiz tobora yaxshilanib borayotganini kutmagan edim. Bu gapdan siz bilan uch kun ko'rishmay, sizga boshqacha nazar bilan qarashim kerakligini tushandim.

Izoh: "Hayrat bilan qarash" idiomasi narsalar va kishilarni yangicha tushunishni tasvirlash uchun ishlatiladi.

前车之鉴

qián chē zhī jiàn

贾谊是西汉时期著名的文学家。他年轻的时候,所写的文章便远近闻名。汉文帝听说贾谊精通诸子百家,于是征召贾谊入朝担任博士之职,此时,贾谊年方二十岁。为了表示对汉文帝的忠心,他曾多次上书,陈述治理国家的大政方针,受到皇帝的赞赏。有一次,贾谊在奏折中引用了夏、商、周三代都统治了几百年,而秦朝只传了两代的历史事实,劝说汉文帝应该效仿夏、商、周三代的做法,改进政治措施,努力治理国家。他引用当时的谚语说:"前车覆,后车戒。"意思是说,前面的车子翻了,后头的车就要小心了,应当以此为戒,避免再发生类似的错误。接着他又说道:"秦代灭亡的车迹我们已经看到了,如果不注意,我们也会走上灭亡的道路。所以我们一定要施行仁政,安抚百姓。"汉文帝认为贾谊的意见很好,于是采取了相应的轻徭薄赋、提倡节俭、奖励农桑等休养生息的措施。经过他和儿子汉景帝两代皇帝的治理,社会经济获得了很大的发展,国力也逐步强大起来。历史上称这一时期的统治为"文景之治"。

释义:前车之鉴用来表示要以前面翻车的事故作为警戒,吸取教训,不要再重复这样的做法。现在,多用来比喻要吸取别人失败的教训,以防自己再走上失败的道路。

Birovning muammosidan saboq olmoq

Jia Yi G'arbiy Xan sulolasida mashhur yozuvchi edi. Yoshligida uning maqolalari mamlakatda keng tarqalgan edi. Xan sulolasi imperatori Xan Ven Di uning tarixni yaxshi bilganini eshitib, Jia Yini xon o'rdasiga ishlashga taklif qiladi. Bu vaqtda Jia Yi endigina yigirma yoshda edi. Xan sulolasi imperatori Xan Ven Diga sodiqligini ko'rsatish uchun u imperatorga mamlakatni boshqarishning asosiy siyosatini bayon qilish uchun ko'p marta xat yozgan va bu imperator tomonidan qadrlangan. Bir marta Jia Yi yodgorlikda tarixiy haqiqatni keltirdi: Sya, Shang va Chjou sulolalari yuzlab yillar hukmronlik qilgan, Chin sulolasi esa atigi ikki avlod davom etgan, Xan imperatorini Sya, Shang va Chjou sulolalaridan o'rganib, siyosatni yaxshilash, mamlakatni boshqarish choralari amalga oshirishini aytdi. Jia Yi o'sha paytdagi bir maqolni keltirdi: "Agar oldindagi arava ag'darilgan bo'lsa, orqangdagi arava ehtiyot bo'lsin". Bu degani, oldindagi arava ag'darilsa, orqadagi arava ehtiyot qilish kerak, ham ogohlanish sifatida kelajakda shunga o'xshash xatolarga yo'l qo'ymaslik lozim. So'ng qo'shib qo'ydi: "Chin sulolasining halokat alomatlarini allaqachon ko'rganmiz. Agar e'tibor qilmasak, biz ham halokat yo'liga tushamiz. Shuning uchun biz hukumatni qo'llashimiz va xalqni tinchlantirishimiz kerak." Xan sulolasi imperatori Jia Yining fikrlarini yaxshi deb hisobladi, shuning uchun u soliqlarni kamaytirish va yengillashtirish, tejamkorlikni rag'batlantirish, qishloq xo'jaligi ishlab chiqarishini mukofotlash va boshqa ijtimoiy tartibni barqarorlashtirish choralarini ko'rdi. Xan sulolasi imperatori Ven Di va uning o'g'li imperator Xan Jing Di tomonidan ikki avlod imperatorlari boshqaruvidan so'ng, ijtimoiy iqtisodiyot katta rivojlanishga erishdi va milliy kuch asta-sekin mustahkamlandi. Tarixan bu davr hukmronligi "Ven Jing hukumronligi" deb atalgan.

Izoh: "Birovning muammosidan saboq olish" idiomasi oldingi aravaning ag'darilgan voqeadan ogohlantirish sifatida foydalanish, undan saboq olish va bu amaliyotni boshqa takrorlamaslik zarurligini ifodalash uchun ishlatiladi. Hozirgi kunda u ko'pincha boshqa odamlarning muvaffaqiyatsizliklaridan o'rganish va o'zingizni muvaffaqiyatsizlik yo'liga qaytadan kirishga yo'l qo'ymaslik uchun metafora sifatida ishlatiladi.

玩火自焚
wán huǒ zì fén

春秋时期，卫庄公有个儿子名叫州吁，从小就备受宠爱，养成了骄奢蛮横的性格。庄公死后，太子完继位做了国君，即卫桓公。州吁秘密结纳党羽，于公元前719年聚众袭杀了卫桓公，自立为国君。州吁知道自己的所作所为很不得人心，为了转移国内人民的视线，缓和矛盾，他联合宋、陈、蔡等国向郑国发动了战争。鲁国国君鲁隐公听说这件事后，就问大夫众仲说："州吁这次篡位会成功吗？"众仲回答说："我听说安定百姓应该用德行，没有听说借用武力的。州吁这个人残忍无道，是没有多少人亲近他的。再说，用兵如引火一样，不知节制和收敛，到头来会连自己也被烧死。"果然，不到一年，州吁就被卫国老臣石碏设计杀死，落得个"玩火自焚"的下场。

释义：玩火自焚比喻冒险干坏事的人，最终自食恶果。

Olov bilan o'ynab, o'zini yoqmoq

  Bahor va kuz davrida Vey Chjuanning Chjou Yu ismli o'g'li bor bo'lib, u bolaligidanoq takabbur va hukmron xarakterga ega edi.Vey Chjuan vafotidan keyin taxtga valiahd o'tirdi ammo, miloddan avvalgi 719 yilda Chjou Yu Vey podshohi Xuanga hujum qilish va o'ldirish uchun olomonni to'pladi va o'zini qirol deb e'lon qildi. O'zining qilgan ishi yaxshi emasligini bilib, Chjou Syu Song, Chen, Tsai va boshqa davlatlar bilan birlashib, mamlakatdagi odamlarning e'tiborini chalg'itish va mojaroni yumshatish maqsadida Chjenga qarshi urush boshladi. Lu davlatining qiroli Lu Yin buni eshitib, yuqori martabali amaldorlarni yig'ib so'radi: "Chjou Yu bu safar taxtni egallashga muvaffaq bo'ladimi?" Shunda maslahatchi Chjungjong javob berdi: "Eshitdimki, fazilat odamlarni barqarorlashtirish uchun ishlatilishi kerak, kuch bilan emas. Chjou Yu shafqatsiz va axloqsiz inson va unga ko'p odamlar yaqinlashmaydi. Qolaversa, askardan foydalanish o't yoqish bilan barobar, vazminlikni bilmasangiz, oxiri o'zingizni kuydirasiz". Haqiqatdan ham, oradan bir yil o'tmasdan, Chjou Yu Vey qirolligi sarkardasi She Chue tomonidan o'ldirildi.

  Izoh: Bu ibora tavakkal qilib, yomon ishlarni qiladigan va oxir-oqibat oqibatini ko'radigan odamga nisbatan qiyoslash.

夜郎自大
yè láng zì dà

汉朝的时候，在西南方有个名叫夜郎的小国家，它虽然是一个独立的国家，可是国土很小，百姓也少，物产更是少得可怜。但是，由于邻近地区以夜郎这个国家最大。于是，从没离开过国家的夜郎国国王就以为自己的国家是全天下最大的国家。有一天，夜郎国国王与部下巡视国境的时候，他指着前方问："这里哪个国家最大呀？"部下们为了迎合国王的心意，于是就说："当然是夜郎国最大啰！"走着走着，国王又抬起头来，望着前方的高山问："天底下还有比这座山更高的山吗？"部下们回答说："天底下没有比这座山更高的山了。"后来，他们来到河边，国王又问："我认为，这可是世界上最长的河川了。"部下们仍然异口同声回答说："大王说得一点都没错。"从此以后，无知的国王就更相信夜郎是天底下最大的国家。有一次，汉朝派使者来到夜郎，途中先经过夜郎的邻国滇国，滇王问使者："汉朝和我的国家比起来哪个大？"使者一听吓了一跳，他没想到这个小国家，竟然自以为能与汉朝相比。没想到后来使者到了夜郎国，骄傲又无知的国王因为不知道自己统治的国家只和汉朝的一个县差不多大，竟然不知天高地厚也问使者："汉朝和我的国家哪个大？"

释义：夜郎自大用来比喻和讽刺那种眼光狭小、见闻很少却盲目自大的人。

Uyalmay maqtanmoq

Xan sulolasi davrida uning janubi-g'arbiy qismida Yelang nomli kichik bir davlat bo'lgan.U mustaqil davlat bo'lsa-da, yeri kichik, xalqi oz edi. Ammo Yelang qo'shni hududlar ichida eng kattasi bo'lganligi sababli, mamlakatni hech qachon tark etmagan Yelang qiroli o'z mamlakatini dunyodagi eng katta deb o'ylar edi. Bir kuni Yelang qirolligi podshosi o'z qo'l ostidagilar bilan chegarani ko'zdan kechirayotganda, old tomonni ko'rsatib: "Bu yerda qaysi davlat eng katta?" deb so'radi. Podshohning xohish-istaklarini qondirish uchun qo'l ostidagilar: "Albatta Yelang qirolligi eng kattasi!" Podshoh yo'lda ketayotib, yana boshini ko'tarib, ro'parasidagi baland tog'ga qarab: "Dunyoda bundan baland tog' bormi?". Amaldorlar javob berdilar: "Dunyoda bundan baland tog' yo'q". Keyinroq, ular daryoga kelganlarida, podshoh yana so'radi: "Menimcha, bu dunyodagi eng uzun daryo". Qo'l ostidagilar hamon bir ovozdan javob berishdi: "Podshoh mutlaqo haq". Shu paytdan boshlab johil podshoh Yelangni dunyodagi eng katta davlat deb hisobladi. Bir kuni Xan sulolasi Yelangga elchi jo'natadi.Yo'lda ular Yelangning qo'shnisi Dyan podsholigidan o'tishdi. Dyan podshohi elchilardan: "Qaysi davlat kattaroq, Xan sulolasimi yoki mening mamlakatimmi?" deb so'radi. Buni eshitgan elchi hang-mang bo'lib qoldi. Elchi bu kichik mamlakatni Xan sulolasi bilan solishtirish mumkin deb o'ylashini kutmagan edi. Keyinroq, elchi Yelang podsholigiga yetib kelganida, mag'rur va johil podshoh Yelang qirolligining hududi Xan sulolasinining bir tumanicha kelishini bilmasdan elchidan: "Qaysi biri kattaroq, Xan sulolasimi yoki mening mamlakatimmi?" deb so'radi.

Izoh: Tafakkuri tor, bilimi kam, lekin koʻr-koʻrona kibrli kishilar uchun metafora va kinoya sifatida ishlatiladi.

笑里藏刀

xiào lǐ cáng dāo

唐太宗时，有个名字叫李义府的人，因善写文章，被推荐当了监察御史。李义府还善于奉承拍马，他曾写文章颂扬过唐太宗，因此，博得太宗的赏识。唐高宗时，李义府又得到高宗的信任，任中书令。从此，更加飞黄腾达。李义府外表温和谦恭，同人说话总带微笑，但大臣们知道，他心地极其阴险，因此都说他笑里藏刀。李义府在朝中为所欲为，培植亲信，任意让妻儿向人索取钱财，还随意封官许愿。高宗知道这些以后，曾婉转地告诫过他，但李义府并不放在心上。有一次，李义府看到一份任职名单，回家后，让儿子把即将任职的人找来，对他说："你不是想做官吗？几天内诏书就可以下来，你该怎样谢我？"那人见有官做，立刻奉上厚礼。之后，高宗得知了此事，不能再容忍了，就以"泄露机密"为名，将李义府父子发配边疆。

释义：笑里藏刀用来形容对人外表和气，内心却阴险毒辣。

Dushman ba'zan kuldirar, fursat topsa o'ldirar

Tang sulolasi imperatori Taizong davrida Li Yifu ismli odam maqola yozishni yaxshi bilganligi uchun nazoratchi sifatida tavsiya etilgan. U xushomadga juda usta edi, Tang sulolasi imperatori Taizongni maqtab maqola yozadi va tezda Taizong uni e'tirof etib, oxir-oqibat bosh vazir etib tayinlandi. Tan sulolasi imperatori Gaozong davrida esa Li Yifu imperator Gaozong ishonchini ham qozondi va davlat devonxonasining bosh kotibi etib tayinlandi. Shu tariqa u xizmat zinalaridan juda tez ko'tarildi. Li Yifu ko'rinishidan muloyim va xushmuomala bo'lsada, boshqalar bilan gaplashganda doimo tabassum qilardi, biroq vazirlar uning yuragi nihoyatda shafqatsiz ekanligini bilishardi, shuning uchun hamma uning tabassumi sohta deb aytardi.

Li Yifu saroyda xohlagan ishini qilar, shunday uddaburonlik bilan odamlar ishonchini qozonar ediki, xatto xotini va bolalariga boshqalar boyligini o'zlashtirishiga va qarindoshlariga mansab – lavozimlarni taqsimlab berdi. Gaozong bulardan xabar topgach, uni xushmuomalalik bilan ogohlantirdi, lekin Li Yifu bunga e'tibor ham bermadi.

Kunlardan bir kun Li Yifu yangi lavozimga tayinlanayotgan odamlarning ro'yxatini ko'rib qoldi va uyiga qaytgach, u o'g'lidan suhbatga kirmoqchi bo'lgan odamni topishni so'radi va o'sha odamga shunday dedi: "Sen amaldor bo'lishni xohlaysanmi? Bir necha kundan keyin lavozimga tayinlov haqida imperator farmoni chiqadi. Sen menga qanday rahmat aytasan? Shundan so'ng u odam Li Yifuning bu gapini imperatorga yetkazadi va imperator Gaozong "sirlarni oshkor qilish" ayblovi bilan Li Yifu va uning o'g'lini shahardan quvib yuboradi.

Izoh: Kulib turib yomonlik qilish mumkin (ma'nosi: makkor, ikki yuzli; labda - asal, yurakda - zahar); Tili asal,dili zahar.

自相矛盾
zì xiāng máo dùn

楚国有一个卖兵器的人，到市场上去卖矛和盾。他举起他的盾，向大家夸口说："我的盾，是世界上最最坚固的，无论怎样锋利尖锐的东西也不能刺穿它！"接着，这个卖兵器的人又拿起一支矛夸起来："我的矛，是世界上最尖利的，无论怎样牢固坚实的东西也挡不住它一戳，只要一碰上，马上就会被它刺穿！"他十分得意，便又大声吆喝起来："快来看呀，快来买呀，世界上最坚固的盾和最最锋利的矛！"这时，一个看客上前拿起一支矛，又拿起一面盾牌问道："如果用这矛去戳这盾，会怎样呢？""这——"围观的人先都一楞，突然爆发出一阵大笑，便都散了。那个卖兵器的人，灰溜溜地扛着矛和盾走了。

释义：自相矛盾比喻一个人说话、行动前后抵触，不一致。该成语还告诉人们，说话、做事都要实事求是，凡事三思而后行。

O'ziga o'zi qarshi bo'lmoq

Chu podsholigida nayza va qalqon bilan savdo qiluvchi sotuvchi bo'lgan ekan. Uni ko'rgani bozorga juda ko'p odam kelar ekan. U qalqonning fazilatlarini baland ovozda ta'riflab: "Mening qalqonlarim dunyoda shunchalik mustahkamki, har qancha o'tkir narsalar bo'lmasin, uni teshib bo'lmaydi!" ularga hech narsa kirmaydi".

Keyin u xuddi shunday baland ovozda nayzani qo'liga olib maqtay boshlabdi: "Mening nayzam shu qadar o'tkirki, u har qanday zirhga kira oladi". U shu qadar g'ururlanib, yana qichqirdi: "Kelib qoling-olib qoling, dunyodagi eng mustahkam qalqon va eng o'tkir nayza!"

Shu payt bir odam oldinga o'tib, nayzani va qalqonni ko'tarib so'radi: "Bu nayza bilan bu qalqonni teshsangiz nima bo'ladi?" deb so'radi. Atrofdagilar birdan qah-qah otib kulib yuborishdi va hamma tarqalib ketdi. Qurol sotuvchi esa nayza va qalqonini elkasiga osgancha, ma'yus holda ketdi.

Izoh: O'z-o'ziga qarama-qarshilik insonning so'zi va harakatlarining bir-biriga zid bo'lishini anglatadi. Bu idioma, shuningdek, odamlarni gapirishda va biror narsa qilishda haqiqatni haqiqatdan izlashga va harakat qilishdan oldin ikki marta o'ylab ko'rishga undaydi.

熟能生巧
shú néng shēng qiǎo

宋代有个叫陈尧咨的人，射箭技术极为高超，常因此而骄傲。一天，他正在给大家表演射箭，箭全射中靶心，于是就向旁边卖油的老头吹嘘起来。然而老人却说：没有什么了不起，只不过是手法熟练而已罢了。说着，拿来一个葫芦，在葫芦口放上一枚铜钱，用勺子舀了一勺油，高高地举起倒了下去。倒下去的油像一条线一样穿过钱眼而过，全部流进了葫芦，而铜钱上一点油也没沾上。老头说：干任何事都一样，熟能生巧。

释义：熟能生巧是指做事熟练了，就会掌握窍门，做得更好。

Mahorat tajriba orqali erishiladi

　　Song sulolasi davrida Chen Yaozi ismli bir kishi kamondan otishda juda mahoratli bo'lib, bu bilan faxrlanar edi. Kunlardan bir kun u hammaga o'zining kamondan otish mahoratini namoyish etibdi, kamon o'qlari hammasi nishonga tegibdi, uning yonida yog' sotayotgan qariya buni ko'rib juda maqtay ketibdi. Shunday bo'lsa-da, chol: Bu hech narsa emas, bu shunchaki mahurat, debdi. So'ng bir kichkina qovoq olib, qovoq og'ziga mis tanga solibdi va bir qoshiq yog' solibdi, keyin baland ko'tarib, pastga ag'daribdi. To'kilgan yog' mis tanganing teshigidan bir tekisda o'tib, tilla qismi qovoqqa oqib tushdi, mis tangalarga esa yog' tegmabdi. Shunda qariya dedi: doim har qanday ishni amaliyot mukammal qiladi.

　　Izoh: Amaliyot shuni anglatadiki, siz biror narsa qilishda malakali bo'lganingizdan so'ng, siz mahoratni o'zlashtirasiz va yaxshiroq qilasiz.

狐假虎威
hú jiǎ hǔ wēi

有一天，一只老虎正在深山老林里转悠，突然发现了一只狐狸，便迅速抓住了它，心想今天的午餐又可以美美地享受一顿了。狐狸生性狡猾，它知道今天被老虎逮住以后，前景一定不妙，于是就编出一个谎言，对老虎说："我是天帝派到山林中来当百兽之王的，你要是吃了我，天帝是不会饶恕你的。"老虎对狐狸的话将信将疑，便问："你当百兽之王，有何证据？"狐狸赶紧说："你如果不相信我的话，可以随我到山林中去走一走，我让你亲眼看看百兽对我望而生畏的样子。"老虎想这倒也是个办法，于是就让狐狸在前面带路，自己尾随其后，一道向山林的深处走去。森林中的野兔、山羊、花鹿、黑熊等各种兽类远远地看见老虎来了，一个个都吓得魂飞魄散，纷纷夺路逃命。转了一圈之后，狐狸洋洋得意地对老虎说道："现在你该看到了吧？森林中的百兽，有谁敢不怕我？"

释义：老虎并不知道百兽害怕的是它自己，反而相信了狐狸的谎言。狐狸不仅躲过了被吃的厄运，而且还在百兽面前大抖了一回威风。狐假虎威用来形容借着权威的势力欺压别人，或借着职务上的权力作威作福的人。

O'z natijalariga erishish uchun boshqalarning kuchidan foydalanmoq

  Bir kuni yo'lbars olis tog'lar va qalin o'rmonlarda kezib yurib, birdan u tulkini uchratib qolibdi va bugun yana bir mazali tushlikdan zavqlanaman deb o'ylab, tulkini tutib olibdi. Tulki o'zi tabiatan ayyor. Bugun yo'lbars qo'liga tushganidan keyin axvoli yaxshi bo'lmasligini bilib, yolg'on to'qib, yo'lbarsga: "Samoviy imperator meni barcha hayvonlarning shohi bo'lish uchun tog'larga yubordi. Agar meni yesangiz, Samoviy imperator sizni kechirmaydi" debdi. Yo'lbars tulkining so'zlarini eshitib: "Sening hayvonlar shohi ekanligingga qanday dalil bor?" deb so'radi. Tulki shoshilib: "Agar menga ishonmasangiz, men bilan tog'lar va o'rmonlar bo'ylab yurishingiz mumkin, men sizga barcha hayvonlar mendan qanday qo'rqishini ko'rsataman, o'z ko'zingiz bilan ko'rasiz" debdi. Yo'lbars bu yaxshi fikr, deb o'ylab, shunday qaror qildi va tulkini qo'yib yubordi va o'zi ham uning ketidan ergashdi va ular birgalikda tog' o'rmoniga kirib ketishdi. O'rmondagi yovvoyi quyonlar, echkilar, kiyiklar, qong'ir ayiqlar va boshqa hayvonlar yo'lbarsni uzoqdan ko'rib, qo'rqib, jon saqlashga qocha boshlashibdi. Shunda tulki orqasiga o'girilib, yo'lbarsni mazax qilib dedi: "Hozir o'zingiz ko'rdingiz, shundaymi? O'rmon hayvonlaridan qaysi biri mendan qo'rqmaslikka jur'at etadi?"

  Izoh: Yo'lbars hayvonlar undan qo'rqishini tushunmadi va tulkining nayrangiga ishondi. Tulki yo'lbarsga yem bo'lishdan qutulibgina qolmay, barcha jonivorlar oldida o'zining ulug'vorligini ham ko'rsatib qo'ydi "Tulki yo'lbarsini aldadi" iborasi o'zgalarni kuchi yoki mavqei kuchidan foydalanib, sohta obro' orttirib kulgu bo'ladigan odamlarga nisbatan ishlatiladi.

害群之马

hài qún zhī mǎ

黄帝是中华民族的祖先。一次,黄帝要去具茨山,却在襄城迷了路。这时,他遇到了一位放马的男孩,便问他:"你知道具茨山在什么地方吗?"男孩回答说:"知道。"黄帝又问:"你知道大院大隗的住处吗?"男孩也回答说知道。黄帝听后心里很高兴,说:"小孩,你真了不起,既知道具茨山,又知道大院大隗住的地方。那我再问你,你知道如何治理天下吗?"男孩回答说:"治理天下也没有什么大不了的。前几年,我在外游历,当时还生着病,有位长辈对我说:'你在外游历的时候,要注意日出而游,日入而息!'我现在身体好多了,打算去更多的地方。所谓治理天下,也不过如此罢了。"黄帝觉得男孩很聪明,便再次要男孩回答究竟如何治理天下。男孩只得说:"治理天下的人,其实与放马的人没什么两样,只不过要将危害马群的坏马驱逐出去而已!"黄帝很满意男孩的回答,称他为"天师",并恭恭敬敬地对他拜了几拜,然后才离开。

释义:害群之马原指危害马群的劣马,现比喻危害社会或集体的人。

Butun podani buzadigan ot

　　Sariq imperator Xitoy xalqining ajdodidir. Bir kun, Sariq imperator Jutsi tog'ida yashayotgan donishman kishi Daveyni ziyorat qilmoqchi bo'libdi, lekin Siancheng hududida adashib qolibdi. Shu payt u ot boqib yurgan bolani uchratib qolib, undan "Sen Jutsi tog'i qayerdaligini bilasanmi?" deb so'rabdi. Bolakay "Bilaman" deb javob beribdi. Shunda imperator yana so'rabdi: "Sen donishman kishi Daveyni ham bilasanmi?", bola yana "Bilaman" deb javob beribdi. Buni eshitgan Sariq imperator xursand bo'lib: "Bolakay, sen haqiqatan ham Jutsi tog'ini ham, Daveyni yashagan joyni ham bilar ekansan" debdi. Sariq imperator yana bolakaydan so'rabdi: "sen dunyoni qanday boshqarishni bilasanmi? " Bola: "Dunyoni boshqarishdan oson narsa yo'q. Bir necha yil oldin, o'zga yurtlarda kasal bo'lib yurganimda, bir oqsoqol menga shunday degan edi: "Safarga chiqayotganda ehtiyot bo'l, quyosh chiqqanda yo'lga chiq, quyosh botishida dam ol! Hozir o'zimni ancha yaxshi his qilyapman va yana ko'plab joylarga borishni rejalashtirmoqdaman. Dunyoni boshqarish degan narsa bundan boshqa narsa emas" deb javob beribdi. "Sariq imperator bolani juda aqlli deb o'yladi va u yana undan dunyoni qanday boshqarishga oid savollarga javob berishini so'radi. Shunda bolakay "Dunyoni boshqaradigan odamlar aslida otlarni boqadigan odamlardan farq qilmaydi. Ular faqat otlarga xavf tug'diradigan yomon otlarni haydashlari kerak!" deb javob beribdi. Imperator bolaning javobidan juda mamnun bo'lib, uni "Samoviy usta" deb atadi va ketishdan oldin unga bir necha marta hurmat bilan ta'zim qilibdi.

　　Izoh: Qora oty asli podaga zarar yetkazuvchi yomon otga aytilgan bo'lsa, endi u jamiyatga yoki jamoaga zarar yetkazuvchi odamning metaforasidir.

大公无私
dà gōng wú sī

春秋时，晋平公有一次问祁黄羊说："南阳县缺个县长，你看，应该派谁去当比较合适呢？"祁黄羊毫不迟疑地回答说："叫解狐去，最合适了。他一定能够胜任的！"平公惊奇地又问他："解狐不是你的仇人吗？你为什么还要推荐他呢！"祁黄羊说："你只问我什么人能够胜任，谁最合适，你并没有问我解狐是不是我的仇人呀！"于是，平公就派解狐到南阳县去上任了。解狐到任后，替那里的人办了不少好事，大家都称颂他。过了一些日子，平公又问祁黄羊说："现在朝廷里缺少一个法官。你看，谁能胜任这个职位呢？"祁黄羊说："祁午能够胜任的。"平公又奇怪起来了，问道："祁午不是你的儿子吗？你怎么推荐你的儿子，不怕别人讲闲话吗？"祁黄羊说："你只问我谁可以胜任，所以我推荐了他，你并没问我祁午是不是我的儿子呀！"平公就派了祁午去做法官。祁午当上了法官，替人们办了许多好事，很受人们的欢迎与爱戴。孔子听到这两件事，十分称赞祁黄羊。孔子说："祁黄羊说得太好了！他推荐人，完全是拿才能做标准，不因为他是自己的仇人，存心偏见，便不推荐他；也不因为他是自己的儿子，怕人议论，便不推荐。像黄祁羊这样的人，才够得上说'大公无私'啦！"。

释义： 大公无私指办事公正，没有私心。现多指从集体利益出发，毫无个人打算。

Fidokorlik

Bahor va kuz davrida imperator Jin Ping Gun vaziri Tsi Huangyangdan so'radi: "Nanyang okrugida okrug amaldori lavozimi bo'sh, sizningcha, kim ko'proq shu lavozimga mos, kimni yuborish mumkin?" Tsi Huangyang ikkilanmay javob berdi: "Jie Huni yuborsak eng ma'quli bo'lardi! U albatta buni uddasidan chiqadi!" Jin Ping Gun ajablanib: "Jie Hu sening dushmaning emasmi? Nega hali ham tavsiya qilyapsan! " debdi. Shunda Tsi Huangyang shunday debdi: "Siz mendan faqat qaysi odam malakali va eng munosib bo'lishini so'radingiz, mendan Jie Hu mening dushmanimmi yoki yo'qligini so'ramadingiz!" debdi. Shunday qilib, Jin Ping Gun Jie Huni Nanyang okrugiga lavozimini egallash uchun yubordi. Jie Hu lavozimga kelganidan keyin u yerdagi odamlar uchun juda ko'p yaxshilik qilibdi va hammaning e'tirofini qozonibdi.

Bir necha kun o'tgach, Jin Ping Gun Tsi Huangyangdan yana: "Hozir sudda sudya etishmayapti. Bu lavozimga kim mos keladi?" deb so'rabdi. Shunda Tsi Huangyang: "Tsi Vu malakali" debdi. Jin Ping Gun yana hayron bo'lib, so'radi: "Tsi Vu sizning o'g'lingiz emasmi? O'g'lingizni qanday tavsiya qilasiz? Boshqalarning g'iybat qilishidan qo'rqmaysizmi?" debdi. Tsi Huangyang: "Siz mendan faqat bu ish uchun kim malakali ekanligini so'ragansiz, shuning uchun men uni tavsiya qildim. Tsi Vu mening o'g'limmi yoki yo'qmi deb so'ramadingiz!" deb javob beribdi. Shu tariqa Tsi Vu sudya bo'ldi va odamlar uchun juda ko'p yaxshi ishlarni qildi. Konfutsiy bu ikki narsani eshitib, Tsi Huangyangni juda maqtadi. Konfutsiy shunday dedi:

"Tsi Huangyang aytganlari juda yaxshi! U odamlarga faqat o'z iste'dodiga qarab tavsiya qiladi. U o'zining dushmani yoki g'arazli niyati borligi uchun tavsiya qilmaydi; o'z o'g'li va qo'rqqanligi uchun tavsiya qilmaydi. Men buni muhokama qilishni tavsiya etmayman, faqat Tsi Huangyang kabi odamlarni "fidoyi" deb aytish mumkin!

Izoh: Fidoyilik, adolatli va xudbin niyatlarsiz ishlarni qilishni anglatadi. Hozirgi kunda bu, asosan, hech qanday shaxsiy manfaatlarsiz jamoa uchun fidoiy bo'lishni anglatadi.

打草惊蛇

dǎ cǎo jīng shé

唐朝的时候，有一个名叫王鲁的人，他在衙门做官的时候，常常接受贿赂，不遵守法规。有一天，有人递了一张状纸到衙门，控告王鲁的部下违法，接受贿赂。王鲁一看，状纸上所写的各种罪状，和他自己平日的违法行为一模一样。王鲁一边看着状纸，一边发着抖："这……这不是在说我吗？"王鲁愈看愈害怕，都忘了状纸要怎么批，居然在状纸上写下了八个大字："汝虽打草，吾已蛇惊。"意思就是说，你这样做，目的是为了打地上的草，但我就像是躲在草里面的蛇一样，可是被大大地吓了一跳！

释义：打草惊蛇的意思是打草时惊了草里的蛇。原比喻惩罚了一个人而使另一个人有所警觉。后来常比喻做法不谨慎，反使对方有所戒备。

Insofsiz odamni oshkor qilmoq

Qadim zamonlarda Tang sulolasida Wang Lu ismli tuman boshlig'i Xitoyning sharqiy qismida, hozirgi Anxuy provinsiyasida ishlar edi. U ko'pincha pora olar, qonun-qoidalarga bo'ysunmasdi. Bir kuni kimdir Vang Lu qo'l ostidagilarni qonunni buzganlikda va pora olganlikda ayblab, jazo qog'ozini olib bordi. Vang Lu ko'rdiki, da'vo arizalarida yozilgan turli jinoyatlar uning odatdagi noqonuniy harakatlarining aynan o'zi edi. Vang Lu jinoyat qog'oziga qarab titrab ketdi: "Bu... bu men haqimda gapirmayaptimi?" Vang Lu bu qog'ozga qanchalik ko'p qarasa, shunchalik qo'rqib ketar va jazo berishni unutib, qog'ozga ushbu satrlarni tushirdi: "O'tni tepsangiz, o'tdagi ilondek qo'rqib ketdim". Bu hikoya keyinchalik "O'tni tepib, ilonni qo'rqit" degan iboraga asos bo'ldi.

Siz o't ko'rayotgan bo'lsangiz, men ilonlardan qo'rqaman. "Bu degani, siz buni yerdagi o'tlarni o'rib oldingiz, lekin men huddi o'tga yashiringan ilondek edim, shundan men juda qo'rqdim.

Izoh: Bu maqolning asl ma'nosi: "Ba'zilarga jazo boshqalarga ogohlantirish bo'lib xizmat qiladi". Dushmanni tezkor harakatlar bilan qo'rqitish yoki ogohlantirish. Siz harakatlaringiz bilan insofsiz odamni fosh etishingiz mumkin bo'lgan vaziyatda aytiladi.

杯弓蛇影

bēi gōng shé yǐng

有一天，乐广请他的朋友在家里大厅中喝酒。那个朋友在喝酒的时候，突然看见自己的酒杯里，有一条小蛇的影子在晃动，他心里很厌恶，可还是把酒喝了下去。喝了之后，心里一直不自在，放心不下。回到家中就生起病来。隔了几天，乐广听到那个朋友生病的消息，了解了他得病的原因。乐广心里想：酒杯里绝对不会有蛇的！于是，他就跑到那天喝酒的地方去察看。原来，在大厅墙上，挂有一把漆了彩色的弓。那把弓的影子，恰巧映落在那朋友放过酒杯的地方，乐广就跑到那个朋友那里去，把这事解释给他听。这人明白了原因以后，病就立刻好了。这个故事告诉我们，要透过事物的表象来探究问题，不要被事物的表面现象所迷惑，要学会通过调查研究来了解事情的真相，而非轻信表面的假象。

释义：杯弓蛇影的意思是将映在酒杯里的弓影误认为蛇，比喻因疑神疑鬼而引起恐惧。

Qo'rqqanga qo'sha ko'rinmoq

Bir kuni Le Guang o'z do'stini uyga sharobxo'rlikka taklif qildi. Do'sti sharob ichayotib, birdan may qadahida ilonning soyasini ko'rib qoldi, u seskanib ketti, lekin baribir sharobni ichdi. Sharob ichganidan so'ng, o'zini juda yomon his qildi va uyiga qaytgach kasal bo'lib qoldi. Bir necha kundan so'ng Le Guang do'stining kasalligi haqidagi xabarni eshitdi. Uning kasalligi sababini tushunganday bo'ldi. Le Guang o'zicha o'yladi: sharob qadahida hech qachon ilon bo'lmaydi-ku! Xullas, o'sha kuni sharob ichgan xonaga kirib tekshirib ko'rdi. Ma'lum bo'lishicha, xona devorida rang-barang bo'yalgan kamon osilib turgan. Yoyning soyasi tasodifan do'sti sharob qadahiga tushgan. Le Guang do'stining oldiga yugurib kelib, unga bo'lgan voqeani tushuntirdi. Do'sti sababni tushungach, darrov kasalidan tuzalib ketdi. Bu hikoya bizga duch kelgan muammolarni anglash uchun muammoni chuqurroq o'rganishimiz, yuzaki hodisalariga aldanmaslik, shunchaki yuzaki saroblarga ishonishdan ko'ra, tahlil va izlanishlar orqali haqiqatni tushunishni o'rganishimiz kerakligini o'rgatadi.

Izoh: Hamma narsaga shubha, gumon bilan qaraydigan odam haqida. So'zma-so'z tarjimasi: qadahda kamon aksini ko'rib ilonni ko'rganday bo'lmoq.

半途而废
bàn tú ér fèi

东汉时，河南郡有一位贤惠的女子，人们都不知她叫什么名字，只知道是乐羊子的妻子。一天，乐羊子在路上拾到一块金子，回家后把它交给妻子。妻子说："我听说有志向的人不喝'盗泉'的水，因为它的名字令人厌恶；也不吃别人施舍而呼唤过来吃的食物，宁可饿死。更何况拾取别人失去的东西。这样会玷污品行。"乐羊子听了妻子的话，非常惭愧，就把那块金子扔到野外，然后到远方去寻师求学。一年后，乐羊子归来。妻子问他为何回家，乐羊子说："出门时间长了想家，没有其他缘故。"妻子听罢，操起一把刀走到织布机前，严厉地说："这机上织的绢帛产自蚕茧，成于织机。一根丝一根丝地积累起来，才有一寸长；一寸寸地积累下去，才有一丈乃至一匹。今天如果我将它割断，就会前功尽弃，从前的时间也就白白浪费掉。"妻子接着又说："读书也是这样，你积累学问，应该每天获得新的知识，从而使自己的品行日益完美。如果半途而归，和割断织丝有什么两样呢？"乐羊子被妻子说的话深深感动，于是又去完成学业，一连七年没有回过家。

释义：半途而废的本义是，路走到一半停了下来，比喻事业没做完就停止，不能善始善终，做事有头无尾。

Yarim yoʻlda toʻxtamoq

Sharqiy Han sulolasi davrida judayam oqila va mehribon ayol boʻlib, hech kim ayolning ismini bilmas, faqat Yue Yangzining xotini ekanligini bilishardi. Yue Yangzi bir kuni uyiga qaytayotib, yoʻldan bir boʻlak oltin topib oldi va xotiniga berdi. Shunda xotini: "Eshitishimcha, "Oʻgʻri buloq" suvini shijoatlilar ichmaydi, chunki uning nomi jirkanchdir, boshqalar sadaqaga chaqirgan taomni yemaydilar va ochlikdan oʻlishni afzal koʻradilar" dedi. Xotinining gaplarini eshitgach, Yue Yangzi juda uyaldi va oltin parchani uloqtirib yubordi va oilm izlab uzoqroqqa ketdi. Bir yil oʻtgach, Yue Yangzi uyiga qaytib keldi. Xotini undan uyga nima uchun kelganini soʻraganida, Yue Yangzi: "Uzoq vaqtdan keyin uyni sogʻindim, boshqa sabab yoʻq" deb javob beradi. Shunda xotini qoʻliga pichoqni olib, ip yigiruvchi dastgohini oldiga borib, qat'iy ohangda dedi: "Bu dastgohda toʻqilgan ipak ipak qurti pillasidan chiqib, dastgohga qoʻyiladi. Ipak tolalari ulanib, uzunligi bir qarich, soʻng bir tutam; tutam-tutam boʻlib bir gaz mato boʻladi. Agar bugun uzib qoʻysam, oldingi ishlarimni yoʻqotib qoʻyaman, oldingi vaqtim ham behuda ketadi. Oʻqish uchun ham xuddi shunday, siz bilim to'plaganingizda, har kuni yangi bilimlarga ega boʻlishingiz kerak, shunda sizning xatti-harakatlaringiz yanada mukammal boʻladi. Yarim yoʻldan ortga qaysangiz huddi ipning uzilgani kabi boʻladi" debdi. Yue Yangzi xotinining gaplaridan qattiq ta'sirlanib, oʻqishni yakunlash uchun ketibdi va yetti yil uyiga qaytmadi.

Izoh: "Yarim yoʻldan qaytimoq" iborasi inson biror ishni boshlab, lekin tugatmasdan ishini tashlab qoygan har qanday vaziyatga tegishli. Ishni na boshi va na oxiri boʻlmasligiga oʻxshatishdir.

守株待兔

shǒu zhū dài tù

　　春秋时代有位宋国的农夫,他每天早上很早就到田里工作,一直到太阳下山才收拾农具回家。有一天,农夫正在田里辛苦地工作,突然远远跑来一只兔子。这只兔子跑得又急又快,一不小心,兔子撞上稻田旁边的大树,撞断了兔子的颈部,兔子当场倒地死了。一旁的农夫看到之后,急忙跑上前将死了的兔子一手抓起,然后很开心地收拾农具,准备回家把这只兔子煮来吃。农夫心想,天底下既然有这么好的事,自己又何必每天辛苦地耕田?从此以后,他整天守在大树旁,希望能再等到不小心撞死的兔子。可是许多天过去了,他都没等到撞死在大树下的兔子,反而因为他不处理农田的事,田里长满了杂草,一天比一天更荒芜。

　　释义:守株待兔原比喻妄想不经过努力而侥幸得到意外的收获。现也比喻死守狭隘的经验,不知变通。

Olma pish – og'zimga tush

Bir paytlar Bahor-Kuz sulolalari davrida bir dehqon yashagan ekan. U har kuni ertayu-kech dalada tinmay mehnat qilar, kun botganda anjomlarini yig'ishtirib charchagan holda uyiga qaytar ekan. Bir kuni u dalada qiynalib ishlayotganida, uzoqdan yugurib kelayotgan quyonni ko'rib qolibdi. Quyon juda tez yugurib, dala chetidagi daraxtga urilibdi, bo'yni sinib, o'lik holda yiqilibdi. Dehqon tezda quyonning oldiga yugurib, uni qo'liga olibdi va juda xursand bo'lib, uyiga kelib, quyon go'shtidan sho'rva tayyorlabdi va o'ziga o'zi debdi: "Qanday baxtliman, men quyonni tekin va qiyinchiliksiz oldim, dunyoda shunchalik yaxshi va oson ishlar bor ekan, qiynalib dalada mehnat qilishning keragi ham yo'q". Shunday o'y bilan ertasi kuni u ishlamasdan, daraxt yonida boshqa biror quyon kelib urilishini kurib o'tiribdi. Ammo kun bo'yi quyon ko'rinmabdi. Lekin u kutishda davom etar va u har kuni dalaga kelib, ishlamasdan quyonni kutardi. Shu tarzda oradan ancha kun o'tibdi, dalada begona o'tlar o'sib, kundan kun kimsasiz bo'lib ketibdi.

Izoh: Bu ibora hech qanday harakat qilmasdan biror narsaga erishmoqchi bo'lgan odamlar haqida aytilgan.

画龙点睛
huà lóng diǎn jīng

南北朝时期,梁朝张僧繇是吴地人,他擅长画龙,而且画龙的艺术技法,已经到了出神入化的地步。有一次,张僧繇在金陵安乐寺的墙上,画了四条白龙,活灵活现,呼之欲出。奇怪的是,这四条白龙都没有点上眼睛。许多观看者对此不解,问他:"先生画龙,为什么不点上眼睛呢?是否点眼睛很难?"张僧繇郑重地回答:"眼睛是龙的精髓所在。点睛很容易,但一点上,龙就会破壁乘云飞去。"大家都不相信他的回答,纷纷要求他点睛,看看龙是否会飞跃而去。张僧繇一再解释,龙点了眼睛要飞走,但大家执意要他点睛。于是他提起画笔,运足气力,刚点了其中两条龙的眼睛,就乌云翻滚,雷电大作,暴雨倾盆而下。两条刚点上眼睛的白龙腾空而起,乘着云雾飞跃到空中去了,而那两条未点睛的白龙,仍留在墙壁上。大家惊得目瞪口呆,全都傻眼了。

释义:画龙点睛比喻在关键地方简明扼要的点明要旨,使内容生动传神。也比喻在整体中突出重点。画龙点睛的道理:在处理、解决问题的时候,要学会抓住问题的关键,才能解决问题。

Ajdar chizib ko'z qo'shmoq

Shimoliy va Janubiy sulolalar davrida, Liang sulolasidan Chjan Sengyao ismli mohir rassom bo'lib, uning ajdar chizishda mahorati juda mukammal bo'lgan ekan. Kunlardan bir kun Chjan Sengyao Dzinlin shahridagi Anle ibodatxona devoriga to'rt ajdarni rasmini chizibdi. Ajdarlar shunday mahotar bilan chizilgan ekanki, huddi tirikday ko'rinar ekan. Biroq to'rt ajdarning birontasiga ko'z chizmagan ekan. Ko'pchilik tomoshabinlar bundan hayron bo'lib, undan: "Janob, nega ajdaho chizganingizda ko'zini chizmadingiz? Ko'z chizish qiyinmi?" deb so'rashibdi. Chjan Sengyao jiddiy turib shunday javob beribdi: "Ko'zlar ajdahoning mohiyatidir. Ko'zlarini chizish oson, lekin buni qilganingizdan so'ng, ajdaho devorni yorib o'tib, bulutlar ustida uchib ketadi". Odamlar uning javobiga ishonmay, ajdaho uchib ketadimi-yo'qmi, ko'zlarini chizishni so'rashibdi. Chjan Sengyao bir necha bor ajdaho ko'zini chizsa uchib ketishini tushuntiribdi, biroq hamma ajdarlarga ko'z chizish kerakligini ta'kidlabdi. Shunda rassom mo'yqalamini olib, bor mahoratini ishga solibdi va ikki ajdahoning ko'zlarini chiza boshlashi bilan qora bulutlar paydo bo'lib, momaqaldiroq va chaqmoq chaqibdi, kuchli yomg'ir yog'ibdi! Ko'zlari endigina chizilgan ikki oq ajdaho osmonga ko'tarilib, bulutlar ustida havoga uchib ketishibdi, ko'zlari chizilmagan ikki ajdar esa devorda qolib ketibdi. Buni ko'rgan odamlar hayronu-lol bo'lib qolishibdi.

Izoh: Mazkur frazeologizm asosiy joylarda fikrlarni ta'kidlash, mazmunni jonli va ifodali qilish uchun metafora sifatida qo'llanadi. Shuningdek, muammoni hal qilish uchun muammoning kalitini tushunishni o'rganishga da'vat etadi.

爱屋及乌

ài wū jí wū

商朝末年，纣王穷奢极欲，残暴无道，西方诸侯国的首领姬昌决心推翻商朝统治，积极练兵备战，准备东进，可惜他没有实现愿望就逝世了。姬昌的儿子姬发继位称王，世称周武王。周武王在军师姜太公及弟弟周公、召公的辅佐下，联合诸侯，出兵讨伐纣王。双方在牧野交兵。这时纣王已经失尽人心，军队纷纷倒戈，终于大败。商朝都城朝歌很快被周军攻克。纣王自焚，商朝灭亡。纣王死后，周武王心中并不安宁，感到天下还没有安定。他召见姜太公，问道："进了殷都，对旧王朝的士众应该怎么处置呢？"太公说："我听说过这样的话：如果喜爱那个人，就连同他屋上的乌鸦也喜爱；如果不喜欢那个人，就连带厌恶他家的墙壁篱笆。这意思很明白：杀尽全部敌对分子，一个也不留下。大王你看怎么样？"武王认为不能这样。这时召公上前说："我听说过：有罪的，要杀；无罪的，让他们活。应当把有罪的人都杀死，不让他们留下残余力量。大王你看怎么样？"武王认为也不行。这时周公上前说道："我看应当让各人都回到自己的家里，各自耕种自己的田地。君王不偏爱自己旧时朋友和亲属，用仁政来感化普天下的人。"武王听了非常高兴，心中豁然开朗，觉得天下可以从此安定了。后来，武王就照周公说的办，天下果然很快安定下来，民心归附，西周也更强大了。

释义：爱屋及乌的意思是因为爱一个人而连带爱他屋上的乌鸦。比喻爱一个人而连带地关心到与他有关的人或物。

O'zini sevsang qushini ham sev

Shang sulolasining oxirlarida, qirol Chjou Van juda zulmkor ekan. G'arbiy vassal davlatlarning rahbari Ji Chang Shang sulolasini ag'darib tashlashga qaror qildi. U harbiy tayyorgarlikni kuchaytirib, sharqqa yurishga tayyorlanadi, ammo afsuski, u o'z maqsadiga yeta olmaydi va hayotdan ko'z yumadi. Ji Changning o'g'li Ji Fa taxtga o'tiradi va qirol bo'ladi, dunyoga Chjou Vu qiroli sifatida taniladi. Chjou Vu qiroli, harbiy maslahatchi Tszyan Taygon va ukalari Chjou Gun va Chjao Gun yordami bilan boshqa davlatlarni birlashtirib, qirol Chjouga hujum qilish uchun qo'shin yuboradi. Ikki tomon Muyeda jang qilishadi. Bu vaqtga kelib qirol Chjou Van xalq orasida to'liq ishonchsizlikka uchrab, qo'shinlari birin-ketin unga qarshi chiqqadi va u nihoyat mag'lubiyatga uchraydi. Shang sulolasining poytaxti Chao'ge tezda Chjou armiyasi tomonidan zabt etiladi. Chou Van o'zini yoqib yuboradi va shu tariqa Shang sulolasi tugaydi. Chou Wan o'lgandan so'ng, Chjou Vu Van ko'nglida tinchlik yo'qligini his etadi, dunyo hali notinch edi. U Jiang Taigongni chaqirib, so'radi: "Biz poytaxt Yinduga kirsak, eski sulolaning jangchilarini nima qilishimiz kerak?" Taygong javob berdi: "Eshitishimcha, agar biror kishi bu odamni sevsa, uni uyidagi qushlari bilan birga sevadi; agar inson bu odamni sevmasa, u bilan birga uyining devorlariyu to'siqlarini ham yomon ko'radi. Uning fikri juda aniq edi: barcha dushmanni o'ldirib, hech kimni ortda qoldirmaslik. Siz nima deb o'ylaysiz, janob oliylari? Qirol Vu Van buni amalga oshirish mumkin emas deb o'ylab turganida, Chjao Gun kelib: "Aybdorlarni o'ldirish kerak, begunohlarni yashashga ruxsat berish kerak, deb eshitganman" deydi. Aybdorlar o'z kuchlaridan hech qanday iz qoldirmasdan o'ldirilishi kerak. Darvoqe, siz qanday o'ylaysiz?" Qirol Vu Van ham buni ma'qul ko'rmadi. Shu paytda Chjou Gun oldinga kelib dedi: "Menimcha, har bir kishi o'z uyiga qaytib, o'z yerida ishlashi kerak. Hukmdor o'z eski do'stlari va qarindoshlariga tarafkashlik qilmasin, rahm-shafqat siyosati bilan butun dunyodagi insonlarga ta'sir etsin."

Qirol Vu buni eshitib, juda xursand bo'ldi va fikri yorishdi, u bundan buyon dunyoda tinchlik bo'ladi deb o'yladi. Shundan so'ng, qirol Chjou Vu aytganidek qildi va dunyo haqiqatan ham tezda tinchlandi, odamlarning mehrini qozondi va G'arbiy Chjou sulolasi yanada kuchliroq bo'ldi.

Izoh: Mazkur ibora insonni sevganda unga tegishli odamlar va narsalarni ham hurmat qilish kerakligi ma'nosida qo'llaniladi.

班门弄斧
bān mén nòng fǔ

明朝有个文人叫梅之涣。有一回,他到采石矶(现在安徽当涂)唐代大诗人李白的墓地去游览,只见四周的墙壁上,涂涂抹抹全是游人写的诗,这些诗都很低劣。他也提起笔来写了一首:采石江边一堆土,李白之名垂千古。来来往往一首诗,鲁班门前弄大斧。这几句诗的意思是说李白是千古有名的诗人,而这些来来往往的人偏偏要在诗人面前炫耀自己,岂不就像在鲁班的门前耍弄斧头一样可笑吗!鲁班是春秋时期我国有名的巧匠。他聪明灵巧,有很多发明创造,是我国木匠、泥瓦匠的"祖师",他的名字也就成了内行人的代称。

释义:成语"班门弄斧"就是从"鲁班门前弄大斧"一句变化来的,往往用来讽刺那种在内行人面前卖弄本领、不自量力的人,有时候也用来表示自谦。

Maqtanma goz – hunaring oz

Min sulolasi davrida Mey Jihuan ismli olim yashagan. Bir kuni u Tang sulolasining buyuk shoiri Li Bay qabrini (xozirgi Anhui provinsiyasi) ziyorat qiladi va uning atrofidagi devorlar sayohatchilar tomonidan yozilgan she'rlar bilan qoplanganini ko'radi. U ham qo'liga qalam olib :

"Sayshi daryosi bo'yida bir uyum tuproq, Li Bay nomi ming yilliklar davomida yodda. Keling, kelib, bir she'r aytaylik,

Luban darvozasida katta bolta bilan naqsh o'ynaylik" deb she'r yozadi.

Bu satrlarning ma'nosi shuki, Li Bay davrning mashhur shoiri bo'lib, shoirning oldida o'zini ko'rsatish uchun kelib-ketadigan bu odamlar Lu Bangning eshigi oldida bolta o'ynagandek kulgili emasmi? Lu Ban Bahor va Kuz sulolalari davrida mashhur hunarmand bo'lgan. U o'ta aqlli va epchil bo'lib, ko'plab ixtirolari qilgan edi.

Izoh: Mazkur ibora "Luban darvozasi oldida katta bolta o'ynash" maqoli, o'z ishining ustasi oldida o'z qobiliyatini ko'rsatishga harakat qilayotgan, lekin o'z imkoniyatlarini bilmaydigan insonlarga nisbatan ishlatiladi. Ba'zan esa, o'zini past baholash ma'nosida ham qo'llaniladi.

痴人说梦
chī rén shuō mèng

这里有两个故事。从前一个外国和尚到一座中国庙里烧香，庙里的小和尚问他何姓及来自何国，外国和尚不懂他的话，跟着说何姓何国人。小和尚向住持报告外面来了何国一个姓何的和尚。众和尚纷纷出来看热闹，搞得大家啼笑皆非。

从前有一个姓戚的大户人家，戚家有一个少爷，这个戚家公子一直都过着衣来伸手、饭来张口的日子，虽然从小喜爱读书，但生性痴笨，而且本身也非常愚钝。一天早上，他从床上爬起来，懵懵懂懂，到处张望，忽然一把拖住进来收拾房间的婢女，问道："昨天夜里你梦见我没有？"婢女莫名其妙，回答："没有。""什么？"公子气得破口大骂，"我明明在梦中看见你，你为何要当面耍赖？"顿时在房间里闹得一塌糊涂。老夫人赶来问究竟，公子扯着她的衣襟大喊大叫说："这个痴婢真该打，我明明梦见她，她却说没梦见我，存心欺主，这还得了！"

释义：痴人说梦原指对痴人说梦话而痴人信以为真，比喻凭借荒唐的想象胡言乱语。

Cho'pchak aytib ishontirmoq

Bu erda ikkita hikoya bor. Bir kuni chet ellik bir rohib tutatqi tutatish uchun Xitoy ibodatxonasiga bordi. Ma'baddagi yosh rohib undan nasl-nasabini va qaysi davlatdanligini so'radi. Chet ellik rohib uning so'zlarini tushunmadi, shuning uchun u nasl-nasabi va kelib chiqishini aytib berishda davom etdi. Yosh rohib abbotga ko'chaga Xe mamlakatidan Xe ismli rohib chiqqanini aytdi. O'yin-kulgini tomosha qilish uchun barcha rohiblar chiqishdi, nima qilishini bilmadi.

Chi oilasi boy bo'lib, uning erkatoy farzandi bor edi. Kichikidan kitob o'qishni yaxshi ko'rsada, ammo tabiatan ahmoq bola edi. Bir kuni ertalab u o'rnidan turib, hali to'liq uyg'onmagan holda atrofga qaradi. To'satdan u xonaga nimadir deb kirgan xizmatkorning qo'lidan ushlab: "Bugun meni tushingda ko'rdingmi?"-deb so'radi. Xizmatchi hayratlanib: "Yo'q, men ko'rmadim ", deb javob berdi. Bola qattiq g'azablanib xizmatchini haqorat qila boshladi: "Men seni aniq tushimda ko'rdim! Nega bunchalik yolg'on gapiryapsan ?!" U onasining oldiga yugurdi va uning ko'ylagini tortib, qichqirishni boshladi: "Xizmatkorni qattiq jazolash kerak. Men uni tushimda aniq ko'rdim, lekin u meni tushida ko'rmaganligini aytyapdi. U menga ataydan yolg'on gapiryapti!"

Izoh: "Axmoqlar tushlar haqida gapiradi" aslida ahmoq bilan uyqusida gaplashishni nazarda tutiladi va ahmoq buni haqiqat deb hisoblaydi. Bu bema'ni tasavvurga asoslangan bema'ni gaplar uchun metafora.

出奇制胜
chū qí zhì shèng

战国时,燕国进攻齐国的即墨城。守城的大将田单想出一个奇特的计谋,叫"火牛阵"。他收集来一千多头牛,并且将这些牛都披上五彩龙纹衣,双角上绑着尖刀,尾巴上绑着草。在一个月黑风高的夜晚,他一声令下,用火把点着牛尾上的草,牛被火烧到之后,就拼命地往前跑。燕军从睡梦中惊醒,看到这一大群五彩怪兽,吓得惊慌失措,四处乱逃。田单又乘胜追击,最后收复了被燕军占领的七十多座城邑。真可谓出奇制胜。

释义:现指采取对方意想不到或不合常规的手段、方法取得成功。

Hiyla bilan g'alaba qozonmoq

Jangovor qirolliklar davrida Yan qirolligi Chi qirolligi Jimo shahriga hujum qildi. Shaharni qo'riqlayotgan sarkarda Tyan Dan "Olovli buqa jangi" nomli o'ziga xos rejani o'ylab topdi. U mingdan ortiq buqalarni yig'ib, ularning ustiga rang-barang ajdaho kiyimlarini kiygizib, shoxlariga o'tkir pichoqlar, dumlariga qamish bog'lab qo'ydi. Qorong'i va shamolli kechada buqaning dumidagi qamishni mash'al bilan yoqishni buyurdi, dumi yonayotgan buqa umidsiz holda oldinga yuguradi. Yan qirolligi askarlari uyqudan uyg'onib, yonayotgan buqalarni ko'rib, vahimaga tushishdi va har tomonga qochib ketishdi. Tyan Dan yana g'alabaga erishdi va nihoyat Yan qirolligi armiyasi tomonidan bosib olingan 70 dan ortiq shaharlarni qaytarib oldi. Buni kutilmagan g'alaba deb ta'riflash mumkin.

Izoh: Mazkur ibora muvaffaqiyatga erishish uchun kutilmagan yoki noan'anaviy vositalar va usullarni qo'llashni nazarda tutadi.

画蛇添足
huà shé tiān zú

　　战国时，楚国有个人要把一壶酒赏给手下的人喝，但人多酒少。他宣布每人在地上画一条蛇，谁最先画好，酒就归谁。有个人先画好了。他拿过酒壶准备喝酒时，看到别人都还没画好，便取笑道："你们画得真慢啊，我再给蛇画上脚也不算晚哩！"说罢，他左手提着酒壶，右手便给蛇画脚。正在他画蛇脚的时候，另一个人把蛇画好了，便一把夺过酒壶，边喝边说："蛇本来没有脚，你给它添上脚，那就不是蛇了！第一个画好蛇的是我，酒该我喝了！"

　　释义：比喻做了多余的事，非但无益，反而不合适，也比喻虚构事实，无中生有，也比喻节外生枝，多此一举。

Ortiqcha harakat

Jangovor qirolliklar davrida Chu qirolligida yashovchi bir kishi o'z qo'l ostidagilarga bir ko'za sharob bermoqchi bo'ladi. Qo'l ostidagi odamlar juda ko'p, sharob esa kam edi. U hammaga yerga ilon chizishini, kimda kim rasmni birinchi bo'lib tugatsa, bir xum sharobni unga berishini aytadi. Kimdir birinchi bo'lib ilonni chizib bo'ldi. U ko'zani qo'liga olib, ichishga hozirlanganda atrofga qarasa, boshqalar rasm chizishda davom etayotgan emish. "Sizlar juda sekin chizyapsizlar, men yana ilonga oyog'ini ham chizishim mumkin" dedi. Shunda u chap qo'lida sharob to'la xumni ushlab, o'ng qo'li bilan, ilonga oyoq chizadi. U ilonning oyog'ini chizayotganda, yana bir kishi ilonni chizib bo'ladi, ko'zani ko'tarib sharobni ichadi va: "Ilonning oyog'i bo'lmaydi, oyog'ini chizganing, endi ilon bo'lmaydi!" dedi. Demak, birinchi bo'lib ilonni chizgan men, men sharobni ichishim kerak!

Izoh: Mazkur ibora biron ishni bajarishda ortiqcha harakat qilib, natijaga erisha olmaslikni ifodalaydi. "Qosh qo'yaman deb ko'z chiqarmoq" deb tushunish mumkin.

九牛一毛
jiǔ niú yì máo

西汉时代有个很有名的大将军名叫李陵，他奉汉武帝的命令，率领军队去攻打匈奴。后来，因为兵力不足而战败投降。武帝听到这件事以后非常生气，他觉得李陵不但不能立下大功，反而轻易对敌人投降，其它的大臣们也纷纷指责李陵的不忠。只有太史令司马迁为李陵打抱不平，他仗义直言说道：李陵将军孤军奋战，每一次出兵攻打敌方都有很好的成绩。而这一次，他没有得到李广利（担任正面主攻任务的将军）的协助，五千人的步兵虽然被八万匈奴兵团团围住，但是仍然冒死对抗，而且连续打了十几天的仗，还杀伤敌兵一万多人，直到粮草都用尽了，才不得不假装投降，这样的战绩大概没有几个人能做得到，李陵实在是个了不起的将领啊！至少他的功劳能够抵他的罪过吧！汉武帝听到司马迁不但为李陵辩解，而且还讽刺他的亲戚李广利，顿时火冒三丈，立即下令把司马迁打入死牢，接着又判了司马迁当时最残酷、最耻辱的宫刑。司马迁遭受到如此大的打击，受到这种侮辱，好几次都想自杀一死了之，可是他想到自己这种情形即使死了，在大家眼中也不过就像是九牛之一毛，不但得不到任何人的一丝同情，还会受到大家的嘲笑。于是，他下定决心、勇敢的活下去，最后终于完成《史记》这部名流千古的史学钜着。

释义：九牛一毛的意思是九条牛身上的一根毛。比喻极大数量中极微小的数量，微不足道。

Dengizdan tomchi

G'arbiy Xan sulolasi davrida Li Ling ismli mashhur sarkarda bo'lib, u Xan sulolasi imperatori Vu Di buyrug'i bilan hunlarga hujum qilish uchun qo'shinni boshqargan. Keyinchalik qo'shin yetishmagani uchun mag'lubiyatga uchraydi va taslim bo'ladi. Buni eshitgan imperator Vu Di juda g'azablanadi. Uning fikricha, Li Ling nafaqat katta yutuqlarga erisha olmagan, balki dushmanga osonlik bilan taslim bo'lgan. Vazirlar ham Li Lingni bevafolikda ayblashadi. Shunda faqat imperator tarixchisi Sima Tsyan Li Ling uchun kurashadi to'g'ridan-to'g'ri shunday degan ekan: "General Li Lingning jangga kirishadigan askardir, u har safar dushmanga hujum qilish uchun o'z qo'shinlarini yuborganida, u juda yaxshi natijalar ko'rsatgan! Ammo bu safar u Li Guangli (asosiy hujum uchun mas'ul sarkarda) yordamini olmadi, garchi 5000 piyoda askar 80000 Hunlar tomonidan o'ralgan bo'lsa-da, ular o'z hayotlarini xavf ostiga qo'yib, o'n kundan ortiq jang qilishdi. U, shuningdek, 10000 dan ortiq dushman askarlarini o'ldirdi va o'zini o'zi taslim qilishga majbur qildi. Hech bo'lmaganda, uning xizmatlari gunohlarini qoplashi mumkinku!" Xan sulolasi imperatori Vu Di Sima Tsyan nafaqat Li Lingni himoya qilganini, balki uning qarindoshi Li Guanglini ham tanqid qilganini eshitib, darrov Sima Tsyanni o'lim jazosiga mahkum etishni buyurdi va Sima Tsyanni eng shafqatsiz jazoga hukm qiladi. Sima Tsyan shunday kuchli zarbaga uchraydiki, bunday haqoratdan u bir necha bor o'z joniga qasd qilmoqchi bo'ladi, lekin shunday vaziyatda, hatto o'lsa ham, hammaning ko'z o'ngida bir zarrachaga o'xshab qolaman, xech kim hamdardlik bildirmay, odamlarga masxara bo'laman deb o'ylaydi. Shunday qilib, u jasorat bilan yashashga qaror qiladi va nihoyat, asrlar davomida mashhur bo'lgan buyuk tarix asari "Tarix bitiklari"ni yozib tugatadi.

Izoh: Mazkur ibora to'qqizta ho'kizning tanasida bitta tuk degan ma'noni anglatadi. Ya'ni, katta miqdor oldida zarracha ham ahamiyatsiz degan ma'noda qo'llaniladi.

鞠躬尽瘁

jū gōng jìn cuì

建兴五年（公元227年），诸葛亮出师伐魏未获成功，许多人主张不应再兴师动众。后来，诸葛亮上表刘禅，说明王业不可偏安于蜀，曹魏南征吴越，关中空虚，是北伐中原的最好时机，希望刘禅不要动摇。诸葛亮说："以前先帝败于荆州，曹操就说过天下已定。由于先帝东联吴越，西取巴蜀，北伐大业指日可待。哪知吴国背信弃义，使先帝又遭挫折，世事真是难以预料。我对于先帝复兴汉室的大业是鞠躬尽瘁，死而后已。至于是否成功，那不是我能够完全预料得到的。"

释义：鞠躬尽瘁指恭敬谨慎，竭尽心力，表示为了事业勤勤恳恳工作，贡献终生。

Oxirgi nafasgacha tinmay ishlamoq

Tszyansin hukmronligi① ning beshinchi yilida (milodiy 227 yil) Chjuge Liangning Vey qirolikiga hujumi muvaffaqiyatsiz tugaydi va ko'p odamlar endi qo'shinlarni safarbar qilmaslik kerakligini targ'ib qilishadi. Keyinchalik Chjuge Liang Liu Changa bayonot berib, qirolning mol-davlati Shu qorollikiga bo'lib berilmasligi kerakligini tushuntiradi. Cao, Vey qirolliklari janubdagi Vu Yueni bosib oladi, ammo Guanchjong hududi bo'sh edi. Bu Shimoliy qismlarning Markazga yurishi uchun eng yaxshi vaqti edi. Chjuge Liang shunday deydi: "Marhum imperator Jingzhouda mag'lub bo'lishidan oldin, Cao Cao barchasi aniqligini aytgan edi. Avvalgi imperator sharq tomondan Vu Yue qirolliki bilan birlashib, g'arbda Bashuni qo'lga kiritgandi, va Shimol tomonga yurish qilishni bashorat qilinayotgandi. Kutilmaganda, Vu qirolligi va'dasini buzdi va birinchi imperatorni yana bir omadsizlikka duchor qildi. Dunyo ishlarini haqiqatdan ham oldindan aytib bo'lmaydi. Men o'zimni marhum imperatorning Xan sulolasini qayta tiklashdek buyuk maqsadiga bag'ishladim va bu maqsad yo'lida o'lishga tayyorman. Muvaffaqiyat esa, bu men to'liq bashorat qila oladigan narsa emas ".

Izoh: Mazkur ibora biror maqsad yo'lida astoydil mehnat qilish va butun hayotini bag'ishlaganlikni ifodalashni anglatadi.

---

① Shu Xan sulolasining imperatori Liu Channing hukmronlik unvoni

卷土重来

juǎn tǔ chóng lái

楚汉相争之时，最后刘邦取得了胜利，项羽大败，他带领败兵逃到了乌江边，刘邦带兵包围了项羽。此时乌江亭长驾着一条小船来接应项羽，说："江东虽小，但是亦有千里土地，数十万人口，你仍可在江东为王。请你快上船渡江吧！"可项羽说："当年被我带出去的江东子弟至今无一生还，我已无颜再见江东父老！"项羽说完，当即自刎而死。唐朝诗人杜牧后来游览乌江时感慨万千，写了首诗，说："江东子弟多才俊，卷土重来未可知。"即感叹江东能人众多，若项羽当年没有自杀而是积蓄力量，与刘邦较量，谁胜谁负还很难说啊！

释义：卷土：人马奔跑时尘土飞卷。比喻失败之后，重新恢复势力。

Yengilgan kurashga to'ymas

Chu va Xan qirolliklari o'zaro urushayotgan vaqtda, Liu Bang nihoyat g'alaba qozondi va Syan Yu mag'lub bo'ldi. U mag'lubiyatga uchragan askarlarni boshqarib, Vujiang daryosiga qochib ketdi, Lyu Bang esa o'z qo'shinlari bilan Syan Yuni qurshab oldi. Bu vaqtda Wujiang hududining boshlig'i kichik qayiqda Syan Yu bilan uchrashish uchun keladi va shunday deydi: "Jiangdung kichik bo'lsa-da, minglab kilometr yeri va yuz minglab odamlari bor. Siz hali ham Jiangdungda imperator bo'lishingiz mumkin. Iltimos, qayiqqa o'tirib, daryoni tezda kesib o'ting! " shunda Syan Yu dedi: "jangga men olib chiqqan Jiangdong bolalarining hech qaysi biri omon qolmadi. Jiangdong oqsoqollariga qaytib ko'rinishga yuzim yo'q. Syan Yu so'zini tugatib bo'lib, o'zini o'ldirdi. Tang sulolasi shoiri Du Mu keyinchalik Vujiangga borganida his-tuyg'ularga to'la she'r yozadi va shunday deydi: "Jiangdong bolalari juda iste'dodli, kim bilar ular g'alaba bilan qaytishin" , Ya'ni, Jiangdongda iste'dodli insonlar juda ko'p, agar Syan Yu o'z joniga qasd qilmasdan kuch to'plaganda, Lyu Bang bilan raqobatlashib, balki g'alaba qozonardi, balki yutqazardi, aytish qiyin.

Izoh: Mazkur ibora mag'lubiyatdan keyin quvvatni tiklash va g'alaba uchun kuchlarni qayta jamlashni ifodalashda metafora sifatida ishlatiladi.

乐极生悲
lè jí shēng bēi

　　战国时，齐威王不理朝政，常常通宵达旦地饮酒作乐。一次宴席上，齐威王问淳于髡："您一次能喝多少酒？"淳于髡答："喝一斗也醉，喝一石也醉。酒极则乱，乐极则悲。"齐威王不解，淳于髡解释道："如果您赐酒给我喝，我就会感到紧张，最多能喝一斗。如果遇到亲朋好友，我就可以尽情地喝个痛快，可是喝多了就会闹事儿，所以高兴过度就会产生悲痛！"齐威王听出淳于髡是在委婉地劝谏自己饮酒作乐要有节制，从此便改掉了通宵饮酒的毛病。

　　释义：高兴到极点时，发生使人悲伤的事。

Haddan ziyod quvonch - qayg'uni keltirar

Jangovor qirolliklar davrida qirol Chi Vey hukumat ishlariga e'tibor bermaydi va doimo tuni bilan maishat qilardi. Bir kun ziyofat paytida qirol Chi Vey Chunyu Kundan so'radi: "Sen bir vaqtning o'zida qancha sharob ichishing mumkin?" Chunyu Kun shunday javob berdi: "Bir kosa sharob ichganimda ham mast bo'laman, bir xum ichganimda ham mast bo'laman. Haddan tashqari sharob tartibsizlikni keltirib chiqaradi, haddan ziyod xursandchilik esa qayg'uga sabab bo'ladi". Qirol Chi Vey hayron bo'lib turganda, Chunyu Kun tushuntirdi: "Agar menga sharob ichishga izn bersangiz, men juda ham hayajonlanaman va ko'pi bilan bir kosa sharob ichaman. Agar qarindoshlarim va do'stlarim bilan uchrashsam, men to'yguncha xursand bo'lib ichaman. Biroq ko'p ichganim sababli bir baloni boshlashim mumkin". Shuning uchun ko'p ichsang, muammoga sabab bo'lasan, demak juda xursand bo'lsang, xafa bo'lasan!" Qirol Chi Vey Chunyu Kun unga me'yorda ichishni maslahat berayotganini tushundi va shundan beri tun bo'yi ichish odatidan voz kechdi.

Izoh: Mazkur ibora haddan tashqari quvonch - qayg'u keltiradi degan naqlni ilgari suradi.

临危不惧
lín wēi bú jù

  春秋时期,孔子周游列国路过宋国的匡地,孔子的学生颜剋讲起了当年随阳虎一起侵犯这里的事。由于孔子的相貌长得像阳虎,匡人以为阳虎又来了,便愤怒地将孔子团团围住。孔子的另一个学生子路被匡人冲散了,子路担心老师的安危,急忙又冲入包围圈,见孔子正与其他学生弹琴说笑,子路很奇怪,问:"老师,您怎么还有这样的兴致啊?"孔子说:"我跟你说,在水中来去,不怕蛟龙的,是渔夫之勇;在野外来去,不怕虎豹的,是猎人之勇;面对刀枪,不怕死活向前冲的是战士之勇;临大难而不惧者,圣人之勇也!""临难不惧"也叫"临危不惧"。

  释义:临:遇到;危:危险;惧:怕。遇到危难的时候,一点也不怕。

Qo'rqoq bo'lma botir bo'l, o'z elingga shotir bo'l

Bahor va Kuz sulolalari davrida Konfutsiy mamlakat bo'ylab sayohat qilib, Sun qirollining Kuang joyidan o'tgan. Konfutsiyning shogirdi Yan Ke bir vaqtlar Yang Xu bilan bu yerga qanday bostirib kirganligi haqida hikoya qilib berdi. Konfutsiy Yang Xuga o'xshaganligi uchun Kuang xalqi Yang Xu yana keldi deb o'ylab, Konfutsiyni o'rab olishadi. Konfutsiyning yana bir shogirdi Zi Luni Kuang xalqi haydab yuboradi. Zi Lu ustozining xavfsizligidan xavotirlanib yana uni o'rab olingan joyga boradi. Ammo Konfutsiyning boshqa talabalar bilan cholg'u chalib hazillashayotganini ko'rib, Zi Lu juda taajjub bilan dedi "Ustoz, nega sizning shunday sharoitda ham kayfiyatingiz chog'?" "Konfutsiy dedi: "Sizga shuni aytamanki, baliqchining jasorati suvdagi ajdahodan qo'rqmasligida, ovchining jasorati ovda yo'lbars va sherdan qo'rqmasligida. Jangchining jasorati qiyinchilik oldida qo'rqmasligidadir!". "Qo'rqoq oldida qo'rqmaslik - xavf oldida qo'rqmaslik" deb ham ataladi.

Izoh: Xavf ostida bo'lganda, o'zini ayamaslik, qo'rquvga berilmaslik, jasoratli bo'lish ma'nosida qo'llanadigan ibora.

第二部分　中国神话传说

Ikkinchi bo'lim: Xitoy afsona va asotirlari

盘古和女娲

在最遥远的古代，时间还没有开始的地方，天地不分，宇宙就像一只巨大而混沌的鸡蛋，无东西南北、上下左右之分。盘古就睡在这只大鸡蛋中，没有人能够告诉我们，他到底是从哪儿来的。盘古一觉睡了一万八千年，他醒来的时候，发现外面黑乎乎一片，又闷又热，心里很生气，就拿起一把斧子，乒乒乓乓地在鸡蛋里一阵乱砍。在一阵阵巨响声中，大鸡蛋被打破了，其中清而轻的东西慢慢向上升起，变成了天；浊而重的东西渐渐往下沉落，变成了地。因为盘古这一顿斧头，宇宙从此不再是混沌的鸡蛋，而有了天地和上下之分。

盘古在偶然发脾气的时候开辟了天地，自然很高兴，但他怕一不小心天与地又会合拢在一起，于是他就伸出健壮有力的双臂，将还不太高的天往上托举。在托举着天的时候，盘古施展法术，每天长高一丈，天空也就随之升高一丈，大地也随之增厚一丈……盘古就这么举了一万八千年，天空变得如同今天这样高远，大地变得如同今天这样幽深，而盘古也长成了一个顶天立地的巨人。

在天地变得与今天几乎没有太大差别时，盘古很满意，也很累，他再也支撑不住了。于是，这位巨人就放开双臂，躺在自己的大地上准备休息一下，但没想到，可能是由于太劳累，盘古竟然死了。盘古的遗体成了有史以来最神奇的东西，他的左眼化成太阳，右眼化成月亮，头发化成满天的星辰，手脚和身躯则化成大地的四极和五岳，血液化成江河湖海，筋脉化成四通八达的道路，肌肉化成平畴沃野，皮肤化成草木森林，牙齿和骨头化成各种矿物，骨髓化成珍珠美玉，呼出的最后一口气，则化成激荡的风云雨雪。盘古死后,天地已经有了最初的模样。天地间残留着一些浊气,这些气体在运动中慢慢地化成鸟兽虫鱼等动物,让那个死寂如坟墓的世界有了一些生机和活力。

天地间有一位美丽的女神,叫女娲。如同没有人知道盘古是从哪里来的一样,也没有人知道女娲是从哪里来的。女娲在大地上行走,她放眼看去,山峦起伏,江河奔流,茂林修竹,鸟兽游走,世界是一派欣欣向荣的景象。但看久了,女娲越看越心烦,总觉得世界上好像缺少点儿什么,但到底少了什么呢?她也说不清楚。她想将自己的烦恼讲给草木听,但草木无言;想讲给鸟兽听,鸟兽回答她的却是一声声古怪的叫声。如果盘古还在,那一切都不成问题了,可盘古已经永远地离开了。无聊且无奈的女娲坐在水塘边发呆,她偶然看到平静的水面倒映出自己的倩影,一下子茅塞顿开,孤独的根源就在于这个世界上没有像自己一样的生物啊。

女娲决定自力更生,造出和自己相似的人类。她在水塘边挖了些泥土,照着水里自己的影子,捏成了一个泥人,然后,她向泥人吹了一口气,泥人便成了活生生的人。女娲就用这种慢工出细活的方法捏着泥人,但她深感速度太慢,要让大地上布满人烟,不知道要操劳到什么时候。她把一根树枝伸入泥潭里,蘸上泥浆后向地面挥洒,泥浆落到地面上,都变成了一个个的人。这些人围着女娲欢呼了一阵,各自消失在远处的丛林与山峦之间。就这样不停地工作了一些日子后,大地上已经到处都是人类的踪影了。

有一天,女娲来到一个地方,看到那里人烟稀少,同时还看到一些人躺在地上一动不动。女娲觉得很奇怪,就用手去拨弄那些躺在地上的人,却发现他们须发皆白,早已死了。女娲伤感地想,如果任由人类这样不停地因为衰老而死去,那么自己就不得不永无止境地造人。想到造人的麻烦,女娲很着急。女娲急中生智,参照世上其他动物延续后代的方法,让人类男女婚配,繁衍子孙。这样,人类从此便不再有断子绝孙的危险,而女娲也不必再昼夜操劳地制造人类了。

不知从哪一天起,灾难降临人间:天空由于不可预知的原因,出现了一个巨大的漏洞，天河里的水就顺着这个漏洞从天上倾泻下来，大地变成一片泽国，很多人和动物被淹死了。侥幸捡得一条性命的人，只能龟缩在一些比较高的山峰上。祸不单行，那些没有被淹没的地方，也不再像从前那样平畴万里，而是裂开了一道道口子，随时都有人因不小心掉进万丈深渊。与此同时，一些猛兽也趁机吞噬人类。

女娲觉得自己有义不容辞的职责将人们从水深火热之中解救出来。她打算第一步补天。女娲在世上到处奔走，寻找可以用来补天的材料。最终，女娲决定选取五种最为精美的石头作为补天之物。她把这些五彩石头垒放在一起，用神火将它们烧制成液体，然后，再将这些液体往天空的漏洞里不停地浇进去，这样，五彩石液体将天空牢牢地黏合在了一起，补天的任务完成了。

以前支撑天空的是盘古的四肢所化的四根巨柱，由于年久失修，这四根巨柱随时都有可能倒塌，天空也因此会摇晃。女娲捉了一只乌龟，把它的四只脚砍下来，代替原来的四根天柱，这样，天空不再摇晃。接着，女娲将凶猛的野兽赶到了远方的森林里。女娲又找到许多苇草，将苇草烧成灰，填进大地的裂缝中，大地又重新成为一个连接在一起的整体。女娲做完这些工作后，人类重新过上了安居乐业的生活，她便放心地坐着龙拉的车子回到了天上。从此以后，她一直居住在天上，默默地注视着人间。她被人类看作是自己的守护神。

Pangu va Nyuva

Juda qadim zamonlarda, hayot hali boshlanmay, hali yer boʻlib ulgurmagan bir davrda, koinot ulkan bir tuxumga oʻxshar edi. Sharq, gʻarb, shimol va janub tomonlar hali aniq emas edi. Pangu esa bir katta tuxum ichida uxlar edi. Ammo hech kim bizga Panguning qayerdan kelib qolganini aytib bera olmasdi. Pangu bu tuxum ichida oʻn sakkiz ming yil uxlabdi. U uygʻongan mahalda, atrofning qorongʻuligidan, issiqligidan va tiqilib qolganidan jazavaga tushibdi. Darhol boltani olib tuxumning ichidan yorib chiqa boshlabdi. Zarbalardan soʻng, va nihoyat tuxum yorilibdi. Uning ichidan tiniq va yengil narsalar sekin-sekin chiqa boshlabdi. Shu tariqa osmon paydo boʻlibdi. Loyqali va ogʻir narsalar asta-sekin toʻkilibdiyu, asta-sekin yer paydo boʻlibdi. Panguning bolta urishi tufayli koinot endi tuxum shaklida emas, osmon va yerga ajralgan shaklga kelibdi.

Panguning toʻsatdan jahli chiqishidan yer va osmon paydo boʻlganini koʻrdiyu, u bundan tabiiyki xursand boʻlib ketibdi. Lekin u ehtiyotsizligi tufayli yer va osmonning birlashishidan qoʻrqib ketibdi. Shu sababdan ikki yelkasi bilan osmonni iloji boricha yuqoriga koʻtaraveribdi. U osmonni koʻtarayotgan paytda oʻz sehr-jodusini ishga solibdi. Har kuni bir chaqirimdan osmonni koʻtara boshlabdi. Pangu shunday qilib oʻn sakkiz ming yil osmonni koʻtaribdi. Osmon ham juda uzoq va balandga koʻtarilibdi. Yer esa kengaya boribdi. Pangu esa yerdagi ulkan odam boʻlib ulgʻayibdi.

Yer bugungi koʻrinishiga kelganidan Pangu mamnun boʻlibdi, shu bilan birgalikda juda ham holdan toyibdi. Oʻzini tutishga ham kuch topolmay qolibdi, yerga dam olish uchun yotib olibdi. Kutilmaganda, o'ta charchaganidan Pangu o'lib qolibdi. Shu payt Panguning tana a'zolarida mo'jizalar yuz bera boshlabdi. Uning chap ko'zi quyoshga, o'ng ko'zi esa oyga aylanibdi. Sochlaridan yulduzlar paydo bo'libdi. Qo'l va oyoqlari qutb va tog'larga, qoni esa daryo va dengizga aylanibdi. Uning mushaklari dalaga, terisi o'rmonga, tish va suyaklari turli xil qimmatbaho toshlarga aynanib qolibdi. U o'limidan oldin oxirgi nafasini olgan ekan, darhol shamol, bulut, yomg'ir va qor paydo bo'libdi. Pangu o'lganidan so'ng osmon va yer dastlabki ko'rinishiga ega bo'libdi. Osmon va yer orasida esa bir qancha bulutlar saqlanib qolgan edi. Ulardan qushlar, hashoratlar, baliqlar va boshqa hayvonlar paydo bo'libdi. Shunday qilib sokin olamning hayoti yaralibdi.

Yer yuzida yana bir chiroyli sanam bor edi. Uning ismi Nuyva bo'lib, uni ham xuddi Pangu kabi qayerdan kelganini hech kim bilmasdi. U yer yuzi bo'ylab sayr qilar ekan, toqqa qarasa, tog' harakatga kelardi, daryoga qarasa, daryo oqardi. Qalin joylashgan o'rmonlarda turli xil qushlar va hayvonlar aylanib yuradigan bo'libdi. Dunyo ham ko'z ko'rsa quvonadigan manzaraga kelibdi. Lekin oradan ancha vaqt o'tib, Nuyva uchun dunyoda nimadir yetishmayotgandek bo'lardi. Uni nima ekanligini Nuyvaning o'zi ham bilmas edi. U bu haqda maysalardan so'raganda, ular jim turishar edi. Qushlardan so'raganda esa, ular nimadir deb chug'urlashardi. Agarda hozir Pangu bo'lganida edi, bunday muammolar bo'lmas edi. Ammo Pangu bu yerlarni allaqachon tark etib bo'lgan edi. Nuyva chorasizlikdan hovuz bo'yida jim o'tirar edi. Shunda uning ko'zi nogahon suv yuzidagi o'zining aksiga tushibdi. Nahotki, yolg'izlikning va baxtsizlikning sababi bu dunyoda unga o'xshash biron-bir tirik jonning yo'qligida bo'lsa!

Shunda Nuyva o'z kuchi bilan odamzotni yaratish mumkinligini tushunib yetibdi. Hovuz atrofini kavlab, o'z soyasiga moslab, loyli odamni yaratibdi. Shundan so'ng unga bir puflagan ekan, loy odamga jon kira boshlabdi. Nuyva bu usul orqali loy odamlarni yasay ketibdi. Lekin uning tezligi juda ham sekin bo'lgani uchun dunyoni qanday qilib odam bilan to'ldirishni o'ylab qolibdi. Shoh-shabbalar yordamida loy tomchalari odamlarning shakliga aylanibdi. Asta-sekinlik bilan odamlar paydo bo'libdi. Bu odamlar Nuyvaning atrofini o'rab olishibdi, so 'ngra uzoqdagi tog'o'rmonlarga kirib ketisishibdi. Uzoq mehnatdan so'ng, yer yuzi odamzot bilan to'lib ketibdi.

Kunlarning birida Nuyva bir joyga kelganda, u yerda odamlar juda ham kam, borlari ham yerda harakatlanmay yotar edilar. Nuyva ajablanib, ularga yaqinlashganda, ularning sochlari allaqachon oqarib, o'lib bo'lgan ekanlar. Nuyva odamzot bunday qarish tufaylidan o'lib ketaversa, ularni to'xtamasdan yaratish kerak ekanda, deb o'ylay boshlabdi. Odam yaratish juda ham mashaqqatli ish bo'lgani uchun, Nuyva shoshib qolibdi. Dunyodagi boshqa hayvonlarning o'z naslini davom ettirish usullariga murojaat qilibdi. Uning hayoliga odamzotni ikkiga bo'lish kelibdi. Shunda u odamlarni ham erkak va ayol jinslariga bo'libdi. Odamzot shu ondan boshlab yana ko'payib boraveribdi. Shu tariqa farzandlar va nabiralar yaratilibdi. Nuyva endi odamlarni yaratish uchun kechayu kunduz mehnat qilishidan ozod bo'libdi.

Qaysi kundan boshlab bo'lganini bilmaymiz-ku, lekin odamzot birdan ofatlarga duchor bo'libdi. Osmondan sababsiz katta bir teshik ochilib, undan suv oqa boshlabdi. Va yer yuzi suvli hududga aylanib, bunda ko'pgina odamlar va hayvonlar halok bo'lishibdi. Faqatgina hayot qolgan kishilar tog' cho'qqisiga chiqib olishibdi. Baxtsizliklar hech qachon yolg'iz kelmaydi deb aytishganidek, suv yetib bormagan joylar avvalgidek tekis va xavfsiz bo'lmay qolibdi. Yerda yoriqlar paydo bo'lib, har qanday vaqtda kimdir tasodifan tubsizlikka tushib ketardi, yovvoyi hayvonlar insonlarni yeb qo'yishardi.

Nuyva odamlarni bunday ahvoldan qutqazib qolishi kerakligini o'zining burchi deb hisoblabdi. U birinchi bo'lib, osmonni tuzatishga harakat qilibdi. Hamda atrof bo'ylab turli xil narsalarni qidira boshlabdi. Oxir-oqibat Nuyva osmonni tiklash uchun beshta nafis toshlardan foydalanishga qaror qilibdi. U beshta toshni bir joyga qoʻyib, olov yordamida suyuqlikka aylantiribdi. Keyin, suyuqlik bilan osmonning teshigini yopibdi. Shunday qilib, osmonni taʼmirlash ishlari yakunlanibdi.

Ilgari Panguning toʻrt mushagi ustun qilinib, tayanch vazifasini bajarar edi. Oradan vaqt oʻtib, ular qulab tushishi mumkin edi. Shu sababli osmon osilib turarkan. Nuyva bir toshbaqani ushlab, uning toʻrt oyogʻini kesib olib, ustun sifatida ishlatibdi, osmonni esa qotirib olibdi. Keyinchalik, Nuyva yerdagi hamma yovvoyi hayvonlarni yigʻib, uzoq oʻrmonlarga haydab yuboribdi. Nuyva koʻp qamishlarni yoqib, kulga aylantiribdi va qaytadan yerni bir butun qilibdi. Nuyva oʻz ishini yakunlab, odamzotga tinchlik hayotni taʼminlab boʻlgandan soʻng, xotirjam boʻlib, ajdaho aravasiga oʻtirib osmonga ketibdi. U osmonda yashab, odamlarga nazar solibdi, ham ularning homiysi sifatida qabul qilinibdi.

神农尝百草

远古的时候，没有医生和医术，人们一旦患病就有性命之忧。这时，出现了一个叫神农的人，他生下来就长着一个水晶般透明的肚子，隔着肚皮，可以看到肚子里的五脏六腑。神农看到人们为疾病所威胁，心里非常痛苦，暗暗打定主意，要解除民众的病痛。

一天，他无意中看了一眼自己透明的肚子，想：世上有各种各样的花草树木，它们各自有各自的特性，要是都拿来尝一遍，就可以明白哪些植物是有益的，哪些是有害的。

神农准备了两只口袋，一只挂在左肩，一只挂在右肩，他决定，凡是好吃的，就放在左边的袋子里当作食物，不好吃但有特殊功效的，则放在右边的袋子里当作药物的标本。

就这样，神农开始了尝百草为人们治病的试验。据说，他最早尝到的是一片鲜嫩的小绿叶，当他将这片小绿叶吃下肚子后，他看到这叶子在自己的肚子里上下来回洗擦，把肚子洗得清清爽爽，十分舒服。神农很高兴，就将这种小绿叶命名为"茶"，这也就是人类食用茶的开始。

有一天，神农采到了一朵像蝴蝶一样的淡红色小花，叶片像鸟的羽毛，看上去很美，闻起来有一股清香，神农吃进嘴里，那草立即散发出一阵甜味。这种草被神农命名为甘草。

在尝百草的过程中，更多的时候神农尝到的都是些有毒、有害的草，每当他透过水晶肚子看到这些毒草在起副作用时，就立即吞下一大把茶叶，以减轻中毒的危险。据说，在神农的一生中，他左边的口袋共装有花草四万七千种，右边的口袋更是多达三十九万八千种，可还远远没有把天下的花草都尝个遍。神农生命的终结也是因为尝百草。那天，他看到一朵像是小茶花的黄色小花，叶子在风中一开一合。神农觉得有趣，就采下来放进嘴里吃了。但是，这东西刚进入他的肚子，他的肠子立即一节一节地断开了，神农也因此不幸去世。这种毒草被后人命名为断肠草。

神农还有个名字，叫炎帝。后人之所以尊崇神农，除了他尝百草的功绩外，还在于他是农业的发明者。那时候，在大地上生活的人已经很多了，只靠采集野果和打猎捕鱼已经无法养活越来越多的人口。神农在尝百草的过程中看到一些可供人类食用的植物，它们的果实落到地上，过一段时间后，就会长出新的同样的植物，并结出同样的果实供人食用。这样，神农在不断观察和总结的基础上，终于发明了农业，这也是他的名字"神农"的来历。

神农晚年，黄帝在中原一带崛起，一山不容二虎，一天不纳二日，黄帝和神农之间发生了激烈的战争。战争最后以神农的失败告终，神农只得率领残部退往南部地区，直到最后因吃断肠草而去世。

神农死后，他的伟大功绩使得他飞升成神，而天帝也赐他一条神奇的鞭子。只要用鞭子抽打世上的草木，就可以从这条赤色的鞭子所显示出的颜色判断出这种被打的草木是否有毒，而神农的事业也得以继续进行。神农在天上被任命为掌管南方的天帝，同助手火神祝融一起治理南方一万二千里的地盘，掌管一年四季中的炎炎夏季。

神农有三个女儿，这三个女儿的命运颇具传奇色彩。长女没有留下名字，我们只知道这女孩子对于修炼之类的事情很感兴趣。当时，神农手下有一位掌管雨水的官员，叫赤松子。赤松子在长期的修炼中，经常服食一种叫水玉的丹，日积月累，他的身体发生了奇怪的变化，最后跳进大火里，身体被焚烧得干干净净，却脱胎换骨成了神仙。神农的长女对赤松子十分敬仰，在赤松子得道后，便追随这位仙人。后来，她在西王母住过的一间石屋里修炼，服食水玉后，再经过如同赤松子一样的烈火焚身，也修成了正果，一直和赤松子一起云游四海。

神农的二女儿叫瑶姬，这是一位多情而美丽的少女，但天妒红颜，瑶姬刚刚进入青春期就去世了。她的灵魂不甘心就此泯灭，随风化作一株瑶草，并开出美丽的黄色花朵，结出甘美的果实。天帝十分同情瑶姬的遭遇，就封她做了巫山的云雨神，早晨她化作朝云，漫游在山谷间，傍晚化作潇潇的暮雨，淅淅沥沥地下个不停。

神农的小女儿叫女娃。女娃喜欢游泳，但没想到却在东海里淹死了。女娃的灵魂化作了一只鸟，名叫精卫，她悲叹大海吞没自己的生命，发誓要把大海填平。她不断衔着石头和树枝扔到海里，终生也不肯停止。

Shennong turli o'simliklarni ta'tib ko'rganligi haqida

Juda qadim zamonda, tibbiyot va tabiblar hali bo'lmagan bir zamonda, odamlar uing kasal bo'lishi hayoti uchun xavfli edi. Bu mahalda Shennong ismli odam paydo bo'libdi. U tug'ilgan paytda uning qorni shaffof bo'lib, ichki organlari shundoqqina ko'rinib turar ekan. Shennong odamlarning kasallikka uchrayotganini ko'rib, ko'nglida g'am chekibdi. O'ziga-o'zi bu muammoni yechishga va'da beribdi.

Bir kuni u o'zining shaffof qorniga ko'zi tushib qolibdi. O'sha paytda ham yer yuzida turli xil o't-o'lanlar bo'lgan ekan. Ularning xususiyatlari ham har xil ekan. Shennong o'tlarni ta'tib ko'rmoqchi bo'libdi, lekin qaysi biri foydali va qaysinisi zarar ekanligini bilmabdi. Shennong ikkita xaltani olib, birini o'ng yelkasiga, ikkinchisini esa chap yelkasiga osibdi. U ma'zali va foydali bo'lgan mahsulotlarni chap yelkasidagi qopga, bema'za hamda maxsus ta'mga ega bo'lgan mahsulotlarni o'ng yelkasidagi qopga solib dori namunasini tayyorlashga qaror qilibdi.

Shunday qilib, Shennong turli xil o't-o'lanlarni inson ta'nasiga foydasi bor va yo'qligini anglash uchun ta'tib ko'rishni boshlabdi. Aytishlaricha, u dastlab, ma'zali bo'lgan yashil bargni yeb ko'ribdi. Bu barg uning qorniga tushgandan keyin, u bargga diqqat bilan qarab tursa, barg qoringa tushib, u yerni yuva boshlabdi. Qorinni ichidagi turli xil "kir"larni tozalabdi. Shennong o'zida orombaxsh hisni tuya boshlabdi. U quvonib ketibdi, bu yashil bargga "choy" deb nom beribdi. Bu voqea insoniyat tarixida ilk bora choyni ko'rib, bilib, tanishiga asos bo'libdi.

Kunlavning biri, Shennong kapalakka o'xshagan qizil kichkina gulga ko'zi tushibdi. Barglari ham xuddi qanot qoqayotgan qushga o'xshar edi. U juda ham go'zal edi. Uni bir xidlagan ekan, uning xushbo'yligi boshini aylantirib yuboribdi. So'ngra uni yeb ko'rgan ekan, ma'zasi juda ham shirin tuyulibdi, bu gulga u "qizilmiya" deb nom beribdi.

Turli xil o't-o'lanlarni ta'tib ko'rish jarayonida, u zararli o'tlarni ham yeb ko'ribdi. Bu yomon o'tlar uning ichiga tushib zarar yetkazayotgan paytda, u darhol choy ichib bu zararlarni yo'q qilardi. Aytishlaricha, Shennong butun umri davomida chap yelkasidagi xaltaga qirq yetti ming turdagi o'tni, o'ng tomonidagi xaltaga esa uch yuz to'qson sakkiz ming turdagi o'tni yig'ibdi. Lekin u duyodagi barcha o'tlarni yeb ko'rishga ulgurmabdi. Turli xil o't-o'lanlarni ta'tib ko'rish bilan birga Shennongning umri ham oxirlashib qolibdi. Bir kuni, u bir choyga o'xshagan sariq gulga ko'zi tushibdi, barglari shamolda ochilib yopilar edi. Bu Shennongga qiziq tuyula boshlabdi va darhol ta'tib ko'ribdi. Ammo, bu o't uning qorniga tushgach, uning ichaklari birin-ketin uzula boshlabdi. Shu sababdan, ming afsuski, baxtga qarshi Shennong jon bera boshlabdi. Vafot etar chog'ida Shennong bu turdagi zaharli o'tga "ichak uzdi" deb nom beribdi.

Shennongni yana bir ismi bor ekan. Uni Yandi deb ham atashar edi. Keyingi avlodlar Shennongdan minnatdor bo'libdilar. Chunki u nafaqat o't-o'lanlarning foydali va zararli jihatlarini aniqladi, balki qishloq xo'jaligi uchun ham zo'r ixtirolar olib kirdi. O'sha mahallarda yer yuzida hayot kechirayotgan ko'pgina insonlar faqat mevalar yeb, baliqlar ovlab hayot kechirar edilar. Aholi turmush tarzi borgan sari qiyinlashib borar edi. Shennong o't-o'lanlarni ta'tib ko'rish orqali insonlar yesa bo'ladigan turli xil foydali o'simliklarni kashf etdi. Bu o'simliklarning mevalari yer yuziga tushgandan so'ng, yillar mobaynida o'sib mevalar berar edi. Shunday qilib, Shennong aniqlagan ixtirolar tufayli qishloq xoʻjaligi shakllandi. Shuning uchun ham odamlar keyinchalik "Shennong" degan taqvim ham ixtiro qilishibdi.

Shennong taqvimining soʻnggi yilida, markaziy tekisliklarda Huangdi[①] ismli imperator tanila boshladi. Bir toqqa ikki yoʻlbars sigʻmagani kabi, bir osmonga ikki quyosh ham sigʻmaydi. Shu sababli ham Shennong va imperator Huangdi oʻrtasida urush sodir boʻlibdi. Urushdan keyin Shennong magʻlubiyatga uchrab, janub tomonlarga ketib qolibdi. U yerda esa zaharli oʻtdan vafot etibdi.

Shennong vafot etgandan soʻng, uning buyukligi sababli uni "Muqaddas iloh" darajasiga koʻtarishibdi. Osmondagi samo imperatori unga bir sehrli qamchi taqdim etibdi. U bu qamchisi orqali oʻsimliklarni bir savalaganda, qamchisining oʻzgargan rangiga qarab yerdagi oʻsimliklarni zararli yoki foydali qilib qoʻyar ekan. Shennong shu tarzda ishlarini davom ettiribdi.

Shennongning uch qizi boʻlib, bu uch qizning taqdiri ham afsona boʻlibdi. Katta qizining ismi saqlanib qolmagan ekan. Biz bu qizning iloh ekanini bilamiz xolos. Oʻsha davrda, Shennongning qoʻlida bir xizmatchisi boʻlib, uning ismi Chi Songzi ekan. U yomgʻir yogʻishini nazorat qilar ekan. Uzoq yillar davomida u suv nefriti degan dorini isteʼmol qilarkan. Kundan-kunga uning tanasida oʻzgarishlar sodir boʻla boshlabdi. Oxiri u katta olovga oʻzini oʻtibdi. Butun tanasi yonib, ilohga aylanibdi. Shennongning katta qizi Chi Songzini juda ham hurmat qilar ekan. Chi Songzi ilohga aylangandan keyin, katta qizi ham unga ergashib malika Sivanmu qarorgohida, suv nefritini isteʼmol qilibdi va u ham xuddi Chi Songzidek olovda yonib ilohga aylanibdi.

Shennongning ikkinchi qizining ismi Yaoji boʻlib, yosh va goʻzal edi. Ammo balogʻatga yetishi bilan dunyodan oʻtibdi. Uning ruhi yoʻq boʻlishni istamay, shamol bilan birga Yao oʻtga aylanibdi, hamda goʻzal sariq gullar bilan

---

① Huangdi qadamiy Xitoy qabilalarning boshi, besh imperatorning sardoridir.

birga ochilib, shirin mevalar tugibdi. Osmon ilohi esa Yaojining azoblariga juda hamdard bo'lib, uni Vu Shan tog'iga bulut va yomg'ir ilohi qilib qo'yibdi. Tongda u bulutlar orasida sayr qilar, tog'lar oralab yurarkan. Shomda esa yomg'ir bo'lib, yerga tinmasdan tusharkan.

　　Shennongning kichik qizi esa Nuyva bo'lib, u suzishni yaxshi ko'rarkan. Biroq kutilmaganda u Sharqiy dengizda suzayotgan paytda o'lib qolibdi. Uning ruhi uzoqqa ketmay Jingvey degan qushga aylanibdi. U o'zini cho'ktirgan dengizdan qasos olish maqsadida tinmasdan, og'zida tosh va shoxlar olib kelib, dengizni to'ldirishga shoshilar ekan.

仓颉造字

汉字是世界上最古老的文字，据说是仓颉创造的。仓颉是黄帝手下的臣子，同时也是天上托生人间的神。他长着四只眼睛，神光四射。

黄帝时代的臣子生活待遇和平常人一样，只是分工不同而已，甚至比平常人还要辛苦。黄帝分派给仓颉的工作是管理圈里牲口的数目以及囤里食物的多少。仓颉是个聪明人，做事又尽心尽力，因此很快熟悉了业务，工作干得很出色。但是，慢慢地，随着牲口和食物的储藏不断地增加，同时也不断地变化，凭着死记，难度确实越来越大。仓颉为此很苦闷，一直寻思着要想个什么办法来解决。仓颉很快找到了结绳记事的办法。先是在绳子上打结，用各种不同颜色的绳子，表示各种不同的牲口和食物，而绳子打的结的多少则代表不同的数目。但时间一长，这种办法也不管用了。增加的数目在绳子上打个结很容易，但减少数目时，在绳子上解结就十分麻烦。仓颉又想到了在绳子上打圈圈，在圈子里挂上各式各样的贝壳，来代替他所管的东西。增加了就添一个贝壳，减少了就去掉一个贝壳。这办法还不错，一连用了好些年。

黄帝看到仓颉如此能干，工作热情也高，就给他加了更重的担子，叫他管的事情越来越多，年年祭祀的次数，回回狩猎的分配，部落人丁的增减，也统统叫仓颉管。这下，仓颉又犯愁了，怎么才能不出差错呢？

这天，仓颉参加集体狩猎，走到一个三岔路口时，地上有好些不同的野兽脚印，几个老人为往哪条路走争辩起来。一个老人坚持要往东，说有羚羊；一个老人要往北，说前面不远可以追到鹿群；一个老人要往西，说有两只老虎，不及时打死，就会错过了机会。仓颉心中猛然一喜，既然一种脚印代表一种野兽，我为什么不能用各种不同的符号来表示我所管理的不同的东西呢？仓颉想到这里，也不去狩猎了，他高兴地拔腿奔向家，开始创造各种符号来表示各种事物。果然，此后他把事情管理得井井有条。黄帝得悉后，对仓颉大为赞赏，并加封仓颉为史官，命令仓颉到各个部落去传授这种方法。渐渐地，这些符号的用法推广开来得到大家的公认。这就是汉字形成的最初状态。

仓颉造字是开天辟地的大事，不但黄帝越来越器重他，他本人在民间的声望也越来越高。而仓颉虽然是个了不起的智者，但智者在这种情况下，也不免头脑发热。头脑发热如果适当，也可以理解。可仓颉发热得有点儿过火，根本看不起其他人，甚至对造字工作也马虎起来。

仓颉的表现传到黄帝耳朵里，黄帝十分恼火。黄帝认为必须让仓颉认识到自己的错误，否则这个人才就会毁掉。可要怎样才能使骄傲的仓颉真正发自内心地认识到自己的错误呢？这确乎不是一件容易的事情。为此，黄帝开了两次御前会议，当然仓颉不在与会者行列。黄帝的大臣里资历最老的一个老人叫瑞，此人长长的胡子上打了一百二十多个结，表示他已是一百二十多岁的人了。在会上，他沉吟了一会儿，表示他有办法，黄帝就让他独自去找仓颉。

老人找到仓颉时，仓颉正在他开办的识字班里教各个部落的人识字，老人默默地坐在最后，和别人一样认真地听着。仓颉讲完后，别人都散去了，唯独老人不走，还坐在老地方。仓颉有点儿好奇，就上前问他为什么不走。老人诚恳地说："仓颉呀，你造的字已经家喻户晓、妇孺皆知了，我虽然老了，也很有兴趣学习，可我人老眼花，有几个字至今还糊涂着呢，你肯不肯再教教我？"仓颉看老人一把年纪了，还这么夸他，心里高兴，就点头答应了。老人说："你造的'马'字和'骡'字，都有四条腿（繁体：馬、騾），可我不明白的是，牛本来也长有四条腿，但你造出来的'牛'字为什么没有四条腿，只剩下一条尾巴呢？相反，鱼没有四条腿，只有一条尾巴，为何你造的'鱼'字却多了四条腿（繁体：魚），反而没有尾巴呢？"仓颉一听，心里咯噔一下，有些慌乱了。原来他在造"鱼"

字时，本来是写成"牛"样的，造"牛"字时，是写成"鱼"样的，没有想到的是，由于自己一时马虎大意，竟然把这两个字弄颠倒了，后来也只得将错就错。老人又问了几个问题，仓颉都没能回答。

仓颉听了老人的话，羞愧得无地自容，深知自己因为骄傲铸成了大错。这些字已经教给各个部落，传遍了天下，想改也改不了啦。他向老人跪下，痛哭流涕地表示他十分后悔。老人拉着仓颉的手，诚挚地说："仓颉呀，你创造了字，使我们老一代的经验能记录下来并传下去，你做了件大好事，世世代代的人都会记住你的，你可不能骄傲自大呀！"

从此以后，仓颉每造一个字，总要将字义反复推敲，还先拿去征求人们的意见，一点儿也不敢粗心。大家都说好，才定下来，然后再教给各个部落的代表，让他们四处推广，汉字也就这样一步步地传承下来，直到今日。

Sangjiening yozuvni yaratishi

Xitoy yozuvlari dunyodagi eng qadimiy yozuvlardan hisoblanib, aytishlaricha u Sangjie tomonidan yaratilgan. U Huangdi qoʻlidagi vazirlaridan boʻlib, hamda odamlar orasidagi iloh ham sanalardi. Uning koʻzi toʻrtta boʻlib, koʻlaridan sehrli nur chiqarar ekan.

Huangdi davrida vazirlarning hayoti xuddi oddiy odamlar kabi oʻtar, faqatgina ishlari turlicha edi. Balki oddiy odamlarga nisbatan mashaqqatliroq kechardi. Huangdi Sangjiega chorva va oziq ovqatlar sonini hisoblash vazifasini topshirgan edi. U juda ham aqlli boʻlib, bir ish qilganda jonini jabborga berib ishlardi. Ammo, sekin-astalik bilan chorva va oziq ovqatlari soni keskin koʻtarilishi bilan ularni eslab qolish mushkul edi. Bundan Sangjie qiynalib, bu chorani bartaraf etish usullarini qidira boshladi. Sangjie avval arqon usulidan foydalanibdi. Arqonga turli rangdagi arqonlarni bogʻlab chiqar, bu ranglar turli xil oziq ovqat turlarini anglatardi. Bogʻlangan arqonlar soni oziq ovqat sonidir. Biroq, oradan vaqt oʻtib bu usul ham samara bermabdi. Sonlar koʻpaysa arqonga tugun bogʻlash oson, kamayganda arqondagi tugunni yechish juda qayin boʻlibdi. Sangjie Keyin arqonda aylana yasashni oʻylabdi, va turli qobiqlarni osish orqali oʻzi boshqaradigan narsalarga almashtiribdi. Agar son koʻpaysa, qobiq qoʻshibdi, son kamaysa, qobiqni olib tashlabdi. Bu usul ham chakki emas edi. Xattoki, bir necha yil ham foydalanishibdi.

Huangdi Sangjiening mehnatkashligi, ishga samimiyligini koʻrib, unga juda koʻp vazifalarni topshira boshlabdi. Har yili qilinadigan qurbonliklar soni, ov qilingan hayvonlar soni, qabiladagi kishilar sonining ko'payishi va kamayishi va hakazolar bari unga yuklatilibdi. U yana xavotirga tushibdi, qanday qilib xato qilmaslik mumkin?

　　Bir kuni u ovchilar bilan yoʻlga chiqibdi, ular uch tomonli ayri yoʻlga kelishibdi. Yerda turli xil hayvonlarning izi bor edi. Bir necha qariyalar qaysi yoʻldan yurishni talashdilar. Bir qariya sharqqa yurishni taklif qildi. Va yerda bugʻular borligi aytibdi. Boshqa bir qariya esa shimolga yurish kerakligini aytibdi. U yerda kiyiklar bor ekan. Yana bir qariya gʻarbga borishni tavsiya qilibdi. U yerda ikki yoʻlbars borligini iddao qilibdi. Shu mahalda Sangjie xursand boʻlib ketibdi. Agarda har bir iz, har bir belgi boʻlsa, turli belgilar turli xil narsalarni ifodalaydi. U koʻngli koʻtarilib uyga yugurib kelibdi. Va darhol turli belgilar orqali narsalarni ifodalashga urinibdi. Kutilganidek, uning mehnati besamar ketmabdi, u har ishlarni tartibli boshqaribdi. Imperator Huangdi bu voqeadan soʻng Sangjieni maqtab, uni tarix amaldori qilibdi, ham har qabilalarga borib bu usulni tashkillashga buyuribdi. Asta-sekin, bu ramzlardan foydalanishni targʻib qilish hamma tomonidan tan olinibdi. Bu xitoy yozuvlarining ilk koʻrinishi edi.

　　Sangjiening yozuvni yaratishi olamshumul ish boʻlib, nafaqat imperatorning nazari tushdi, balki xalq ichida ham obroʻsi ortib ketdi. Garchi Sangjie dongdor olim hisoblansada, lekin oʻzini haddan ortiq "katta" ola boshladi. Uning dimogʻi koʻtarilib, oddiy odamlarni mensimas, yozuv ishlariga ham eʼtibor qaratmay qoʻydi.

　　Bu holat imperatorning qulogʻiga yetib bordi. Huangdi bundan gaʻzabga tushibdi. Imperator Sangjie oʻzini xatosini bilishi, aks holda u vayron boʻladi deb hisobladi. Gʻururlanib ketgan Sangjie qanday qilib oʻzini xatosini anglashi mumkin？ Bu juda ham mushkul ishdir. Huangdi ikki marta Sangjiesiz majlis oʻtkazibdi. Huangdining vazirlari orasida eng malakaga ega Ruy degani boʻlib, uzun soqolning bir yuz yigirmatadan ortiq tugunlari boʻlib, buuning yoshining bir yuz yigirma yoshdan ortiqligini bildirar edi. Majlisda u jim oʻtirar va oxirida u bir chorasi borligini aytibdi. Huangdi undan Sangjieni yolg'iz topishini so'radi.

Qariya Sangjieni oldiga borganida, u qabilalardan kelishganlarga yozuv haqida dars o'tayotgan edi. Qariya bir chekkaga borib o'tirib, diqqat bilan tinglay boshlabdi. Dars tugagandan so'ng barcha tarqabdiyu, lekin qariya joyidan ham qimirlamabdi. Sangjie ajablanib, nima uchun ketmaganligini so'rabdi. Sangjie, sen yaratgan xatlar allaqachon hamma tomonidan o'rganildi. Garchi men qariya bo'lsamda, o'qishga qiziqaman. Bir necha xatlarni bila olmadim, menga o'rgata olasanmi, debdi qariya. Sangjie qariyaning maxtaganini eshitib juda xursand bo'lib, unga dars berishga rozi bo'libdi.

Qariya savol beribdi. Sen yaratgan "ot" va "xachi" iyerogliflarida to'rttadan "oyog'i" ning belgisini qo'ygansan. Tushunmagan jihatim shuki, "sigir" da ham to'rtta oyog'i bor. Sen yaratgan "sigir" iyeroglifida esa oyoq belgisi yo'q. Faqatgina bir "quyruq"ning belgisini bergansan. Aksincha, "baliq"da to'rtta oyoq yo'qku, lekin "oyoq" belgisini qo'shgansan. Nima uchun quyruq yo'q? Sangjie buni tinglab, nima deb javob berishni ham bilmay qolibdi. Aslida "baliq" iyeroglifini yaratayotgan mahalda, "sigir" kabi yozilgan edi. "Sigir"da esa aksincha bo'ldi. O'ylamagandan, o'zining beparvoligi tufayli bu ikki iyeroglifni chalkashtirib qo'ygan edi, keyinchalik faqat xato qilishga majbur bo'ldi. Qariya yana bir nechta savol berdilar, lekin Sangjie ularga javob bera olmadi.

Qariyaning bu gaplarini eshitgan Sangjie uyalib ketibdi. G'urur ortidan xatoliklar kelib chiqqannini his qildi. Bu xatlar turli qabilalarga o'rgatilgan va butun dunyoga tarqalgan. Ularni xohlasalar ham o'zgartirib bo'lmaydi. Bundan Sangjie qariyaga tuzlandi ham pushaymon cheka boshlabdi. Qariya Sangjiening qo'lidan ushlab, samimiy holda aytdiki: Sangjie, sen yozuvni yaratding, ajdodimizning tajribalarini yozib olding bu buyuk ishdir, avlodlarimiz seni eslaydi, xozir g'ururlanishning o'rni emas, debdi.

Shundan so'ng, Sangjie har bir yaratgan iyeroglifiga ahamiyat berib, uni bir necha marotaba tahlil qila boshlabdi, ham kishilarning fikriga quloq solibdi. E'tiborsizlik bilan ishlashni bir chekkada surib qo'yibdi. Hamma bir fikrni kelishib olgandan so'ng qaror qiladi, keyin uni har bir qabila vakillariga o'rgatdi, hamma joyda targ'ib qilishdi. Ana endi u yaratgan iyerogliflar avloddan-avlodga o'tib, bugungi kungacha yetib keldi.

祝融取火

人类一开始利用的火是天然火，比如雷击产生的火，而第一个发明了人工取火的，就是燧人氏。燧人氏偶然发现，啄木鸟用又尖又长的嘴在树木上的小窟窿里找虫子吃，有时候，由于虫钻得很深，啄木鸟的嘴巴够不上，只好用尖硬的喙去钻，不料却钻出了小小的火花。受这一现象的启发，燧人氏掌握了钻木取火的方法。但是，并不是所有的木头都能钻出火种，人们在长期的实践中发现：只有少数品种的木头能钻出火来，而且随着季节的变换，也必须使用相应的木头才行。如果随便捡一根木柴去钻，那是钻不出火种的。

对远古的先人们而言，取火是一件非常重要的事情。黄帝时期，各地都设有专门管理钻火的官员，他们的主要职责就是常年选用能钻出火的木头并保存起来，以备不时之需。如春季钻木取火必须选用干榆木或干柳木；夏天必须选用干枣木、干杏木或干桑木；秋季选用柞木；冬天选用槐木或檀木。用钻木的方法取火，既麻烦也很累人，人们迫切需要发明一种更简便、更容易的取火方法。于是，顺应这种潮流，祝融发明了火镰①，直到今天，不少偏远山区仍然在使用这一古老的发明。

燧人氏发明了钻木取火后，到了黄帝时期，人类已开始用火烧熟食物，用火取暖，用火驱赶毒虫猛兽，用火打仗。可是人们只知道用火，却不会保存火种，这对过着迁徙不定的游牧和游猎生活的人来说很不方便。他们必须经常带着火种行路，每到一个地方，头一件大事就是用火种燃火烧饭，烧过饭后又得把火种小心地保存起来。

---

① 火镰：一种比较久远的取火器物。

有一年，黄帝带着他的部落由南向北迁移。那是夏天，途中突然遇到一场暴雨，山洪暴发，遍地是水，大人小孩被雨水浇得像一只只落汤鸡，又冷又饿。黄帝手下负责管理火种的官员叫祝融，黄帝令他生火，可是他随身所带的火种也被暴雨扑灭了。大家不得不在一个大石洞里暂住下来，等待天晴之后再走。谁知，老天爷好像故意与人们作对，一连几天，雨一直不停地下着。石洞里的人们饥寒难忍，但因失去了火种，无法生火做饭取暖。祝融着急万分，想用钻木取火的方法取火，可是带来的木柴全是湿的，钻了很长时间，也未钻出火星。眼看天黑了，祝融累得满头大汗却毫无效果，一气之下，他把手里的钻头狠狠地扔出去。不料，钻头碰击在石洞的岩石上，却溅出了许多火星。祝融心里顿时由忧变喜，他忘记了疲劳，找来好多石块互相碰击，只见火星不断飞溅。可是，怎样才能使火星燃烧呢？这又成了一个难题。

黄帝走过来对祝融说："你不要太急，从石头上能击出火星，这就是很大的成功。下一步怎么办，需要多找些人来共同商量。"黄帝的这番鼓励使祝融信心倍增。他找来常先、大鸿、力牧和嫘祖等人一同想办法。大家你一言我一语，说个不停，唯有常先一句话也不说。大家以为他饿病了，劝他去休息。不料，常先猛然站起来说了声："有办法了！"说着，把自己缠腰的围腰解下来，用劲撕开，从里面掏出一团芦花絮对祝融说："你把这些芦花絮放在石头下面，再击石取火。"祝融按他的建议把芦花絮摆好，再击石块，火星溅落得越来越多，点燃芦花絮的火就越来越大，祝融用口轻轻一吹，随着一股浓烟蹿出了火苗。取火成功了！有了火，人们就有了生存的希望。石洞里的大人小孩无不欢呼跳跃。黄帝专门为祝融举行了庆功会，给他记了大功，并封他为"火正[①]"。

祝融发明的"击石取火"，使人不再为保存火种发愁，这就大大方便了人类的生产生活。因为火是红色的，所以后人都把祝融称为"赤帝"。

---

① 火正，官名，是远古时代管理火政的官。

Jurongning olov yoqishi haqida ertak

Insonlar dastlab olovni tabiiy usullardan olishar edi. Yashin urgan chogʻda, birinchi boʻlib yashindan olov olishni ixtiro qilgan odam Sui Renshi degan bir kishi boʻlgan ekan. Kunlarning birida u tasodifan bir oʻrmon qushiga koʻzi tushadi. U qush ham uzun, ham ingichka tumshugʻi bilan daraxtdagi kichkinagina in ichidan hasharotlarni terib-terib yeyayotgan edi. Baʼzida hashoratlar daraxtning ancha ichkarisiga kirib ketganda, u qattiq tumshugʻi bilan daraxtlarni oʻsha joyini teshishga urinardi. Har safar tumshugʻi daraxtga tekkan mahalda, olov uchquni paydo boʻlardi. Buni koʻrgan Sui Renshining hayoliga olovni olish usullari kela boshladi. Lekin har qanday daraxtdan ham olov olib boʻlmasdi. Odamlar uzoq yillar mobaynida, faqatgina ayrim daraxtlardangina olov olish imkoniyati borligini, hamda fasllar oʻzgarishiga qarab ham, olov oladigan daraxtlar ham oʻzgarib turishini angladilar. Har qanday shoxni olib ishqalasa ham olov chiqavermas edi.

Oʻtmishdagi insonlarga nisbatan, olov olish muhim hodisadir. Huangdi davrida, har bir hududda olov bilan shugʻullanuvchi, maxsus olovkorlar boʻlgan ekan. Ularning asosiy vazifasi olov oladigan shoxlarni tanlab yigʻish va ishlatish hisoblangan ekan. Masalan, bahor faslida qaragʻay yoki quruq tol, yozda jiyda, oʻrik yoki tut daraxtidan, kuzda eman, qishda esa sofora yoki sandal daraxtidan olov olish uchun foydalanar edilar. Shoxni ishqalab olov olish usuli ham insondan kattagina kuch talab qilardi. Shu bilan birga bu ish anchagina mashaqqatli vazifa ham edi. Odamlar bu ishning soddaroq ham osonroq usulini topishga harakat qilar edilar. Shu sababli ham Jurong chaqmoq① usulini ixtiro qilibdi. Uning bu usulidan haligacha ovloq hududlarda foydalanib turishadi.

  Sui Renshining ishqalanish usulidan keyin, Huangdi davrida odamlar taomlarni pishirib yeyishni o'rganib olishdi. Odamlar olov yordamida issiqlikni saqlash, yirtqich hayvonlarni va zararli hashorotlarni quvish, olov yordamida kurashishni o'rganib ham olishgan edi. Ammo odamlar olovdan bir marta foydalanishsa, uni saqlab, o'chirmasdan olib qolish yo'llarini hali bilishmas edi. Bu esa chorvachilikda va ov qilayotgan odamlarga katta noqulayliklarni keltirib chiqarar edi. Ular qayerga borsalar ham, birinchi muhim ish bo'lgan ovqat pishirish uchun olov yoqish, ovqat pishirgandan so'ng esa, olovni o'chirmasdan ehtiyotkorlik bilan saqlab qolishni o'rganib olishdi.

  Bir yili Huangdi xalqi bilan janubdan shimolga qarab ko'chishga qaror qilibdi. Yoz fasli ekan. To'satdan to'fon boshlanibdi. Hamma yerni suv bosibdi. Yomg'ir shu darajada ko'p yog'ibdiki, xuddi chelaklab quyayotganga o'xshar edi. Odamlar shu mahal och qolishibdi. Shu bilan birga kun sovuqligidan bechoralar dir-dir titrashar edi. Huangdi qo'l ostidagi olovkorlardan birini chaqiribdi. Uning ismi Jurong edi. Unga zudlik bilan olov yoqishni buyuribdi. Bunday yomg'irli kunda qanday qilib olov yoqish mumkin ekan? O'zi bilan olib yurgan olov ham, yomg'ir tufayli o'chib bo'lgan edi. Hamma katta bir g'orga kirib yashashga majbur bo'lishibdi. Ular yomg'ir to'xtab, quyoshli kunlar boshlangandan keyin g'ordan chiqishni reja qilishibdi. Kim bilsin, balki tangri ataylab, bir necha kun ichida yomg'irni umuman to'xtatmayotgandir. Odamlarning ochlikdan sabr kosalari to'la boshlabdi. Ular uchun ovqat pishirish va isitish uchun olov yoqish mumkin emas edi. Jurong ham qattiq sarosimaga tushib qolibdi. Yog'ochni ishqalab olov olishning imkoni yo'q edi. Olib kelgan barcha shox-shabbalari ho'l bo'lib ulgurgandi. Zig'ircha ham

---

① chaqmoq: bu yerda qadimiy chaqmoqni nazarda tutilgan.

choo'g' qolmagandi. Uning ustiga-ustak kech ham bo'lib qolgan edi. Jurong qaro terga botib mehnat qilsa hamki, natija bo'lavermabdi. Shunda u jahl bilan qo'lidagi shoxni yerga qarab otibdi. Kutilmaganda, shox borib toshga urilibdi va olov uchquni hosil bo'libdi. Jurongning darhol tashvishi quvonchga aylanibdi. Tandagi butun charchog'ini unutib, juda ko'p toshlarni bir biriga ura boshlabdi. Olov uchqunlari esa to'xtovsiz chiqa boshlabdi. Ana endi, Jurong qarshisida boshqa bir muammo chiqib qolibdi. Bu uchqunni qanday qilib olovga aylantiradi?

Huangdi Jurongning oldiga kelib debdi: "Shoshilma, toshdan uchqun chiqara olganingni o'zi ham katta bir yutuq, endi boshqalar bilan ham bilan maslahatlashgin, uni qanday qilib olov qilamiz". Huangdining bu gapi unga juda ham katta kuch beribdi. U Changshan, Dahong, Limu, Leyzularni chaqirib, ular bilan birga maslahatlashmoqchi bo'libdi. Hamma birin-ketin o'zining fikrini bildira boshlabdi. Faqatgina Changshan gapirmasdan jim o'tirar ekan. Hamma uni ochlikdan kasal bo'lib qolgan bo'lsa kerak deb o'ylab, unga dam olishni taklif qilishibdi. U esa o'rnidan turib, "menda chora bor" deb baqirib yuboribdi. Belidagi belbog'ini yechib, uni bo'lib, ichidan qamish chiqaribdi, hamda Jurongga, bu qamishni toshning ostiga qo'yishini, uchqun esa shunga sachrab, olov paydo bo'lishini aytibdi. Jurong uning taklifiga ko'ra toshning ostiga qamishni qo'yibdi. Toshdan chiqqan uchqunlar unga urilibdi. Undan olov uchqunlari har tomonga sachrabdi, qamish yoqib yuborgan olov tobora kattalashib boraveribdi. Jurong og'zi bilan asta puflabdi va qalin tutun bilan olov chiqib ketdi. Ular shu tarzda muvaffaqiyatga erishibdilar. Olov bor, demak insonlarda umid bor. G'ordagi katta yoshli kishilar va bolalar bundan quvonchga to'lib, sakray boshlabdilar. Huangdi Jurong uchun maxsus ziyofat beribdi, uning katta yutuqlarini e'tirof etib, unga "Huozheng"[1] deb nom

---

[1] Huozheng: amaldor nomi, qadimgi zamonda olov ishlarini boshquridagan amaldor.

beribdi.

Jurongning tosh urib olovni yoqishi insonlar hayotiga qulayliklar olib kelibdi, insonlar endi olovni saqlab qolish uchun qayg'urmaydigan bo'libdilar. Olov qizil rangda bo'lganligi uchun keyinchalik odamlar Jurongni "Chidi" yani "olov ilohi" deb atay boshlashibdi.

彤鱼氏与筷子

在祝融发明火镰以前，人们虽然利用火，但大多是用来取暖和驱赶野兽。在黄帝早期，人们都还是吃生肉，不懂得用火将食物烤熟。

彤鱼氏是黄帝的第三个夫人，她在宫里专管饮食。有一年夏天，很多人因吃生肉而经常闹肚子，黄帝手下的名医岐伯、俞跗想了很多办法，虽然治好了一些人，但不少人还是死了，因为闹肚子而有气无力的人更是比比皆是。为此，黄帝闷闷不乐。

一天，彤鱼氏和一个叫于则的猎手带人上山打猎。在一片原始森林里，他们一直打到下午。六月的天小孩子的脸，忽然间就狂风大作，紧接着是一道接一道的闪电。突然间，一个炸雷响过，一片森林燃起了大火。狩猎者们被眼前的可怕景象惊呆了，一个个惊慌失措，不知如何是好。原始森林积蓄的枯树枝又多又厚，一旦被火燃着，整个森林就变成了火海，连野兽都逃不出去，更何况人呢！在这万分紧急的关头，于则因熟悉地形，突然想起半山腰有个山洞，于是带领众人全部钻进洞穴里。被闪电击燃的森林里浓烟滚滚，漫山遍野顿时成了一片火海，火借风势，风助火力，火焰的舌头伸出数十丈长，各种树木被大火烧得不断发出噼噼啪啪的响声。各种野兽来不及逃跑，被火烧得发出一阵阵可怕的惨叫。藏在洞穴里的猎手们，一个个听得浑身打战、毛骨悚然。大火一直烧到第二天，整个森林变成了一片散发着余火的灰烬，满山都是动物被烧焦了的腥臭味。彤鱼氏在洞穴口探看情况时发现，在洞外不远的一块大石板上躺着一只野羊和一头野猪，当然早被烧死了，散发出被火烧焦的肉腥味。

由于饥饿，彤鱼氏小心翼翼地跑到那块大石板旁边，她把烧死的野羊用手一提，野羊全身已被烤得烂熟，她拿起一只野羊腿，在鼻子边闻了闻，除了焦味外，觉得特别香。于是，肜鱼氏撕下一块肉放进嘴里，那股特别的味道，使她觉得烤过的肉比生肉好吃多了。肜鱼氏连忙招呼其他猎人出洞，把野羊和野猪全部抬到山洞里，你一块我一块地撕来吃了。大家都一致认为：这烤过的肉确实味道更鲜美。吃完后，肜鱼氏对大伙儿说："这场大火不知烧死了多少野兽。既然烧死的野兽味道更好，我们不如暂且不忙打猎，还是分头找寻被火烧死的野兽吧。"

就这样，肜鱼氏带领狩猎队员们在山上找到了许多被烧死的野兽。他们把这些烤熟了的兽肉带回部落，黄帝等人吃了也赞不绝口。肜鱼氏向黄帝建议说："今后凡是打回来的各种猎物，都不要再生吃了，一律先放在石板上烧烤，等烤熟了再吃。"黄帝同意了这一合理化建议。这就是人类吃熟食的开始。

接下来的日子里，肜鱼氏什么也不干，整天带领身边的所有女子上山找那种光滑的石板。不几天，大小石板摆了一大堆。肜鱼氏叫人把每块石板都架起来，从下面用柴火烧。等到把石板烧烫后，再把打回来的各种猎物的肉，用石刀切成薄片放在石板上左右翻动，以便把它们烤熟。刚开始的时候，负责烤肉的妇女们都是用手去翻动石板上的肉。由于石板烧热后特别烫手，很多妇女的手指头都给烫伤了，有些石板则由于火力过大被烧破了。对此，肜鱼氏经过仔细观察和用心思考，她有了对策：她折了很多竹子，弄成短节，用竹子代替手指翻肉。对于被烧破的石板，她进行了分析和总结，她注意到有一些是易烧破的，但有一些很耐烧，因此再次挖石板的时候，她就叮嘱人们哪些可以挖，哪些不要挖。

于是，这种先进的烹调方法便推广到了所有的村落。那些用来翻肉的竹节，也就成了最早的筷子。几千年来，各种事物的变化可谓天翻地覆，只有中国人的筷子，基本保留着最原始的状态。

Tongyushi va tayoqchalar

Jurong olov chaqmog'ini ixtiro qilishdan ancha ilgari, garchi odamlar olovdan foydalanishni bilishsada, lekin ko'pchilik undan isinish uchungina foydalanishardi xolos. Huangdi endi taxtga kelganda, odamlar haligacha xom go'shtni iste'mol qilishar, go'sht pishirish haqida tushunchaga ega emas edilar.

Tongyushi Huangdining uchinchi ayoli hisoblanib, u saroyda oziq-ovqatlarga mas'ul edi. O'sha yili yozda juda ko'pchilik xom go'sht yeganidan qorin og'riq kasaliga chalingandi. Huangdi qo'l ostidagi tabiblardan Chibo' va Yufuga zudlik bilan kasallarni davolashni buyuribdi. Har qancha urinishmasin, ba'zi odamlar soq'ayib ketgan bo'lsa ham, juda ko'pchilik bu kasallikdan vafot etibdi. Qorin og'rig'idan azoblanganlar juda ko'p edi. Shu sababdan Huangdi qattiq jazavaga tushibdi.

Bir kuni Tongyushi ovchi Yuzeni chaqirib bir qancha odamlar bilan birgalikda toqqa ovga jo'nashibdi. O'rmonda ular tushgacha ov qilishibdi. Maqolda aytilganidek, "Iyun oyidagi ob-havo bolaning yuziga o'xshaydi, har qanday vaqtda ham o'zgarib turadi". Yoz fasli bo'lishiga qaramay, to'satdan kuchli shamol turib, bo'ron ko'tarilibdi, o'rmonga yashin tushibdi. O'rmon butkul yashin ta'sirida yonib ketibdi. Ovchilar esa bu holatdan ajablanibdilar, hamma vahima ichida qolibdi, nima qilishni bilmas edilar. O'rmonda qalin va baquvvat daraxtlar ko'p bo'lib, yonib ketsa, katta yong'inga aylanishi mumkin, na bir odam vana bir hayvon tirik qolmaydi. Shunday o'ta og'ir damda, Yuze shu yerlar bilan tanish bo'lgani uchun, to'satdan tog'ning tepasida bir g'or borligini eslab qolibdi va hammani ana shu g'orga boshlab boribdi.

O'rmonni qalin tutun qoplabdi. Hamma yerni olov qoplabdi. Yong'inda turli daraxtlar yonib, charsillagan tovushlar chiqardi. Tashqarida turli xil yovvoyi hayvonlarning chinqirig'i eshitilib turar edi. G'or ichidagi ovchilar juda ham qo'rqib ketishgan edi. Yong'in ikkinchi kunga ham o'tibdi. Butun o'rmon kulga aylanibdi. Jamiki jonzotlar yonib ketibdi. Tongyushi g'orning og'zida turib, vaziyatga boqarkan, shu choq uzoqdan katta tosh ustida yotgan yovvoyi qo'y va cho'chqaga ko'zi tushibdi. Ular yonib, o'lgan edi. Olovda kuygan go'shtning hidi keldi.

Ochlikdan o'lay deb turgan Tongyushi katta tosh oldiga borishga qaror qilibdi. Uni asta paypaslab ko'ribdi. Qo'yning butun tanasi yonib pishib ketgan edi. U qo'yning oyog'ini olib hidlay boshlabdi. Yoqimli hid edi. Shu sababdan u bir bo'lak go'shtni ta'tib ko'rishga qaror qilibdi. Ajabo, bu xom go'shtdan anchagina mazaliku. Tongyushi ovchilarni g'ordan chiqishga chorlabdi. Ular kuygan cho'chqa va qo'yni g'orga olib borib ta'tib ko'rishibdi. Hamma birgalikda bu maza xom go'shtning mazasidan ancha yaxshi ekanligini ta'kidlabdilar. Go'shtni yeb bo'lishganidan so'ng, Tongyushi sheriklariga qarab, "Bu yong'inda qancha hayvonlar halok bo'lganini bilmayman, modomiki, kuyib o'lgan go'sht tami ma'zali ekan, unda bo'linamiz va hammamiz alohida bo'lib kuygan hayvonlarni qidiramiz, debdi.

Shunday qilib, Tongyushi ovchilari bilan juda ko'p kuyib o'lgan yovvoyi hayvonlarni topishibdi. Ular go'shtlarni olib, ortlariga qaytishibdi. Olib kelgan go'shtni Huangdi ham ta'tib ko'ribdi. Tongyushi imperatorga qarab, "bundan keyin go'shtni xom holida emas, balki, go'shtni har doim toshda panjara qilib, so'ngra uni pishirgandan keyin yeyishimiz kerak" deb taklif beribdi. Bu taklifni Huangdi ma'qullabdi. Shundan keyin, odamzot go'shtni pishirib yeyishni boshlabdi.

Keyingi kunlarda Tongyushi hech nima qilmabdi, faqatgina o'rmondan silliq toshlarni olib kelishni buyuribdi. Bir necha kunda kattayu kichik toshlarni olib kelib, bir joyga uyushibdi. Ularni tagidan olov yoqishibdi. Toshlar qiziganidan so'ng, turli-xil yovvoyi hayvonlarning go'shtini tosh pichoqlar bilan parchalab, pishirish uchun tosh yuzasiga qo'yishibdi. Boshida ayollar go'shtlarni pishirishga mas'ul etib belgilanibdilar. Lekin tosh yuzasi issiq bo'lgani sababli ko'pgina ayollarning qo'llari va barmoqlari kuyib jarohatlanibdi. Ba'zi bir toshlar qizib yorilib ham ketibdi. Shundan keyin Tongyushi bu muammoni hal qilishga bosh qotira boshlabdi. Uning hayoliga bambuk kelibdi. U juda ko'p bambuklarni olib, kalta-kalta qilib sindirib chiqibdi. Bu bambuk tayoqchalaridan go'shtni o'girish uchun foydalanishibdi. Endi navbat toshlarga kelgan edi. U ba'zi toshlar chidamli, ba'zilari esa unday emasligini aniqlabdi. Shunday qilib, toshlarni yana qazishda u odamlarga qaysilarini qazish mumkinligini va qaysilarini qazimaslik kerakligini aytibdi.

Shunday qilib ushbu ilg'or pishirish usuli barcha qishloqlarga tarqalibdi. Shu tarzda esa pishgan go'shtni o'girish uchun bambuk tayoqchalari ixtiro qilinibdi. Bu hozirgi kunda keng foydalaniladigan xitoy tayoqchalarining ilk ko'rinishlari edi. O'tgan ming yillar davomida hamma narsa keskin o'zgardi. Faqat xitoy tayoqchalarigina o'zining asl holatini saqlab qolgan.

年的来历

"年"原本不是节日,而是一种十分凶残的动物。这种动物喜欢群居,大的群体有上千只,小的也有几百只。每到严冬时节,年就从洞穴里出来觅食,它们走到哪里,哪里的人和动物就要遭到灭顶之灾。一般而言,一群"年"一个冬天总要吃掉上百个人和上千只野兽。因此,每当严冬来临的时候,各个部落的人们都得集中力量和"年"做斗争。等到春暖花开、大地回春,"年"就会自动跑回它们的洞穴,第二年冬天再出来祸害人间。这样,远古的先民们为了免受"年"的危害,每当冬季到来时,都要提前把出外打猎的亲人叫回来团聚在一起,以便应付这些可怕的怪物。

在与"年"的斗争过程中,人们逐步积累了一些经验。他们发现,"年"虽然凶恶残暴,但它最怕火,一见到火光就会拼命逃跑。所以人们一旦发现成群结队的"年"来侵犯时,就迅速点燃早已准备好的火把,同时手持武器呐喊。"年"见到火光,吓得纷纷逃跑。把"年"赶走后的次日,住在各洞穴里的人们就会一大早起来互相问好。如果大家都平安无事,就互相拱手作揖,表示祝贺。小孩子还要跪下给大人磕头,感谢大人保护了他们小一辈。以后,这便逐渐形成了大年初一作揖磕头和互相拜年的习俗。

黄帝统一各部落后,组建了空前强大的部落联盟。为了彻底解除"年"对人们生命的巨大威胁,黄帝召见应龙和力牧等大臣,讨论到底采取什么办法才能使"年"这个怪物不再为非作歹。有人主张迁居,有人主张捕杀。最后,根据黄帝的意见,大家都同意采取彻底消灭的办法。于是,当这一年的严冬来临时,各部落都选出了上百个精壮男子组成突击队，四处出动，分兵攻打，到处捕杀"年"群。经过了十几个严冬的不断捕杀后，"年"越来越少，到后来，再也没有成群结队的"年"出现。一直到现在，我们再也看不到它们的影子了。

可是，"年"并不甘心就这样绝种，它又变成了一只九头鸟，每到大年三十晚上，就飞出来用鼻子闻各家各户飘出的香味，闻着闻着，嘴里就流出带血的涎水，这种带血的涎水掉到谁家院里，谁家第二年就要倒霉。后来，人们发现九头鸟最怕烧柏树叶的烟味，所以每到冬天，人们就采集柏树叶，等到三十晚上，家家户户都把柏树叶烧起来。滚滚浓烟，吓得九头鸟再也不敢飞出来了。

从此以后，每逢大年三十晚上，烧香便成为一种习俗，一直流传至今，而过年也就渐渐地从以前召集打猎的亲人们回家保卫家乡，演变成了一个盛大的节日并延续到了今天。

"Yil"① ning kelib chiqishi

"Yil" dastavval bayram emas, balki juda yirtqich bir hayvon bo'lgan. Bu turdagi hayvonlar to'da bo'lib yashashni yaxshi ko'rardilar, ularning katta to'dalarida minglab, kichik to'dalarida esa yuzlab "Yil"lar bo'lgan. Qahraton qish kelishi bilanoq Yillar o'z g'orlaridan yegulik izlash uchun chiqar edilar. Ular qayerga bormasinlar, o'sha yerda yashovchi odamlar-u jonzotlarga qirg'in kelar edi. Yirtqich "Yil"lar bir qishning o'zida hammasi bo'lib yuzdan ortiq odamlar, mingdan ortiq jonzotlarni yeb bitirar edilar. Shu sabab har safar qahraton qishda, barcha qabilalarning odamlari bor kuchlarini jamlab, ularning eng katta dushmani "Yil"ga qarshi kurashar edilar. Iliq bahor kelib, gullar ochilib, tabiat uyg'onganida "Yil"lar o'z-o'zidan g'orlariga qaytib ketishar, biroq qish kelishi bilan yana g'orlaridan chiqib odamlarga hujum qilishar edi. Shunday qilib, "Yil"larning zararini bartaraf etish uchun har yili qishda odamlar ovga ketgan qarindoshlarini oldindan qaytarib kelishib, bir to'daga jamlanishib, bu dahshatli yirtqich hayvonlarga qarshi kurashish uchun tayyor bo'lishardi.

"Yil"larga qarshi kurash jarayonida odamlarning tajribalari asta-sekin boyib bordi. Odamlar "Yil"lar o'ta shafqatsiz bo'lsalar-da, lekin olovdan juda qo'rqishlarini, olovni ko'rishlari bilanoq jon-jahdi bilan qochib qolishlarini bilib qoldilar. Shuning uchun, odamlar "Yil"lar to'dalari odamlar oldiga bostirib kelayotganini sezganlarida, tezda oldindan tayyorlab qo'ygan mash'alalarini yoqib, bir vaqtning o'zida qurol-yarog'larini qo'llariga olib, baland ovozda baqirardilar. "Yil"lar olov uchqunlarini ko'rgach, tum-taraqay bo'lib har tarafga qochardilar. "Yil"lardan qutulgach, odamlar

---

① Yil, Xitoy tilida 年 nián , 过年 guò nián, Bahor bayrami yoki yangi yil o'tkazish degan ma'noni anglatadi.

erta tongdan xursamd bo'lib uyg'onib, bir-birlari bilan ko'rishib, salomlashishar, hamma sog'-omonligiga ishonch hosil qilgach, bir-birlariga o'zaro ta'zim bajo qilib, bir-birlarini tabriklashardi. Bolalar ham tiz cho'kib, kattalarga ta'zim qilishlar, shu tariqa ularga kichik avlodni himoya qilganliklari uchun minnatdorchilik bildirardilar. Bu odatlarning hammasi bora-bora "Yangi yil" bayramining birinchi kunida o'zaro ta'zim qilish va bir-birlarini yangi yil bilan tabriklash odatiga aylandi.

Imperator Huangdi[①] barcha qabilalarni birlashtirgandan so'ng, misli ko'rilmagan darajada kuchli qabila ittifoqi tuzildi. "Yil"larning ulkan tahdidini butunlay yo'q qilish uchun imperator Huangdi Ying Long, Li Mu va boshqa vazirlarini chaqirib, "Yil" yirtqich hayvonini yovuzlik qilishdan to'xtatish uchun qanday choralar ko'rish kerakligini muhokama qildilar. Mashvaratda kimdir ularni uzoq o'lkalarga quvib yuborishni, kimdir esa ularni ovlab, qirib yuborishni taklif qildi. Nihoyat, imperator Huangning fikriga ko'ra, ularni butunlay yo'q qilib yuborishga qaror qilishdi. Shunday qilib, kelasi yilning qahraton qishi kelganda, har bir qabila yuzlab kuchli va baquvvat yigitlarni saralab olib, hujum qilish uchun katta qo'shin tuzdilar hamda "Yil" to'dalarini ovlab ularni qira boshladilar. O'ndan ortiq qahraton qish faslida va uzluksiz janglardan so'ng, "Yil"larning soni tobora kamayib bordi, keyinchalik esa butunlay yo'qolib ketdi. O'shandan beri ularning soyasi ham ko'rinmaydigan bo'ldi.

Biroq, "Yil"lar bu tarzda yo'q bo'lib ketishni xohlamadilar, ular to'qqiz boshli qushga aylandilar va har yangi yil oqshomida har bir xonadondan taralgan xushbo'y taom hidini hidlash uchun uchib kelardilar va to'yib-to'yib hidlardilar. Shunda ularning og'zilaridan qonli so'lak tomardi. Agar bu qonli so'laklari kimningdir hovlisiga tomib qolsa, kelgusi yilda o'sha oila uchun o'ta omadsiz yil bo'lardi. Keyinchalik odamlar to'qqiz boshli qushning sarv daraxti barglarining hididan qo'rqishini bilib qoldilar, shuning uchun ham har yangi yil arafasida odamlar sarv

---

① Huangdi, Xitoy qadimiy rivoyatidagi besh katta shohning biri.

barglarini yig'ishar, o'ttizinchiga o'tar kechasi esa hamma xonadon sarv barglarini yoqar edilar. Barglar yonib, qora tutun hosil qilar, bu ko'rgan to'qqiz boshli "Yil"lar qaytib uchib kelishga jur'at eta olmasdilar.

O'shandan beri xonadonlarda narsa yoqish har bir yangi yil arafasida odat tusiga kirgan va u hozirgi kungacha saqlanib qolgan. Xitoy Yangi yili ovga chiqqan qarindoshlarini o'z yurtlarini himoya qilish uchun o'z uylariga to'planishdan boshlanib, bu odat ham bugungi kungacha davom etayotgan katta bayramga aylandi.

夸父逐日

共工氏①是水神，撞上不周山死了，但他的家族还存在，其中最著名的后裔就是夸父，为了追逐太阳而悲壮地死去。夸父似乎一打娘胎下地就非常善于奔跑，用追风逐电也不足以形容。

夸父生活的时代，是在尧帝②执政期间。那时候，夸父打听到尧帝的儿子丹朱喜欢结交像他这样拥有奇异本领的人，就跑去投奔到丹朱的门下。丹朱那时受封于渊，有时候需要往帝都送些奏折什么的，就由夸父充当信差，这显然是最适合的。夸父撒开两腿，像一团疾速的影子，一会儿工夫就大功告成。即便有时候要到遥远的南海去取点儿什么东西，夸父来回也不过一个时辰而已。这样，夸父名气越来越大，未免干出些心血来潮的事情。

一天，夸父对丹朱和其他同事说，他能够追赶上太阳的影子。丹朱是个最爱热闹的人，就说，如果夸父真的能追上日影，那他一定会重重地给予奖赏。夸父闻言，迈开双脚就从于渊往南追赶，一口气追赶到湖南辰州，看看太阳，还远远地落在了他的后面，这时天还没有到中午。夸父觉得有些饥饿，就在三座山之间支起锅煮些饭吃，这三座山被后人称为夸父山。

夸父吃了饭，告诉那些围观的当地人，说他叫夸父，是天下最善跑的勇士，因为追赶太阳的影子而来到这个地方，如果将来有人来查问的话，就请他们为自己做证。围观的人都听说过夸父，就答应了他的要求。夸父

---

① 共工氏：是中国古代神话中的水神，掌控洪水。
② 尧帝：中国上古传说中的圣明君王。

继续赶路，这时太阳已由东南移向西北，由于吃饭耽搁的时间太长，他已落在了太阳的后面。夸父一路狂奔，一直追到虞渊，也就是太阳降落的地方，终于又追上了日影。但是，由于距太阳太近，气温过高，夸父十分口渴，连一分钟也无法坚持了，他只得到处找水喝。此地离黄河和其支流渭水不远，夸父跑到河边一阵狂饮，两条河立即断流，可他觉得才喝了几口，还需要喝更多的水才行。夸父想到北面有一个大泽，广阔上千里，里面的水足够喝的，夸父便转而向北。

走到了半路上，恰好碰上治水的大禹出巡，前面是为大禹开道的警卫队长应龙。应龙看见夸父健步如飞，以为是妖怪，怕他伤害大禹，就和他打了起来。两人在路旁一场恶战，由于口渴，夸父渐渐落在了下风，他肩上中了应龙一爪，顿时鲜血如注，手中的大杖也把握不住，撇落在地。这时，大禹一行已赶到，正想喝退应龙，但说时迟那时快，应龙的利爪已刺入了夸父的肚子，夸父大叫一声倒在地上。受了重伤的夸父并没有当场气绝。他面如土色，大禹扶起他，他便断断续续地给大禹把前因后果讲了一遍，讲完，合上了双眼。这时大家才明白应龙杀错了人，大禹也不禁为他感到伤心，叫人将他的尸体埋了，又把他手持的大杖立在坟头，以作标记。

这根有灵性的大杖，竟然在春天复活过来，变成了一株大树，然后又繁衍成一片茂密的森林，这就是邓林，又叫夸父之野。后来，夸父的子孙们寻找到这个地方，就在邓林旁居住下来安居乐业，并仿效夸父的样子右手持青蛇，左手操黄蛇，这就是夸父国的来历。

安葬好夸父后，大禹一行继续赶路，大家都责怪应龙太冒失。应龙听了又气又悔，展开翅膀呼啦啦地飞上了天，盘旋几下，向众人点点头便径自向南方飞去，从此不知去向。

Quyoshni quvgan Kuafu

Gonggongshi① suv ilohi bo'lib, Bujou tog'iga urilib vafot etgan ekan. Lekin uning nasli hali ham mavjud va uning eng mashhur avlodi – quyoshni ta'qib etaman deb fojiali ravishda vafot etgan Kuafu ismli odam ekan. Kuafu onasining qornidan tushishi bilanoq tezda yugurib ketgan ekan. U yugurishda juda mohir bo'lib, shamoldan ham tez chopar ekan.

Kuafu imperator Yaodi② hokimiyat tepasida hukmron bo'lgan davrlarda yashagan ekan. O'shanda Kuafu imperator Yaoning o'g'li Danju o'ziga o'xshagan g'alati qobiliyatli kishilar bilan do'stlashishni yaxshi ko'rishini eshitib, Danju bilan tanishish uchun boribdi. Danju o'sha paytda Yuyuan hududiga mas'ul edi. Ba'zida u imperator poytaxtiga sovg'alar berib turishi lozim edi va aynan shuning uchun ham Kuafu unga chopar sifatida xizmat qilibdi. Bu shubhasiz eng maqbul tanlov edi. Kuafu oyoqlarini bir uzatib, yashin kabi yugurib o'z vazifasini ado etar edi. Ba'zida biror narsa olish uchun uzoqdagi Janubiy Xitoy dengiziga borishga to'g'ri keladigan bo'lsa ham, Kuafu borib, yana qaytishi uchun bor-yo'g'i bir-ikki soat vaqt sarflardi xolos. Shu tariqa, Kuafuning obro'si tobora ortib boraveribdi. Shu bilan birga u borgan sari aql bovar qilmas ishlarni qoyil qilib uddalaydigan bo'libdi.

Bir kuni Kuafu Danjuga va boshqa do'stlariga quyosh soyasigacha yetib ola bilishini aytib maqtanibdi. Danjuga bu gap yoqib tushibdi, agar Kuafu haqiqatan ham Quyoshga yetib ololsa, uni albatta mukofotlashini aytibdi. Buni

---

① Gomggongshi, Xitoy qadimiy rivoyatidagi suv ilohi.
② Yaodi, Xitoy qadimiy rivoyatidagi donishmand shoh.

eshitgan Kuafu ikki oyog'ini keng ochib, quyoshni Yuyuandan to janubgacha quvib, bir nafasda Chenjougacha yetib kelibdi. Quyoshga qarasa, undan hali ancha orqada ekan. Shu payt hali tushlik vaqti bo'lmagan ekan. Kuafu qorni biroz ochiqqanini sezib, uch tog' orasiga ovqat pishirish uchun qozon qo'yibdi. Bu uch tog'ni keyingi avlodlar Kuafu tog'i deb atashgan.

Ovqatlanib bo'lgach, Kuafu atrofdagi mahalliy aholiga uning ismi Kuafu ekanligini, u dunyodagi eng zo'r yuguruvchi ekanligini va quyosh soyasini quvib yurgani uchun bu yerga kelib qolganini aytibdi. Agar ulardan kimdir so'rab qolsa, bunga guvohlik berishlarini iltimos qilibdi. Odamlar Kuafu haqida eshitgan ekanlar. Shuning uchun ham ular Kuafuning iltimosiga rozi bo'lishibdi. Shundan so'ng Kuafu yana yo'lida davom etibdi. Bu vaqtda quyosh janubi-sharqdan shimoli-g'arbga ko'chgan edi. Ovqatlanishining uzoq davom etganligi tufayli Kuafu allaqachon quyoshdan ancha ortda qolgan edi. Kuafu yo'l bo'yi jon-jahdi bilan yugurib, quyoshni olis Yuyuangacha ta'qib qilib boribdi va nihoyat uning soyasiga yaqinlashib qolibdi. Biroq, quyoshga juda yaqin bo'lgani va havo harorati juda issiq bo'lgani bois Kuafu juda chanqab ketganini his qilibdi va bu chanqoqqa bir daqiqa ham chiday olmay, hamma joydan ichish uchun suv izlashga tushibdi. Kuafu turgan bu yer Sariq va Vey daryolaridan unchalik uzoq emas edi. Kuafu daryoga yugurib borib, bir ikki qultum ichgan ekan hamki, ikki daryo suvi shu zahotiyoq tugab qolibdi. Kuafu shimolda ham katta ko'l bor, kengligi minglab chaqirim keladi, undagi suvdan men to'yib ichishimga yetarli bo'lsa kerak, deb o'ylabdida yana shimolga qarab yo'l olibdi.

Yarim yo'lda Kuafu tasodifan suv toshqinini nazorat qilayotgan Dayu qo'shinlarini uchratib qolibdi. Eng oldinda qo'shin sardori Ying Long turardi. Kuafuning yashin tezligida kelayotganini ko'rib, Yinglong uni yirtqich hayvon deb o'ylabdi va Dayuga zarar yetkazishidan qo'rqib, u bilan jang qila boshlabdi. Ikkovi qattiq kurashibdilar. Chanqog'i tufayli Kuafu asta-sekin holdan toya boshlabdi. Uning yelkasiga Yinglongning panjasi urilibdi va qon daryodek oqa boshlabdi. U qo'lidagi katta dubulg'asini ushlashga ham madori yetmay, qo'lidan tushirib yuboribdi. Shu paytda Dayu va uning hamrohlari yetib kelishibdi. Ular Yinglongni kurashdan qaytarmoqchi bo'lishibdi, lekin kech bo'lgandi. Yinglongning o'tkir tirnoqlari allaqachon Kuafuning qornini yorib ulgurgan edi. Kuafu bir o'kiribdiyu, yerga yiqilibdi. Kuafu og'ir jarohat olgan bo'lsa ham hali tirik edi. Dayu uni suyab o'rnidan turg'azibdi. Kuafu bo'lgan voqeani va uning sabab-oqibatlarini Dayuga aytib bergach, ko'zlarini chirt yumib, mangu uyquga ketibdi. Shundagina hamma Yinglong Kuafuni beayb o'ldirib qo'yganini anglab yetishibdi. Dayu ich-ichidan achinib ketibdi. Uning jasadini dafn etishni va qabri ustiga dubulg'asini belgi sifatida qo'yib qo'yishni buyuribdi.

Dubulg'a bahorda birdan jonlanib, katta daraxtga aylanibdi, keyin esa qalin o'rmonga aylanibdi. Bu yer Deng Lin, Kuafu maydoni nomi bilan ham tanilgan. Keyinchalik Kuafuning avlodlari bu yerni topibdilar kelibdilar va Den Linning yonida tinch va totuv yashab mehnat qila boshlabdilar. O'ng qo'lida yashil ilon, chap qo'lida sariq ilon tutib Kuafudan o'rnak olibdilar. Kuafu yurtining kelib chiqishi mana shunday bo'lgan ekan.

Kuafuni dafn qilgandan keyin, Dayu va uning hamrohlari yo'lda davom etibdilar. Hamma Ying Longni ehtiyotsizlikda ayblabdi. Buni eshitgan Ying Long g'azablanib, pushaymon bo'libdi, qanotlarini yoyib, osmonga uchib ketibdi. Osmonni bir necha marta aylanib, yerga qarab hammaga bosh irg'abdi va shundan so'ng janubga uchib ketibdi. Bu voqealardan keyin uni qaytib heckhim ko'rmabdi.

后羿射日

在尧帝时代,天下发生了极其严重的旱灾,原因是天空出现了十个太阳。

事情的缘由是这样的:太阳的母亲叫羲和,她和天帝结婚后,一共生了十个儿子,就是太阳十兄弟。这十兄弟全都居住在大海以外的东方,一个叫汤谷的地方。汤谷是个巨大的水池,因为太阳总在里面洗澡玩耍,所以汤谷的水经常是沸腾的。按照天帝的要求,太阳十兄弟每天要有一个到天上去值班,不然人间就会是一片黑暗。正是由于天帝的安排,太阳才每天清晨从东方升起,黄昏时在西方降落,他们在天空行走一周也就是一天。可有一天,这些太阳不乐意遵守天帝的命令了,他们不愿意老待在汤谷里,而是想多到天上走走。于是,他们商量了一番,决定一窝蜂地都去值班。这样,十个太阳一齐出现在天空中。刹那间,十个太阳的强光从四面八方照射大地,一转眼工夫,草木枯焦了,庄稼晒死了,河水蒸干了,人们热得难以忍受,纷纷躲进了山洞里。

尧看到自己的人民如此受苦受难,心如刀绞。他站在大地上,向天空的太阳们恳求,希望他们遵守天帝立下的规矩,一个个地轮流值班。但十个太阳哪里把他放在眼里呢,他们根本不听尧帝的话,仍然在天空追逐玩耍。尧无奈,只得向天帝祈祷。天帝是个溺爱儿子的父亲,想对此事睁只眼闭只眼。一个名叫后羿的天神十分愤怒,他当着天帝的面指责十个太阳的暴行。天帝只得答应管教管教不听话的儿子们,并派后羿到人间去帮助尧。至于自己的儿子们,天帝一再吩咐后羿不可太为难他们,给他们一点儿小苦头吃,吓吓他们就行了。后羿便来到了人间,他和尧一起站在山顶上向十个太阳喊话,要求他们退回去九个,只能留一个在天上。但十个太阳自恃是天帝的儿子,后羿敢把他们怎么样呢!因而对后羿的话充耳不闻。

后羿看到大地在龟裂,老人和孩子在接二连三地痛苦死去,他决定一定要救人民于可怕的地狱之中,哪怕为此得罪天帝也在所不辞。后羿是天上地下都排名第一的神箭手,他张弓搭箭瞄准太阳,同时也希望十个太阳见了能被吓走九个。可是,十个太阳一点儿也不怕,反而挑衅他:"射呀,有本事你射呀!"后羿忍无可忍,他略一瞄准,嗖的一箭向太阳射去。一会儿工夫,人们看到一团红色的火球从天上掉下来,人们走近一看,原来是一只三只足的乌鸦,这也就是太阳的魂。人们一齐欢呼起来。

接着,后羿又一连射了八箭,另外八个太阳也从天空消失了。正当后羿准备再射天空的最后一个太阳时,尧急忙抓住他:"不能再射了,太阳的存在对大地万物是有好处的,要是最后一个太阳也射掉了,到时人间将是一片黑暗和寒冷。"后羿恍然大悟,停止了射击。

天帝一下子失去了九个儿子,自然对后羿恨之入骨,再也不允许他从人间回到天上了。这样,后羿就在人间继续生活,而他的妻子嫦娥也和他一样,从神仙变成了凡人。

Hou Yi 10 ta Quyoshin otashi

Yao imperatorining hukmronlik davrida dunyoda juda qattiq qurgʻoqchilik sodir boʻlgan ekan. Chunki oʻsha paytda osmonda oʻnta quyosh paydo bo 'lgan ekanda.

Bu voqelar quyidagicha sodir boʻlgan edi. Quyoshning onasi Sihe Osmon hukmdoriga turmushga chiqqan ekan va oʻnta oʻgʻil, yaʼni Quyoshning oʻnta aka-ukasini dunyoga keltirgan ekan. Bu oʻnta aka-uka dengizning narigi tomonidagi sharqdagi Tanggu degan joyda yashar ekanlar. Tanggu ulkan koʻl boʻlib, Quyoshlar doim unda choʻmilishar ekan. Aynan shuning uchun ham Tangguda suv hamisha qaynab turarkan. Osmon shohining talabiga koʻra, Quyoshning oʻnta birodarlaridan biri, galma-galdan har kuni navbatchilik qilish uchun osmonga chiqishlari kerak edi, aks holda dunyo zulmatda qolardi. Osmon shohining qoidalalari tufayli har kuni ertalab quyosh sharqdan chiqib, gʻarbga shom chogʻida botar edi. Ular osmonni bir marta aylanib chiqishlari bir kunga toʻgʻri kelardi. Kunlardan bir kun ular Osmon hukmdorining buyrugʻiga boʻysunishni istamay qolishibdi, ular Tanggu koʻlida qolishni emas, balki tez-tez osmonga chiqishni xohlabdilar. Shunday qilib bir kun ularning hammasi birdaniga navbatchilikka joʻnashibdi. Shu tariqa osmonda birdaniga oʻnta Quyosh paydo boʻlibdi. Bir lahzada yer yuziga har tomondan oʻnta Quyoshning kuchli nurlari charaqlab yogʻila boshlabdi. Koʻz ochib yumguncha yer olovdek qizib ketibdi. Oʻt-oʻlanlar, daraxtlar, ekinlar oftobda kuyib ado boʻlibdi, daryolar esa bugʻlanib ketibdi. Odamlar gʻorlarga yashirinibdilar.

Imperator Yaodi xalqining issiqdan azob chekayotganini koʻrib yuragi ezilibdi. Yerda turib, osmondagi Quyoshlarga iltijo qilibdi. Ulardan Osmon hukmdori belgilagan qoidalarga rioya qilishlarini va galma-galdan navbatchilik qilishlarini iltimos qilib so'rabdi. Ammo aka-uka Quyoshlar uning gaplarini inobatga olishmabdi. Ular imperator Yaodining so'zlariga umuman quloq solmabdilar. Shu zaylda ular osmonda yayrab o'ynab-kulishda davom etibdilar. Yaodining Osmon hukmdoriga murojaat qilishdan boshqa iloji qolmabdi. Osmon hukmdori esa o'z farzandlarini juda erkalatadigan mehribon ota bo'lgani uchun bu masalaga shunchaki ko'z yumibdi. Ammo Hou Yi ismli iloh bo'lgan voqeadan juda g'azablanib, imperator oldida o'n Quyoshni haddidan oshganlikda ayblabdi. Osmon hukmdori ilojsizlikdan itoatsiz o'g'illarini tarbiyalashga rozi bo'libdi. Hou Yini Yaoga yordam berish uchun odamlar orasiga yuboribdi. Osmon hukmdori Xou Yiga o'g'illariga ortiqcha qiyinchilik tug'dirmasligi kerakligini, shunchaki biroz ularni qo'rqitib qo'yishini ta'kidlabdi. Hou Yi odamlar orasiga tushgach Yao bilan birga tog'ning cho'qqisida turib 10 ta Quyoshga qarab so'z ochibdi. Ulardan 9 tasi ortga qaytishi kerakligini, osmonda faqat bitta Quyosh qolishi kerakligini talab qilibdi. Ammo, 10 ta Quyosh Imperatorning o'g'illari bo'lganlari uchun, o'zlariga juda yuqori baho berar ekanlar. Shu sababli ham Hou Yi ularni nima ham qila olardi, deb uning gaplariga parvo ham qilishmabdi. Uning gaplariga mutlaq quloq solishmabdi.

Hou Yi issiqdan yer ham yorilayotganini, keksalar va bolalar birin-ketin azoblanib jon berayotganlarini ko'rib, buning uchun Osmon hukmdorini hafa qilib bo'lsa ham, odamlarni bu dahshatli do'zax azobidan qutqarishga qaror qilibdi. Hou Yi osmonu-yerdagi eng mohir kamonchi edi. U kamon o'qi bilan 10 ta Quyoshni nishonga olibdi. Buni ko'rib ularning to'qqiztasi qo'rqib qochib ketsalar kerak deya umid qilibdi Hou Yi. Biroq, aka-uka Quyoshlar aslo qo'rqmabdilar, aksincha: "Ol, qo'lingdan kelsa nishonga ol!", deb uning g'azabini besh battar qo'zg'abdilar. Hou Yi sabr kosasi to'lib, oxiri chiday olmabdi va mo'ljalga olib, ular tomon o'q uzibdi. Biroz vaqt o'tgach, odamlar osmondan qizg'ish olov to'plari tushayotganini ko'ribdilar. Yaqinroq borib garaganlarida esa bular uch oyoqli qarg'a ekanligini, ya'ni quyoshning ruhi ekanligini ko'rib bilibdilar. Shunda odamlar xursandchiliklaridan qiy-chuv qila boshlabdilar.

Keyin Hou Yi ketma-ket sakkizta o'qni otibdi. Osmonda qolgan sakkizta Quyosh ham asta-sekin g'oyib bo'libdi. Hou Yi osmondagi so'nggi quyoshni otmoqchi bo'lib turganida, Yao shosha-pisha uning qo'lidan mahkam ushlab olibdida: "Boshqa o'q uzmang iltimos, Quyoshning mavjudligi yerdagi hamma narsa uchun yaxshi. Agar oxirgi Quyoshni ham urib tushirsangiz, dunyo bir zumda vayron bo'ladi, qorong'ulik va zulmat cho'kib, yer yuzida butkul qahraton sovuq boshlanadi." –debdi. Bu so'zlarni eshitgan Hou Yi darhol uning ma'nosini anglab yetibdi va o'q uzishdan to'xtabdi.

Osmon hukmdori birdaniga to'qqiz o'g'lidan ayrilibdi. Buning uchun u Hou Yidan shunchalik nafratlanar ediki, hatto uning yerdan osmonga yana qaytishiga aslo yo'l qo'ymabdi. Shundan so'ng Hou Yi va uning rafiqasi Chang'e ham odamlar orasida yashashda davom etibdilar. Ular endi ilohlardan oddiy odamlarga aylanibdilar.

嫦娥奔月

传说在远古，天空中有十个太阳炙烤着大地，庄稼不能生长，鸟兽深受其害，人们叫苦连天。昆仑山上有一把神弓，相传只有用这把神弓才能把多余的太阳射下来。但是，拉开这把神弓谈何容易，无数人都尝试过，神弓却纹丝不动。有一位叫后羿的青年，勇敢无畏且力大无穷。他成功地拉开了神弓，一口气射下九个太阳。从此，天上就只有一个太阳了，人间恢复了原有的样貌。

后羿有一位美丽的妻子名叫嫦娥。他们郎才女貌，夫唱妇随，日子过得很幸福。西王母赐给后羿一粒不老仙丹，这粒仙丹可以使人长生不老，飞天成仙。后羿不舍得离开嫦娥，就对嫦娥说："这是一粒可以让人成仙的仙丹，但是我更希望与你在一起。这粒仙丹就交给你，你好好收藏起来。"嫦娥接过仙丹，小心翼翼地把它藏到了梳妆台的百宝匣中。

这件事被后羿的一个徒弟逢蒙知道了，他是个卑鄙小人，想借此机会成仙升天。这一天恰逢农历八月十五，后羿带徒弟们外出打猎，逢蒙装病留了下来。等后羿一走，逢蒙就拿着宝剑闯进嫦娥的房中，逼迫嫦娥交出仙丹，嫦娥害怕仙丹落入恶人的手中，就假意帮逢蒙拿仙丹，趁他不注意，将仙丹吞了下去。

嫦娥吞了仙丹，身子轻飘飘的，一直飞到天上去了。嫦娥因为挂念丈夫，所以停在了最靠近人间的月亮上，从此就住在月亮上的广寒宫中，成了嫦娥仙子。

后羿回来后，侍女哭着告诉了他白天发生的一切，后羿又生气又伤心，拔出宝剑想斩杀逢蒙，没想到这个恶人早就逃跑了。后羿望着天空，悲恸欲绝，一遍遍叫着嫦娥的名字。这时，他看到月亮上有一个小小的身影，和嫦娥一模一样。于是，他就在花园中摆上香案，对着月亮祭拜自己的妻子。

百姓们得知了嫦娥奔月的事，也都在农历八月十五这一天，在月亮下摆上香案，祭拜嫦娥，希望这位善良的仙子保佑自己和家人吉祥平安。

Chang E'ning oyga uchishi

Rivoyatlarda aytilishicha, qadim zamonlarda osmonda yerni kuydiruvchi o'nta quyosh bo'lgan ekan. Shu sababdan, yerda ekinlar o'smas, qushlar va jonivorlar ko'p azob chekar, odamlar ham bundan tinmay nolir ekanlar. Kunlun tog'ida bir sehrli kamon bor ekan. Aytishlaricha, faqat shu sehrli kamon bilan osmondagi ortiqcha quyoshlarni otib tashlash mumkin ekan. Ammo bu sehrli kamonni tog'dan olishning iloji bo'lmas, ilgari ham odamlar bunga ko'p marotaba urinib ko'rishgan ekanlar. Shunday qilib, hech kim kamonni joyidan qimirlata olmabdi. O'sha mahallarda jasur, qo'rqmas va qudratli Hou Yi ismli bir yigit bor ekan. U sehrli kamonni joyidan qo'zg'atishga muvaffaq bo'libdi va to'qqizta quyoshni bir vaqtning o'zida urib tushiribdi. Shunday qilib, osmonda bittagina quyosh qolibdi. Odamlar avvalgi tinch hayotlariga qaytishibdi.

Hou Yi Chang'e degan bir ayoli bo'lgan ekan. Ular juda ham baxtli hayot kechirishar ekan. Kunlarning birida G'arb malikasi Hou Yiga obihayot dorisini beribdi. Agar buni u ichsa bir umr o'lmaydigan bo'lib qolar ekan. U umrboqiy bo'lib, osmonga uchib ketar ekan. Hou Yi hech ham Chang'edan ayrilgisi kelmas va unga bu obihayotni insonni o'lmaydigan qilishini, u bilan birga bo'lishni xohlayotganini bildirib, obihayotni Chang'ega yashirib qo'yish uchun beribdi. Chang'e esa bu obihayotni bir qutichaning ichiga solib qo'yibdi.

Bu voqeadan Hou Yi shogirdlaridan biri Pangmen xabardor bo'libdi. U jirkanch, yovuz odam ekan. Tabiiyki, u bu imkoniyatdan foydalanib, o'lmas bo'lib qolishni hamda osmonga ko'tarilishni xoxlab qolibdi. Oy taqvimi bo'yicha sakkizinchi oyning o'n beshinchi kuni Hou Yi shogirdlarini ovga olib chiqibdi, lekin Pangmen oʻzini kasalga solib borishni xohlamabdi. Hou Yi ketishi bilanoq Pangmeng Chang'ening xonasiga qilich bilan bostirib kiribdi. Chang'edan unga obihayotni berishni talab qilibdi. Chang'e obihayotni yovuz odamlar qoʻliga tushib qolishidan qoʻrqib, oʻzini yordam bermoqchidek koʻrsatibdi. Pangmen e'tibor bermay turgan paytda, Chang'e obihayotni oʻzi ichib yuboribdi. Obihayotni ichgan Chang'e oʻzini yengil his qilibdi va osmonga qarab ucha boshlabdi. Chang'e oʻz turmush oʻrtogʻini koʻp sogʻingani uchun, u odamlarga yaqin boʻlgan oyda hayot kechiribdi. Shundan keyin u oy saroyida yashab, pariga aylanibdi.

Hou Yi uyga qaytib kelsa qizi yigʻlab oʻtirgan emish. Qizi unga hamma boʻlgan voqeani aytib beribdi. Hou Yi jahli chiqibdi hamda mahzun boʻlibdi. Qilichini olib Pangmenni oʻldirmoqchi boʻlganida, bu yovuz odam qochib qolibdi. Hou Yi osmonga qarab tinmasdan ayolining ismini aytib baqiraveribdi. Bir mahal osmonda kichkina soya koʻrinibdi. Bu soya xuddi, Chang'ega oʻxshar ekan. Hou Yi bogʻning oʻrtasini gullar bilan bezatib, oyga qarab, oʻz ayoliga hurmat bajo keltiribdi.

Odamlar Chang'ening voqeasidan xabar topishibdi. Ular shu yildan boshlab oy taqvimi boʻyicha sakkizinchi oyning, oʻn beshinchi kunida Chang'ega hurmat bajo keltiradigan boʻlishibdi. Undan oʻzlarini va oilalarini asrashni soʻrashar ekan.

精卫填海

相传，炎帝有一个女儿，名叫女娃。有一天，女娃驾着一只小船到东海去游玩，没想到海上起了风浪，像山一样高的海浪把小船打翻了，女娃淹死在了海里。女娃不甘心就这样死去，它的灵魂变成了一只小鸟。由于这只鸟经常发出"精卫、精卫"的悲鸣声，人们就叫它"精卫"。

精卫长着花脑袋，白嘴壳，红脚爪，有点儿像乌鸦，住在北方的发鸠山上。她痛恨无情的大海夺走了自己年轻的生命，因此常常从发鸠山衔着石子儿或小树枝，展翅高飞，一直飞到东海。它在波涛汹涌的海面上飞翔着，把石子儿或树枝投下去，想把大海填平。

大海奔腾着，咆哮着，露出雪白的牙齿，凶恶的嘲笑它："小鸟，算了吧，就算你能干一百万年，也休想把我填平！"

精卫在高空答复大海："哪怕是耗费一千万年、一万万年，直到宇宙终结，我也要继续，直到把你填平！"

"你为什么恨我这样深呢？"

"因为你夺走了我年轻的生命，将来还会有很多年轻无辜的生命被你无情地夺去。"

"傻瓜，那么你就填吧！"大海哈哈大笑起来。

精卫在高空悲鸣着："我要填！我要填！我要永无休止地填下去！你这叫人愤恨的大海呀，总有一天我会把你填成平地！"

精卫飞翔着，悲鸣着，离开大海，又飞回发鸠山上，衔着石子儿和树枝飞往大海。它往返飞翔，从不休息，直到今天，它还在做着这件事。到如今，东海还有精卫誓水的地方，因为精卫曾经淹死在那里，所以发誓不喝那里的水。人们称精卫为"誓鸟"或"志鸟",民间也有人叫它"帝女雀"。就这样,精卫填海的故事流传了下来。人们常用精卫填海的故事激励自己要努力奋斗。

Jingveining dengizni ko'mishi haqida

Afsonaga ko'ra, imperator Yanning Nuyva ismli bir qizi bor ekan. Kunlardan bir kuni Nuyva kichik qayiqda Sharqiy Xitoy dengiziga aylanib kelish uchun ketayotganida, kutilmaganda dengizda bo'ron ko'tarilibdi. Tog'lardek baland to'lqinlar qayiqni ag'darib yuboribdi va Nuyva dengizga cho'kib ketibdi. Nuyva o'zining bunday o'lim topganidan norozi bo'libdi va uning ruhi qushga aylanibdi. Bu qush har doim "Jingvei, Jingvei" deya qayg'uli sayragani uchun odamlar unga "Jingvei" deb nom berishibdi.

Jingveining boshi rang-barang bo'lib, tumshug'i oq, oyoqlari qizil, tashqi ko'rinishidan esa qarg'aga biroz o'xshar ekan. U shimoldagi Fajiu tog'ida yashar ekan. Jingvei shafqatsiz dengizni yosh joniga zomin bo'lgani uchun juda yomon ko'rar ekan. U tez-tez Fajiu tog'idan tosh yoki novdalar olib Sharqiy Xitoy dengizi tomon ucharkan. Jingvei shafqatsiz dengiz uzra baland uchar, tosh va novdalarni dengiz tomon uloqtirar va shu tarzda dengizni ko'mib uni yo'q qilib yuborishni xohlarkan.

Dengiz toshar, hayqirar, xuddi bir sadafdek oppoq tishlar misoli to'lqinlarini ko'rsatib, vahshiylarcha qushchani mazax qilardi: "Hoy kichkina qushcha, qo'ysangchi, million yil mehnat qilsang ham, meni ko'mib tashlolmaysan-ku!"

Jingvei esa osmonda uchib dengizga qarata shunday der ekan: "Minglab yillar ketsa-da, dunyo tugaguncha bo'lsa ham men taslim bo'lmayman, albatta seni ko'mib tashlayman!"

"Sen nima uchun mendan bunchalar nafratlanasan?"-deya so'rabdi dengiz.

"Chunki sen meni yosh umrimdan bebahra qilding, keyinchalik ham qanchadan-qancha yosh va begunoh umrlarning zavoli bo'larkinsan."-deya javob qaytaribdi Jingvei.

"Seni qara-yu, unda meni ko'mib tashlayqol!", -deya dengiz qah-qah otib kulibdi.

Jingvei osmondan turib qichqiribdi: "Ko'mib tashlayman! Ko'mib tashlayman! Bir nafas ham to'xtamay ko'mishda davom etaman! Qachon bo'lsa ham seni baribir ko'mib, yer kabi tekislab tashlayman!"

Jingvei nola qilib qanotlarini qoqqanicha dengizni tark etibdi. Fajiu tog'iga qaytib uchib borib, og'zida yana tosh va shoxlar bilan qayta dengiz tomon uchibdi. U tinim bilmay u yoqqa va buyoqqa uchib borib kelar, to hozirgacha bu ishidan to'xtamas emish. Hozirgacha Sharqiy Xitoy dengizida Jingvei qasam ichgan joy saqlanib qolgan emish. Jingvei aynan shu yerda cho'kib ketgani uchun, odamlar bu yerdagi suvni ichmaslikka va'da berishgan ekan. Odamlar Jingveini "qasam qushi" yoki "Chji qushi" deb nomlar ekan. Ba'zilar esa uni "imperator qushi" deb ham atashar ekan. Shunday qilib, Jingvei dengizni ko'mishi haqidagi ertak shu paytga qadar og'izdan-og'izga o'tib kelmoqda. Odamlar ko'pincha o'zlarini astoydil mehnat qilishga undash uchun ham ushbu hikoyadan ibrat olib kelmoqdalar.

哪吒闹海

商朝末年，陈塘关有一位总兵，名叫李靖，他的夫人怀孕三年才生孩子，而且生下来的是一个圆圆的肉球，这让李府上下都很惊奇。李靖说："这一定是个妖怪。"便拿出宝剑来，朝着那肉球劈过去。这时，从里面跳出一个男娃娃来，胖胖的脸，可招人喜欢了。

李靖看呆了，正不知道该怎么办时，太乙真人找上门来。太乙真人说："恭喜恭喜，我知道你家夫人生了个男娃，这娃娃很了不起，让我收他做徒弟吧。"说着，他拿出一个镯子，一块红绫，交给李靖："这是我送给徒弟的礼物，这镯子叫做乾坤圈，这红绫叫做混天绫。"这娃娃就是哪吒。

哪吒七岁那年，陈塘关大旱，东海龙王滴水不降，还经常派人到岸上抢东西，十分可恨。有一天，天气热极了，哪吒就到大海里去洗澡，他拿着混天绫在水里一晃，就掀起了大浪，大浪把东海龙王的水晶宫震得东摇西晃。东海龙王派了一个夜叉上去看看到底是怎么回事。夜叉钻出水面一看，原来是个娃娃在洗澡。于是举起斧头就砍，哪吒连忙把身子一闪，取下乾坤圈，朝夜叉扔去，乾坤圈正好打中夜叉的脑袋，把他打死了。

东海龙王听说夜叉被打死了，很气愤，就叫他的儿子三太子带兵去捉哪吒。三太子冲出水面，不分青红皂白，举起枪就刺，哪吒让了他好几次，可是三太子就是不放过哪吒。哪吒急了，他把混天绫一甩，这混天绫马上喷出一团团火焰，把三太子紧紧围住，他怎么也逃不掉。哪吒又拿出乾坤圈向三太子头顶砸去，把三太子也打死了。三太子一死，就现出了原形，变成了一条小龙。哪吒把它拖到岸上，心想，父亲少一根腰带，于是他就把小龙的龙筋抽了出来，带回家去了。

东海龙王听说自己的儿子也被哪吒打死了，又是伤心，又是生气，就来找李靖算账。东海龙王气冲冲地对李靖说："你的儿子打死了我家夜叉，又打死了我的三太子！"李靖说："你弄错了吧，我的长子和次子都在外学艺，小儿子哪吒才七岁，能打死人吗？"龙王说："就是哪吒！你不信就把他找来问一问。"

李靖在屋子里找到了哪吒，问："你在小屋子里做什么？"哪吒说："父亲，我今天打死了一条小龙，抽了他的筋，正在给您搓腰带呢。"李靖这才知道哪吒真的闯了大祸，只好带着他去见龙王并认错。哪吒对龙王说："他不是故意打死三太子的，是三太子一个劲儿地追着他打，还打算把龙筋还给龙王。"东海龙王看见儿子的龙筋，大喊道："一定要给他报仇。"

几天后，东海龙王请了南海、西海和北海的龙王，带着虾兵蟹将找上门来。李靖听说后，慌忙出门迎接。虾兵蟹将一拥而上，把李靖绑了起来。哪吒听闻后，从屋里跑了出来，对东海龙王喊道："打死夜叉的是我，打死三太子的也是我，跟我父亲没有关系，快把我父亲放了！"东海龙王牙齿咬得咯咯响，说："那好，我要你给我的儿子偿命！"哪吒说："好，我一人做事一人当。"说完，抽出宝剑，自杀了。四海龙王这才放了李靖，收兵回去了。

哪吒的师傅太乙真人听说哪吒死了，非常悲痛，他在荷花池摘了荷花、荷叶，又挖了几截嫩藕，摆成一个人的样子，念道："哪吒，哪吒，还不快快起来！"就见那荷花、荷叶和嫩藕慢慢变成了哪吒的样子，哪吒又活了过来。师傅又给了哪吒两件宝贝，一件火尖枪，两只风火轮。从此以后，哪吒的本事更大了。

Nejaning dengizni toʻlqinlantirishi

Shan sulolasining oxirgi yillarida Chentangguan degan joyda Li Jing ismli general boʻlgan ekan. Uning xotini uch yil xomilador boʻlib keyin tugʻibdi. U dum-dumaloq bir goʻshtni dunyoga keltiribdi. Bundan Lining oilasi juda ham hayratga tushibdi. Li Jing bu "jin" boʻlsa kerak deb oʻylab, darhol qilichini goʻshtga sanchgan ekan, ichidan bir oʻgʻil bola chiqibdi. Dumaloq yuzli bu bola keyinchalik odamlarga juda yoqib qolibdi.

Li Jing hayratlanib, nima qilishini bilmay turgan mahalda, usta Tayyi eshik oldiga kelib: "Tabriklayman, bildim, uyingda bola tugʻilibdi, u juda ham zoʻr boʻladi, uni menga shogirdlikka bergin" debdi. Shu gaplarni ayta turib, Li Jingga bitta bilakuzuk va qizil ipak beribdi. Bular bolaga sovgʻa ekanligini aytibdi. Bu bola Neja deb ism qoʻyibdilar.

Neja yetti yoshga toʻlganida, Chentangguanda qattiq qurgʻoqchilik boshlanibdi. Sharqiy Xitoyning dengiz ajdarho qiroli suv berishdan bosh tortibdi. U koʻpincha odamlardan narsalarini tortib olar ekan. Bundan odamlar dargʻazab boʻlishar edi. Bir kuni havo juda ham isib ketibdi, shuning uchun Neja choʻmilish uchun dengizga boribdi. U suvda qizil ipagini silkitgan ekan, katta toʻlqin turibdi. Katta toʻlqinlar Sharqiy Xitoy dengiz ajdarholari qirolining billur saroyini larzaga keltiribdi. Ajdarholar qiroli nima boʻlayotganini bilish uchun bir iblisini yuboribdi. Iblis kelib qarasa bir yosh bola choʻmilayotgan ekan, Neja buni sezib, bilakuzugini olib, iblisga otibdi. Bu bilakuzuk iblisning boshini yorib, uni oʻldiribdi.

Ajdarholar qiroli iblisning oʻlganidan dargʻazab boʻlibdi. Oʻgʻli Santayzini chaqiribdi va unga Nejani tutib kelishini buyuribdi. Santayzi har qancha urinsa ham Nejani tuta olmabdi. Neja qizil ipagini silkitgan ekan, u katta gulhanni yuzaga keltiribdi. Gulhan Santayzini o'rab olib, uni qochib ketishiga yo'l qo'ymabdi. Neja yana bilakuzugini bir otib Santayzini ham o'ldiribdi. Santayzining jasadi asl holiga, ya'ni kichkina ajdarhoga aylanibdi. Neja uni qirg'oqqa olib chiqib, uyiga olib ketibdi. Undan otasiga belbog' qilib bermoqchi bo'libdi.

Ajdarholar qiroli o'g'lining halok bo'lganini eshitib, juda hafa bo'libdi, qattiq darg'azab bo'libdi. Hisob-kitob qilib olish uchun Li Jingning oldiga borishga qaror qilibdi. Li Jingga qarab "O'g'ling uyimdagi iblisni, keyin esa meni o'g'limni o'ldirdi" debdi. Li Jing "mening katta va o'rtancha o'g'lim san'at bilan shug'ullanadilar, kichik o'g'lim endigina yetti yoshga kirdi, u qanday qilib odam o'ldirsin" debdi. Ishonmasa o'g'lidan so'rashini aytibdi Ajdarholar qiroli.

Li Jing xonaga kirib, Nejadan nima qilganini so'rabdi. O'g'li esa bir ajdarhoni o'ldirganini, terisidan unga kamar qilib bermoqchiligini aytibdi. Li Jing o'g'lining ishlaridan jahli chiqib uni Ajdarholar qirolining oldiga olib boribdi. Neja esa bularni atayin qilmaganini, Santayzining o'zi quvlaganini, chorasizlikdan qo'lidagi bilakuzukni otganini aytibdi. O'g'lining jasadini qaytarib bermoqchi bo'libdi. Qirol esa albatta undan qasos olishini bildiribdi.

Bir necha kundan keyin Sharqiy Xitoy dengiz qiroli g'arbiy, janubiy va shimoliy xitoy dengiz ajdarholarini chaqiribdi. Ular qisqichbaqa askarlarini Li Jingning uyiga yuborishibdi. Ular kutib olish uchun chiqqan Li Jingni bog'lab qo'yishibdi. Buni ko'rgan Neja xonadan chiqib, iblis va Santayzini o'zi o'ldirganini, otasini qo'yib yuborishni so'rabdi. Sharqiy Xitoy ajdarho qiroli o'g'li uchun qasos olishini bildiribdi. Neja "bir jonga bir o'lim" deb qilichni olib o'zini o'ldiribdi. Shundan keyin Ajdarholar qiroli Li Jingni qo'yib yuborishibdi.

Nejaning ustozi usta Tayyi bo'lgan voqeadan iztirobga tushibdi. U barg va gullarni odam shakliga o'xshatib terib chiqibdi. Ularga qarab, "Neja, Neja tur!" debdi baland ovozda. Gullar va barglar sekin-astalik bilan jonlanib, Neja qayta hayotga qaytibdi. Usta shogirdiga olovli nayza va olovli g'ildirak beribdi. Shundan keyin Neja yana ham qobiliyatli bo'lib ketibdi.

牛郎织女

很久很久以前,南阳城西有一个叫牛家庄的小村庄,村里有一个以放牛为生的小伙子,大家都叫他"牛郎"。牛郎虽然家境贫寒,但勤劳勇敢。牛郎的父亲早逝,他跟着哥哥嫂子一起生活,嫂子每天都让牛郎干很多活儿。

有一天,嫂子又逼牛郎去放牛,早上,他指着九头牛对牛郎说:"你今天必须带回十头牛,如果带不回十头牛,你就别回来了!"牛郎只得赶着九头牛出了村。他进了山,坐在树下,伤心地哭了起来。这时,一位满头白发的老人出现在他面前,问道:"小伙子,你为什么哭得这么伤心?"牛郎把自己的遭遇告诉老人,老人笑了,说:"这个简单,伏牛山里有一头病倒的老牛,你带他回家吧!"牛郎按照老人的指示找到了老牛。他悉心照顾老牛,并给老牛治好了病,从此和老牛相依为命。原来,这头老牛是天上的灰牛大仙,犯了天条被贬到人间。后来,嫂子把牛郎赶出了家门,老牛依然对牛郎不离不弃。

有一天,天上的织女和一群仙女来到人间玩耍,牛郎在老牛的帮助下结识了织女,两个人互生爱慕之心,私定了终身。婚后男耕女织,生活得很甜蜜,织女生下一男一女两个孩子。

谁知好景不长,织女偷偷下凡嫁给凡人的事被王母娘娘知道了,织女被带回了天庭,牛郎和一对儿女日夜想念织女。老牛看到牛郎和孩子们如此伤心,就对牛郎说:"我就要死了,等我死了,你就剥下我的皮,披着它就可以上天去找织女了。"老牛死后,牛郎就披上老牛的皮,挑着一对箩筐,让两个孩子各坐进一个箩筐,腾云驾雾去找织女。王母娘娘看到这情景，拔下头上的金簪一划，天空中就出现了一条波涛汹涌的天河，将牛郎织女隔在了天河两岸。从此以后，牛郎在天河的这边，织女在天河的那边，他们成了天河两边的牵牛星和织女星。

牛郎织女相隔一河却不能相守，日夜哭泣，悲痛欲绝。天上的喜鹊被他们感动了，纷纷飞来，用它们的身体搭成一座鹊桥，让牛郎和织女在鹊桥上相会。王母娘娘见到他们如此痴情，也松口说："以后每年的七月初七，你们可在鹊桥上见一面。"

从此以后，每年七月初七，人们很少看见喜鹊，他们都往天河那边搭桥去了。还有人说，那天夜里，要是在葡萄架下仔细听，还可以听见牛郎、织女在桥上亲密地说话呢。

Podachi yigit va to'quvchi qiz

Qadim-qadim zamonlarda Nanyang shahrining g'arbida Niujiajuan degan kichik bir qishloq bor ekan. Qishloqda chorva boqib, ya'ni cho'ponlik qilib tirikchilik qiladigan bir yigit bor ekan. Uni hamma "podachi yigit" deb atashar ekan. Podachi yigitning oilasi juda kambag'al bo'lsa-da, lekin podachi yigit juda mehnatkash va jasur ekan. Podachining otasi erta vafot etgan ekan va u akasi hamda kelinoyisi bilan qolgan ekan. Lekin kelinoyisi uni hech chiqishtirmas ekan, har kuni uni ko'plab yumush majarishga majbur qilar ekan.

Bir kuni kelinoyisi podachi yigitni sigirlarni yana o'tlatib kelishga buyuribdi va unga to'qqizta sigirni ko'rsatib: "Bugun uyga 10 ta sigir bilan qaytsang qaytganing, aks holda uyga qaytib kelib yurma", deya shart qo'yibdi. Podachi to'qqizta sigirni haydab qishloqdan chiqib ketibdi. Tog'lar bag'riga kelib, bir daraxtning tagiga o'tirib, chuqur xo'rsinib, rosa ko'z yosh to'kibdi. Shu payt uning ro'parasidan sochlari oppoq bir chol paydo bo'lib: "Hoy yigit, nega g'amginsan?"- deya so'rabdi. Podachi yigit boshidan kechirganlarini qariyaga so'zlab beribdi. Shunda chol jilmayib: "Hechqisi yo'q, kuyunma. Funiu tog'ida bitta keksa kasalmand sigir bor, shu sigirni olginda uyingga qaytib boraver", debdi. Podachi yigit chol ko'rsatgan tomonga yurib keksa kasalmand sigirni qidirib topibdi. Unga g'amxo'rlik qila boshlabdi va uni davolabdi. Shu tarzda u sigirga juda ham bog'lanib qolibdi. Ma'lum bo'lishicha, bu keksa sigir osmondan tushgan ekan, u osmon qonun-qoidalarini buzganligi uchun, yer yuziga haydalgan ekan. Kunlardan bir kun podachi yigitning kelinoyisi oxir-oqibat podachi yigitni uyidan haydab yuboribdi. Ammo keksa sigir hanuz podachi yigitga qattiq bogʻlanib qolgan ekan.

Kunlarning birida osmondagi toʻquvchi qiz va bir guruh parilar yerga oʻyin- kulgu qilish uchun tushibdilar. Keksa sigir gapirib yuboribdi va uning yordamida podachi yigit toʻquvchi qiz bilan uchrashib qolibdi. Ular bir-birlarini sevib qolibdilar va bir umr birga boʻlishga ahdu-paymon qilibdilar. Turmush qurgach, yigit dehqonchilik bilan shugʻullanibdi. Qiz esa toʻquvchilik qilibdi. Ular juda shirin hayot kechira boshlabdilar. Toʻquvchi qiz ikki farzand: bir oʻgʻil va bir qizni dunyoga keltiribdi.

Biroq yaxshi va baxtli kunlar uzoqqa choʻzilmabdi. Osmondagi Qirolicha ona qizining yerga tushib oddiy odam bilan turmush qurganidan xabar topibdi va toʻquvchi qizni osmonga qaytarib olib ketibdi. Podachi yigit esa oʻgʻli va qizi bilan toʻquvchi qizni kechayu-kunduz sogʻinib yashay boshlabdi. Keksa sigir gʻamga botgan ota va farzandlarini koʻrib shunday debdi: "Mening umrim tugashiga oz qoldi, olamdan oʻtganimdan keyin mening terimni shilib ol, uni ustingga yopib osmonga chiqa olasan va toʻquvchi qizni ham topa olasan." Keksa sigirning joni uzilgach, yigit uning terisini yopib olib, ikki savatga ikki farzandini solib, bulut va tumanlar osha toʻquvchi qizni qidirib osmonga koʻtarilib ketibdi. Bu manzarani koʻrgan Qirolicha ona boshidagi tilla toʻgʻnagʻichini olib bir chiziq chizgan ekan, osmonda Somon yoʻli paydo boʻlibdi. Bu yoʻl podachi yigit va toʻquvchi qizni ajratib qoʻyibdi. Oʻshandan beri podachi yigit Somon yoʻlining bu tomonida, toʻquvchi qiz esa narigi tomonida qolib ketibdilar. Ular Somon yoʻlining ikki tomonidagi "Altair" va "Vega" nomli yulduzlariga aylanibdilar.

Podachi yigit bilan toʻquvchi qizni Somon yoʻli ajratib turardi. Ular birga boʻlolmabdilar, kechayu-kunduz faryod qilib, koʻz yosh toʻkibdilar. Ularning faryodi osmondagi hakkalarni ham gʻamga solibdi. Ular galalashib, birlashib osmonda uzun koʻprik hosil qilibdilar. Podachi yigit bilan toʻquvchi qiz hakkalar solgan koʻprikda uchrashibdilar. Buni koʻrgan Qirolicha onaning ham ko'ngli yumshabdi va debdi: "Bundan buyon yettinchi qamariy oyning yettinchi kunida Hakka ko'prigida bir-biringiz bilan uchrashishingiz mumkin".

O'shandan beri, har yili iyul oyining yettinchi kunida odamlar kamdan-kam hollarda hakkalarni ko'rishar ekan. Bilasizmi nima uchun? Chunki ularning barchasi Somon yo'li daryosi ustida ko'prik qurish uchun uchib ketishar emish. Boshqalarning aytishicha, o'sha oqshom uzum so'risi tagida o'tirib diqqat bilan quloq tutilsa, ko'prikda Podachi yigit va To'quvchi qizning suhbatlashayotganini eshitish mumkin emish.

愚公移山

在冀州的南部，黄河的北面，有两座大山，一座叫太行山，一座叫王屋山。北山有一个叫愚公的老人，已经将近九十岁了，一家人面对着高山居住着。有两座大山挡在前面，愚公一家非常辛苦，出入要绕很远很远的路。

一天，愚公召开了一个家庭会议，他说："孩子们，因为前面这两座山，我们出行很不方便，所以，我想和你们一起尽全力铲除这险峻的大山。"大家七嘴八舌地表示同意。愚公的妻子想了想，提出疑问说："不妥，凭你的力气，连小山包都挖不平，怎么能挖平太行山、王屋山呢？况且把那些土和石头放到哪里去呀？"大家七嘴八舌地说："把土石扔到海边上就好了。"意见统一后，愚公就带领子孙中能挑担子的几个人上山，破石挖土，用筐把土石运到渤海的边上去。愚公的邻居有个男孩，孩子刚开始换牙，也蹦蹦跳跳地来帮忙。

冬天过去了，夏天来临，运土石的人才能往返一趟。住在河湾的智叟听说了这件事，就嘲笑愚公说："你也太愚蠢了，你还能活几年啊？凭你所剩的一点力气，连山上的草树都无法毁坏，还能拿那些土和石头怎么样？"住在北山的愚公长叹一口气说："你思想顽固，顽固得一点都不开窍，虽然我会死掉，但我的子子孙孙没有穷尽的时候，而那山不会增高，何必担心挖不平呢？"住在河湾的智叟无话可说了。

手里握着长蛇的山神得知愚公挖山的消息，害怕他不停地挖下去，急忙把这件事报告了天帝。天帝被愚公的真诚感动了，便派大力神夸娥的两个儿子把两座山搬走了。

从此，从冀州的南部到汉水的南面，一片平坦，再也没有高山阻隔了，愚公一家人出入也方便了。

Yugongning tog'ni surishi haqida

Jijou viloyatining janubida va Xuanxe daryosining shimolida ulkan ikkita tog' bo'lgan ekan. Birining nomi Tayhang tog'i, ikkinchisi esa Vangvu tog'i ekan. Shimol tomondagi tog'da bir qariya hayot kechirar, to'qson yoshga yaqinlashgan bu qariyaning ismi Yugong ekan. U tog'ning to'g'risida yashar, bu tog'lar esa uning uyi oldini to'sib qo'ygan ekan. Shu sababli har safar oilasi bilan to'g'ni aylanib, uzoq yo'lni bosib o'tishiga to'g'ri kelar ekan.

Bir kuni, Yugong oila a'zolarini yig'ib majlis o'tkazibdi. Farzandlariga bu ikki tog' hammalari uchun noqulaylik tug'dirayotganini aytib, ular bilan birga bu tog'ni olib tashlamoqchi ekani haqidagi rejasini aytibdi. Farzandlarining hammasi bunga rozilik bildirishibdi. Yugongning ayoli esa Yugongning qarib qolganini, tog' u yerda tursin, hatto bir toshni ham ko'chira olmasligini aytibdi. Yugongdan shuncha toshni keyin qayerga tashlashini so'rabdi. "Hamma toshlarni dengizga tashlaymiz" deb javob beribdi eri. Shundan keyin hammalari mehnatga kirishib ketibdilar. Toshlarni birin-ketin maydalashar, savatga solib, dengiz bo'yiga ag'darishar edi. Yugongning bir qo'shnisi bo'lib, uning bolasi bor ekan. Bu bolaning tishlari endigina chiqa boshlayotgan bo'lishiga qaramay, hatto u ham ularga yordamga kelibdi.

Qish o'tib, yoz kelganda, toshlarni bir marta ko'chirib qaytishar edi. Bu voqeadan Jisou degan odam xabardor bo'libdi. Yugongning oldiga borib, uning ustidan kulibdi, "Axmoqmisan, yana qancha umr yashaysan, qaysi kuching bilan bu tog'larni ko'chirasan" debdi. Yugong esa jahl bilan: "Sening aqling bir yosh bolanikichalik ham emas ekan, men o'ladigan bo'lsam, mening farzandlarim bor, ammo, tog' ko'tarilmaydi, nabiralarim bor, bir kun kelib albatta to'g'ni ko'chiramiz"- deb javob qaytaribdi. Jisou hech nima demay qaytib ketibdi.

Qo'lida uzun ilonni ushlagan to'g' ilohi bu ishlardan xabar topib, qo'rqqanidan osmon ilohiini bu ishdan xabardor qilibdi. Osmon ilohi Yugongning samimiyligidan ta'sir lanib, Kuch ilohining ikki o'g'lini bu to'g'larni olib tashlash uchun yuboribdi.

Shundan keyin Jijou janubidan Xan daryosining janubigacha to'glar qolmagan ekan. Shunday qilib Yugong endi bemalol yuradigan bo'libdi.

月下老人

唐朝初年，曾经有一个叫韦固的年轻人，他年刚弱冠，尚未婚配。有一次，韦固到宋城去办事，住宿在南郊的一家旅店里。

这天晚上，韦固在街上闲逛，回店时，他看到有一个老人在月光下席地而坐，翻看一本又大又厚的书，而他身边则放着一个装满了东西的大布袋。韦固觉得很奇怪，就走上前好奇地问："老伯伯，您在看什么书呀？这么淡的月光，能看清楚吗？"那老人抬头回答说："我看的是一本记载天下男女婚姻的书。"韦固听了以后更加好奇，又问："那您袋子里装的又是什么东西，做什么用的呢？"

老人说："这里装的是红绳，它的作用可大了，它们是用来系夫妻的脚的。不管男女双方是生死冤家还是贫富相差悬殊，或者是距离遥远，我只要用这些红绳系在他们的脚上，他们就一定能结成夫妻。"这也就是著名的俗话"千里姻缘一线牵"的由来。

韦固还没结婚，听说老人有如此神奇的本领，就一再要求老人，希望能够告诉他，今后谁会成为自己的妻子。老人回答说："你的妻子现在才三岁，要等到十四年之后才会嫁给你，还早着呢。你的妻子就是客店北边那个卖菜的婆婆手里抱的小姑娘。"韦固当然不信，以为老人是和他开玩笑的，但是他对这古怪的老人仍充满了好奇。一会儿，老人站起来带着他的书和袋子，向米市走去，韦固也就跟着他走。到了米市，韦固看见一个老婆婆抱着一个三岁左右的小女孩迎面走过来，老人对韦固说："这位老婆婆手里抱的小女孩就是你未来的妻子。"

韦固仔细看了看，发现老婆婆和小女孩穿得十分破烂。韦固那时还年轻，是个心高气傲的人，心想这样的人如何能成为自己的妻子呢？他越想越生气，就回到店里，命令自己的仆人去把那个小女孩杀死。仆人胆子小，可主人的命令又不敢不遵从。他找到老婆婆和那个小女孩，一刀向小女孩的眉心刺去，仆人以为已经将她刺死了，然后仓皇而逃。韦固听到仆人说女孩子已死，才放心地带着仆人离开了宋城。

光阴似箭，一转眼，十四年过去了，韦固终于找到了意中人并结了婚。他的妻子是相州刺史王泰的掌上明珠，而韦固则是王泰手下的小官员。在众多的求婚者中，王泰经过多方考察，最后选中了韦固。韦固的妻子长得十分漂亮，只是眉间有一道疤痕。韦固觉得非常奇怪，于是便问他的岳父是怎么回事。

王泰告诉韦固，小姐并不是他的亲生女儿，而是他的侄女。她的亲生父亲在任宋城的行政长官期间去世，当时她才一岁多。不久，母亲也去世了，是她那位好心的奶妈将她拉扯大。后来，王泰得知情况后，才将侄女接到自己家里的。至于她眉心的疤痕，王泰说："说来令人气愤，十四年前，我的侄女还在宋城，由她的奶妈养着。有一天晚上，奶妈抱着她从米市走过时，不知从哪里冲过来一个狂徒，竟然无缘无故地刺了她一刀，幸好没有危及生命，只留下了这道伤疤！"

韦固听了，吃惊得半天说不出话来，他立即想起了十四年前的那段往事。他想：难道我的妻子真的就是当初我让仆人去刺杀的小女孩吗？韦固很紧张地追问道："那位奶妈是不是一位卖菜的？"王泰看到女婿的脸色有变，便反问道："不错，是卖菜的。可是，你怎么会知道呢？"韦固过了好一会儿才平静下来，然后把十四年前的事一一告诉了王泰和自己的妻子。一家人听了，全都惊讶不已。

韦固这才明白月下老人的话绝非开玩笑。自此，夫妇俩更加珍惜这段婚姻。而那家旅店，则被王泰命名为"定姻店"。

韦固的故事传开后，人们便把为人主持婚配的人称作月下老人或月老。

Oy nuri ostidagi qariya

Tang sulolasining dastlabki yillarida Veygu ismli bir yigit yashagan ekan. U xali juda yosh boʻlib, xali oila ham qurmagan edi. Bir kuni Veygu oʻz yumushlari bilan Songchengga borib, janubiy chekkasidagi bir karvonsaroyda qolishga qaror qilibdi.

Bir kuni kechqurun Veygu atrofni aylanib, karvonsaroyga qaytayotganda, oy nuri ostida oʻtirgan bir qariyaga koʻzi tushibdi. U ayni paytda kitob oʻqib oʻtirar, oldida esa bir qancha narsalar bilan toʻlgan qop turar edi. Veygu qiziqib qariyadan nima kitob oʻqiyotganini, oy nurida qanday qilib oʻqiyotgaligini soʻrabdi. Qariya boshini koʻtarib osmon ostidagi insonlar turmushi haqidagi kitob ekanligini aytibdi. Veygu ajablanibdi. Ana endi u qop bilan qiziqibdi.

Qariya u yerda qizil arqon borligini aytibdi. Bu arqonning xususiyatlari koʻp boʻlib, ular er-xotinning oyogʻiga bogʻlanar ekan. Yigit-qiz qanchalik uzoq boʻlishmasin yoki boy yoki kambagʻal boʻlmasinlar, arqon ularning oyoqlariga bogʻlansa, albatta kelajakda er-xotin boʻlishligini aytibdi. Bu mashhur "Taqdir boʻlsa birlashadi" degan iboraning kelib chiqishi edi.

Veygu hali oila qurmagan, shu sababdan cholning shunday sehrli qobiliyatlari borligini eshitib, kelajakda kim uning xotini boʻlishini aytib berish umidida choldan qayta-qayta savollar soʻrayveribdi. "Sening kelajakdagi ayoling hozirda endi uch yoshga kirgan, u oʻn toʻrt yildan soʻng turmushga chiqadi", debdi chol. "U karvonsaroyning shimolida joylashgan sabzavot doʻkonidagi ayolning qizi" deya qoʻshimcha qilibdi qariya. Veygu qariyaning aytganlariga ishonmabdi. Qariya u bilan hazillashyapti shekilli deb oʻylabdi. Birozdan soʻng, qariya kitob va qopni olib, Veygu bilan birga shimolga qarab yuribdi. Guruch bozoriga yetganda Veygu bir ayolga koʻzi tushdi. Qariya esa, "bu ayolning qizi kelajakda sening turmush o'rtog'ing bo'ladi" debdi.

Veygu ayolga sinchiklab qaray boshlabdi. Ayol va uning qizalog'i juda ham xarob holatda kiyinishgan edi. Veygu o'sha paytda hali yosh edi va mag'rur bola edi. Bu qiz qanday qilib mening ayolim bo'lishi mumkin deb o'ylay boshlabdi. G'azablanib, karvonsaroyga qaytib kelibdi va xizmatkorlariga kichkina qizni o'ldirishni buyuribdi. Xizmatkor juda qo'rqoq edi, lekin xo'jayinning buyrug'iga bo'ysunmaslikka jur'at eta olmabdi. Ayol bilan qizchani topib, qizchanining qoshlari orasiga pichoq sanchibdi. Hizmatkor uni pichoqlab o'ldirdim, deb o'ylab qochib ketibdi. Veygu xizmatkor qizni o'ldirganini eshitganidan so'ng, xizmatkori bilan Songchengni tark etibdi.

Ko'z ochib yumguncha oradan o'n to'rt yil ham bir zumda o'tib ketibdi. Veygu va nihoyat ko'nglidagi insonini topib oila quribdi. Uning rafiqasi Syanchjou gubernatori Vantayaning ko'z qorachig'i, qizi ekan. Veygu esa Vantay boshqaruvida kichik amaldor edi. Ko'plab da'vogarlar orasida Vantay sinovlardan so'ng, nihoyat Veyguni tanlab olibdi. Veyguning ayoli juda ham go'zal ediyu, lekin qoshining orasida chandiq'i bor edi. Bir kuni Veygu qaynotasidan qiziga nima bo'lganini so'rabdi.

Vantay bu qiz uning haqiqiy qizi emas, balki boqib olganligini aytibdi. Uning haqiqiy otasi Songchengda ancha yillar oldin vafot etganini, otasidan ayrilganda qiz bir yoshda bo'lganini, oradan ko'p o'tmay onasi ham halok bo'lganini aytibdi. Vantay o'sha mahallarda qizni asrab olgan ekan. Chandiq haqida gap kelganda esa, Vantay o'n to'rt yil oldin qizim onasi bilan Songchengdagi paytida bir yovuz odam kelib, pichoq sanchib ketganini, baxtiga qizi omon qolganini aytib beribdi.

Voqeani eshitgan Veygu hayratdan nima deyishini ham bilmay qolibdi, "Nahotki mening ayolim o'n to'rt yil oldin o'ldirmoqchi bo'lgan o'sha qizaloq bo'lsa," deb o'ylay boshlabdi. Hayajonlanganidan, o'sha ayol sabzavot sotar edimi deb so'rabdi. Ha, to'g'ri sen buni qayerdan bilasan deb Vangtaydan so'rabdi. Biroz o'z sukunatdan keyin, Veygu bo'lgan voqeani aytib beribdi. Butun oila buni eshitib hayratdan qotib qolishibdi.

Veygu shunda qariya hazillashmaganini anglab yetibdi. Er-xotin turmushlarini asrashga, endi baxtli yashashga qaror qilishibdi. Vantay karvonsaroyni sotib olib uni "Hayot karvonsaroyi" deb nomlabdi.

Veyguning hikoyasidan so'ng, odamlar boyagi qariyani "Oyning qariyasi" yoki "Oy nuri ostidagi qariya" deb atay boshlashibdi.

孟姜女哭长城

秦朝的时候，有个美丽善良的女子名叫孟姜女。一天，她正在自家的院子里做家务，突然发现葡萄架下藏着一个人，她吓了一大跳，正要叫喊。只见那个人连连摆手，恳求道："别喊，别喊，救救我吧！我叫范喜良，是来逃难的。"原来，秦始皇为了修筑长城，正到处抓人做劳工，已经饿死、累死了不知多少人！

孟姜女把范喜良救了下来，见他知书达礼、眉清目秀，便对她产生了爱慕之情，而范喜良也喜欢上了孟姜女。她俩心心相印，征得了父母的同意后准备结为夫妇。

成亲那天，孟家张灯结彩、宾客满堂，一派喜气洋洋的景象。眼看天快黑了，喝喜酒的人也都渐渐散了，新郎新娘正要入洞房，忽然，院子里鸡飞狗跳，随后闯进来一队恶狠狠的官兵。他们不由分说，用铁链将新郎一锁，硬把范喜良抓到长城去做工了。好端端的喜事被搅和了，孟姜女悲愤交加，日夜思念丈夫。她想："我与其坐在家里干着急，还不如自己到长城去找他。对！就这么办！"孟姜女立刻收拾行装上路了。

一路上，孟姜女不知经历了多少风霜雨雪，走了多少险山恶水，但她没有喊过一声苦，没有掉过一滴泪。终于，凭着顽强的毅力，凭着对丈夫深深的爱，她来到了长城脚下。这时的长城已经是由一个个工地组成的一道很长很长的城墙了。

孟姜女一个工地一个工地地找过去，却始终不见丈夫的踪影。最后，她鼓起勇气，向两个正要上工的劳工询问："你们这儿有个叫范喜良的人吗？"劳工说："有这么个人，新来的。"孟姜女一听，甭提有多开心了！

她连忙再问:"他在哪儿呢?"劳工说:"已经死了,尸首都已经填了墙脚了!"这个噩耗,好似晴天霹雳一般,孟姜女只觉得眼前一黑,一阵心酸,大哭起来。

　　她哭了整整三天三夜,哭得天昏地暗,连天地都被她感动了。天越来越阴沉,风越来越猛烈,只听"哗啦"一声,一段长城被哭倒了,露出来的正是范喜良的尸首。孟姜女的眼泪滴在了范喜良血肉模糊的脸上。她终于见到了自己心爱的丈夫,但范喜良再也看不到他的妻子了。

Meng Jiangnuning Buyuk Xitoy devoridagi nolasi

Chying sulolasi davrida Meng Jiangnu ismli go'zal va mehribon ayol bo'lgan ekan. Bir kuni u hovlisida uy yumushlari bilan shug'ullanayotgan paytda, to'satdan uzumzorda yashirinib olgan odamni ko'rib qolibdi. Shu payt u qo'rqib ketib, baqirmoqchi bo'libdi. Lekin ayol xaligi odamning qo'llarini qayta-qayta silkitib yolvorib debdi: "Iltimos, baqirma, meni qutqar! Mening ismim Fan Siliang, men qochoqman." Ma'lum bo'lishicha, Ching Shihuang Buyuk Xitoy devorini qayta ta'mirlash uchun oddiy xalqdan ishchilar yollayotgan ekan. Lekin ko'pchilik ochlikdan va charchoqdan o'lib ketishayotgan ekan.

Meng Jiangnu Fan Siliangni qutqarib qolibdi. Uning yaxshi odam ekanini, o'qimishli va odobli ekanini, xush suratli ekanligini ko'rib, bir ko'rishdayoq uni sevib qolibdi. Fan Siliang ham Meng Jiangnuga oshiq bo'lib qolibdi. Ular ota-onalarining roziliklarini olib, turmush qurishga ahd qilibdilar.

To'y kuni Meng oilasi uyni turli chiroqlar bilan bezatibdilar. Uylari mehmonlar bilan to'lib toshibdi. Qorong'i tushgach, to'yga kelgan mehmonlar ham asta-sekin tarqala boshlashibdi. Jumladan kelin-kuyov ham uylariga qaytayotganlarida, birdan hovlida g'ala-g'ovur tovush ko'tarilib, bir guruh askarlar bostirib kirishibdi. Ular hech qanday izohlarsiz, kuyovni qo'llarini zanjirband qilishibdi va Fan Siliangni Buyuk devor ustida ishlash uchun majburlab olib ketishibdi. Shodiyona kun motamga aylanibdi. Meng Jiangnu chuqur qayg'u va iztirobga botibdi. Shu kundan boshlab u o'z yorini kechayu-kunduz sogʻinar ekan. "Uyda oʻtirib, gʻamga botgandan koʻra uni topish uchun Buyuk devorga borganim yaxshi. Toʻgʻri! Huddi shunday ham qilaman", -debdi-yu Meng Jiangnu darhol kerakli narsalarini yigʻib, yoʻlga otlanibdi.

Yoʻlda Meng Jiangnu qanchadan-qancha shamollar, ayozlar, yomgʻir va qorlarni boshidan oʻtkazibdi. Koʻplab xavfli togʻlarni va daryolarni bosib oʻtsada, lekin nola qilib bir tomchi ham koʻz yoshini toʻkmabdi. Nihoyat, qat'iyatlilik va eriga boʻlgan cheksiz muhabbat uni Buyuk Xitoy devoriga yetaklab olib kelibdi. Bu vaqtda Buyuk devor allaqachon qurilish maydonchalaridan tashkil topgan juda uzun shahar devoir tusini olgan edi.

Meng Jiangnu qurilish boʻlayotgan maydongacha yetib boribdi, lekin erining soyasini ham uchratmabdi. U bor jasoratini toʻplab, ishga ketmoqchi boʻlib turgan ikki ishchidan soʻrabdi: "Bu yerda Fan Siliang degan odam bormi?". "Shunaqa ismli yangi kelgan ishchi bor edi",- deya javob berishibdi ishchilar. Buni eshitgan Meng Jiangnuning koʻngli ancha yorishibdi. "U hozir qayerda?" - deya yana soʻrabdi. "U allaqachon vafot etdi, tanasini esa devor tagiga koʻmib yuborishdi", -deya javob beribdi ishchilardan biri. Bu qaygʻuli xabardan moviy osmonda chaqmoq chaqqandek boʻlibdi. Men Jiangnuning koʻz oldi qorogʻulashib, yuragi alamga toʻlibdi va shu zahotiyoq hoʻngrab yigʻlab yuboribdi.

U uch kechayu, uch kunduz faryod chekibdi. Hatto tabiat ham uning qaygʻusidan ta'sirlanibdi. Osmon tobora xiralashib, shamol tobora kuchayib boribdi. Shu payt birdan "gumbur" etib Buyuk Xitoy devorning bir qismi qulab tushibdi. Buni qarangki, shu yerda Fan Siliangning jasadi koʻrinibdi. Meng Jiangnuning koʻz yoshlari Fan Siliangning qonga belangan yuziga tushibdi. U va nihoyat sevikli yorini koʻribdi, lekin Fan Siliang esa oʻz yorini koʻrolmay bu dunyodan ketgan edi.

第三部分　乌兹别克斯坦民间故事

Uchinchi bo'lim: O'zbek xalq ertaklari

Shahzoda Salmon

Qadim zamonda, Xorazm eli tomonda bir podsho bo'lgan ekan. Uning bir emas, to'rt azamat o'g'li bor ekak. To'rttalasi ham ot chopishda, o'q otishda, qilich urishda bir-biridan qolishmas ekan. Salmon podshoning boshqa o'g'illaridan aqlli chiqqan ekan.

Podshoning uch katta o'g'li bir kun o'zaro maslahat qilishib, vazirning oldiga borishibdi va:

- Bizning yoshimiz ulg'ayib qoldi, o'zimiz podshoniig o'g'illari bo'lsak, otamiz bizni hali-beri uylantirmoqchi emasga o'xshaydi. Otamizga o'zimiz ayta olmaymiz; bir oldilaridan o'tib bersangiz, - deb iltimos qilishibdi.

Vazir shahzodalarning so'zini podshoga borib aytibdi. Podsho o'g'illarini oldiga chaqirtirib:

- O'g'illarim, davlat ishi bilan bo'lib, sizlarni uylantirolmadim. Qani aytinglar, kimning qizini olib beray? – deb so'rabdi. Shunda katta shahzoda o'rnidan turib:

- Otajon biz to'rt og'a-inimiz. Biroq Salmon hali yosh, u hozircha uylanmasa ham bo'ladi. Agar bizga xotin olib bermoqchi bo'lsangiz, uch og'a-inimiz, bizga uch opa-singil olib bersangiz, - debdi. Podshoga bu so'z ma'qul tushib, yurtga sovchilarni chiqaribdi. Sovchilar hammayoqni qidirib, uch opa-singilli joyni topolmabdilar. Shunda podsho sovchilarni qo'shni yurtga yuboribdi. Sovchilar qo'shni yurt podshosining uch qizi bor ekan, degan darakni eshitib, o'sha podshoning oldiga boribdilar-da:

- Podshohim, yurtimiz podshosining uch o'g'li bor, sizning uch qizingizni olish uchun sovchilikka keldik, - debdilar.

Bu yurtning podshosi rozi bo'libdi. Sovchilar shod-xurram bo'lib, yurtlariga qaytibdilar-da, podshodan suyunchi olibdilar.

Podsho ham g'oyat xursand bo'lib:

- O'g'illarim bilan o'zim borib, to'y qilib, kelinlarimni olib kelaman, - deb hozirlik ko'rishni buyuribdi. Qirqta tuyaga mol-dunyo yuklab, yo'lga chiqishga shay bo'libdilar. Podsho maslahat qilib kenja o'g'li Salmonni o'z o'rniga taxtga o'tkazib ketibdi. Salmon otasiga:

- Otajon, men bu yerda qolaman, lekin sizdan ikkita iltimosim bor. Biri: mana bu pichog'imni belingizga taqib oling, meni esdan chiqarmaysiz, ikkinchisi: yo'lingizda Xarasmon degan tog' bor, shu tog'ning tagida ajoyib gulzor bog' bor. Zinhor bu boqqa kirmang, - debdi.

Otasi kenja o'g'lining shartlariga ko'nibdi-da, lom-lashkari bilan yo'lga tushibdi. Ko'p yo'l yurishibdi, dasht-sahrolarni bosib o'tib, kelinlarining yurtiga omon-eson yetib borishibdi. U yurtning podshosi qudasini, kuyovlarini dabdaba bilan qarshi olibdi. To'y-tomosha boshlanib ketibdi. Qirq kecha, qirq kunduz to'y davom etibdi.

Podsho kelinlarini olib, o'z yurtiga qaytibdi. Yo'lda kelayotganlarida bir tog'ning etagida chiroyli bir bog' ko'rinibdi. Shahzodalar bir-ikki kun shu yerda qolib dam olamiz, deyishibdi. Podsho, kenja o'g'lining sharti esida turgan ekan, ko'nmabdi. Shahzodalar: "Otamiz qarib qolibdi, kichkina bolaning so'ziga kirib yuribdi-ya", debdilar-da, otalarining so'ziga quloq solmay, boqqa kirishibdi. Podsho ham noiloj ularning orqasidan boqqa kiribdi. Kirgan zamon gumbur-gumbur ovozlar eshitilib bog'ning atrofida toshdan qilingan baland devorlar paydo bo'libdi. Shu vaqt og'zidan o't-tutun sochib bahaybat bir ajdaho yetib kelibdi. Ajdaho podshoga qarab:

Bu boqqa qadam qo'ysin, deb senga kim ijozat berdi? - deb pishqiribdi. Podsho:

- Nima kerak bo'lsa, ol, lekin bizni nobud qilma, - deb yalinibdi. Shunda ajdaho:

- Qutulishning bir yo'li bor, agar shahzoda Salmonni menga bersang, yaxshi, bermasang, hozir hammangni komimga tortaman, - deb og'zidan o't socha boshlabdi. Podsho qo'rqqanidan ajdahoning shartiga ko'nibdi. Ajdaho bir pishqirgan ekan, haligi bog'ning devorlari birpasda yo'l bo'libdi, Podsho omon-eson o'z yurtiga yetib kelibdi. Qarasa, shahzoda Salmon yo'q emish. Qidirtirib, kenja o'g'lini hech qayerdan topolmabdi. Qayerga ketganini hech kim bilmabdi. Shahzoda Salmonni allaqachon ajdaho olib ketgan ekan. Podsho ko'p xafa bo'libdi, katta shahzodalarni koyibdi. Kecha-kunduz dard chekib, oxiri kasal bo'lib yotib qolibdi.

Endi so'zni shaxzoda Salmondan eshiting:

Ajdaho shahzodani olib borib, qo'l-oyog'iga zanjir solib qo'yibdi. Shaxzoda:

- Yo meni o'ldir, yo bo'lmasa qo'yib yubor! - deb turib olibdi.

- Men seni qo'yib yuboraman, lekin bir og'iz shartim bor, - debdi shunda ajdarho.

- Shartingni ayt, - debdi shahzoda.

- Borsa-kelmas, degan yurt podshosining Mohro' degan bir chiroyli qizi bor. Mening bilishimcha, shu qizni faqat sen qo'lga tushira olasan. Qizni keltirib bersang, shu kunning o'zida seni ozod qilaman, - debdi ajdaho. Shahzoda Salmon ajdarning shartiga ko'nibdi.

Shahzoda Salmon yo'l yarog'larini shaylab, jo'nab ketibdi. Yo'lda borayotgan ekan, qarshisidan bir nuroniy chol chiqibdi, Shahzoda salom beribdi. Chol alik olib:

- Ha, o'g'lim, yo'l bo'lsin? - deb so'rabdi. Shahzoda bo'lgan voqealarni bir-bir gapirib beribdi. Shunda chol:

- Bolam, boshingga ko'p mushkul ish tushibdi, Lekin sen qo'rqma.

"Qidirgan topadi" deganlar. Sen shu yo'ldan ketaverasan, yo'lingda uchta pari uchraydi. Shu parilar senga yordam berishadi. U parilarga mendan salom aytib qo'ygin, - debdi-da, xayrlashib ketaveribdi.

Shahzoda yo'lga tushibdi. Tog'-cho'llarni oshib bir parini uchratibdi. Pari uning kimligini so'rabdi. Shahzoda bo'lgan gapni aytib, cholning salomini yetkazibdi. Pari;

- Bundan uch manzil narida mening singlim Sumbul pari turadi. Shu senga yo'l ko'rsatar, - deb bir tola sochini shahzodaga beribdi. Shahzoda yurib-yurib, Sumbul parining makoniga yetibdi. Shahzoda unga ham boshidan kechirganlarini so'zlab beribdi. Sumbul pari ham bir tola sochini olib shahzodaga tutqazibdi-da:

- Bundan besh manzil narida Kumush pari degan bizning onamiz turadi. Shunga borib arz qilsang, senga madad beradi, - deb shahzodani yo'lga solib yuboribdi. Shahzoda bir qancha yo'llarni bosib, Kumush parining makoniga yetib borib, salom beribdi. Kumush pari alik olib:

- Hoy, inson bolasi, bu parilarning yurtida nima qilib yuribsan? – deb so'rabdi. Shahzoda boshidan o'tganlarini ham so'zlab beribdi. Kumush pari ham bir tola sochini yulib shahzodaga beribdi:

- Borsa-kelmas yurtiga yaqinlashib qolding. Sen yo'lga tushib ketaver, agar biror qiyinchilikka uchrasang, ana shu sochni kuydir, darrov ko'makka yetib boramiz, - debdi.

Shahzoda yana yo'lga tushibdi. Ming azob-uqubatlar bilan cho'llarni, qum sahrolarni bosib, Borsa-kelmas yurtiga yetibdi. Shu yurtdagi bir kampirning uyiga kirib boribdi. Kampir uni o'ziga o'g'il qilib olibdi.

Kech tushganda, kampir eshiklarni bekitib, tambalab qo'yibdi. Shahzoda buning sababini so'rabdi. Kampir:

- Bolam, bu shahar podshosining bir qizi bor. Kechqurunlari kanizlari bilan kajavaga tushib shaharni aylanadi. Shu vaqtda hech kim ko'chada qizga uchramasligi kerak. Uchragan odamni qiz dorga ostiradi. Qanchadan-qancha odamlar qizni olaman, deb unga yo'liqib ko'rdilar, lekin qizning shartlarini bajarolmay bekorga o'lib ketdilar, - debdi.

- Qizning sharti qanday ekan? - deb so'rabdi shahzoda.

- Uning uchta og'ir sharti bor, - debdi kampir, - birinchisi bir qop yungni bir urganda yerga kirgizib yuborish, ikkinchisi: o'n botmon tariqni bir tanob yerga sepib, tuproq bilan aralashtirish va shuni bitta qo'ymay terib berish, uchinchisi: uch xonali uyni qizdiradigan o'tinni bir filga ortib, to'qaydan keltirish. Uyning toshlari o't bo'lib ketgunga qadar qizdirib, o'rtadagi uyda, bir kecha-kunduzgacha chiqmay yotish. Shu shartlardan birortasi bajarilmasa, qizniig otasi u odamni darrov o'limga buyuradi.

Ertasi kuni kechqurun shahzoda Salmon kampirning "hay-hay" deganiga qaramay, ko'chaga chiqib, qizni kutib turibdi. Kanizlari bilan kelayotgan qiz shahzodani ko'rib, unga oshiq-beqaror bo'libdi. Shahzoda Salmon ham qizning jamolini ko'rib es-xushini yo'qotib qo'yibdi. Qiz yigitdan uning kimligini so'rabdi. Shahzoda o'zining kimligini Mohro'ga gapirib beribdi, Mohro':

- Endi men seni qanday qilib o'limdan qutqaraman? – deb ko'p qayg'uribdi. Shahzoda unga tasalli berib:

- Sen qayg'urma, shartingni e'lon qilaver, xudo xohlasa, hammasini bajaraman, - debdi.

Ertasi kuni podsho jar chaqirtiribdi. Jarchilar: "Shunday-shunday, podshoning qizini falon yigit olaman deb kelibdi. Bugun yigit shartlarni bajarmoqchi", deb shaharni aylanib chiqibdi.

Odamlar yig'ilibdi. Qiz o'z ko'shkida tomosha qilib o'tiribdi. Maydonga bir qop yungni keltiribdilar. Shahzoda parilarning yordami bilan haligi yungni bir urib yerga kirgizib yuboribdi.

Keyin o'n botmon tariqni keltirib, bir tanob yerdagi tuproq bilan aralashtirib yuboribdilar. Shu zamonoq son-sanoqsiz chumolilar paydo bo'lib, birpasda tariqni bitta qo'ymay yig'ib beribdilar. Uchinchi shartni ham parilarning yordami bilan bajaribdi. To'qaydan filga ortib keltirilgan o'tinni uch xonaga yoqibdilar. Uy rosa qizibdi. O'rtancha uyga parilar suv to'ldirib qo'yibdilar. Shahzoda bir kecha-kunduzgacha shu uyda bemalol o'tiribdi.

Butun shartlar bajarilgandan keyin podsho noiloj to'y-tomosha qilib Mohro'ni shahzoda Salmonga beribdi. Opa-singil parilar shahzoda bilan Mohro'ni bir zumda o'z onalari oldiga olib kelibdilar. Kumush pari xursand bo'lib, ularni ziyofat qilibdi-da:

- Ajdaho seni kutib o'tiribdi. U sendan qizni tortib oladi. Hech maxluq unga bas kelolmaydi. Undan qutulishning bir yo'li bor. Yana o'n besh kundan keyin ajdaho qirq kunlik uyquga ketadi... Shu vaqtda sen uning boshiga qilich urasan, baxting bo'lsa, o'ldirib, yurtingga qaytasan, - deb maslahat beribdi. Shundan keyin parilar shahzoda bilan Mohro'ni olib, ajdaho turgan boqqa olib borib qo'yibdilar. Ajdaho xursand bo'lib:

- Men senga va'da bergan edim, endi o'z yurtingga ketaver, - deb javob beribdi.

Shahzoda Salmon xursand bo'lganday bog'dan chiqib ketibdi. Ajdaho qizni zindonga solibdi-da, o'zi qirq kunlik uyquga ketibdi. Shahzoda parilar yordamida qirq gaz keladigan bog' devoridan tushib, ajdar yotgan yerga boribdi. Qarasa, ajdaho uxlab yotgan emish. Shahzoda Salmon qilichini yalang'ochlab ajdarhoning boshiga qayta-qayta solibdi. Ajdarning boshi bo'lak-bo'lak bo'lib ketibdi. Odam bolasi maqsadiga yetibdi, el-yurt ajdaho balosidan qutulibdi.

Shahzoda Salmon Mohro'ni zindondan qutqarib, omon-eson o'z yurtiga yetib boribdi. Otasi o'lim to'shagida yotgan ekan. Shahzodani ko'rib, o'zida yo'q suyunibdi.

- Darrov yurtga to'y berilsin! - deb buyruq beribdi. Yana qirq kecha-qirq kunduz to'y-tomosha qilib, murod-maqsadlariga yetibdilar.

萨利曼王子

很久以前,在花剌子模汗国有一个国王,他有四个王子。王子们擅长骑射和剑术,非常勇敢。其中,名叫萨利曼的小王子尤其聪明。

有一天,国王的三个王子商量好,一起来到大臣面前,请求道:"我们是王子,现在也长大了,可是,父王看样子还不想让我们结婚,我们又不好开口,请您帮我们给父王说一声吧。"

大臣把王子们的话转告了国王。于是,国王把三个儿子叫到身边,问道:"儿子们呀,我忙于国事,没有顾上考虑你们的婚事,你们说吧,想娶谁的女儿呢?"

这时大王子站起来对父亲说:"尊敬的父王,我们是四兄弟,但是萨利曼还小,可以不结婚。如果您给我们娶媳妇,那就给我们三兄弟娶三姐妹吧!"国王应允了他们的要求,并派媒婆到国内各个城市寻找。媒婆跑了很多地方也没有找到有三姐妹的家庭。国王把媒婆派到邻国去了。媒婆听说这个国家的国王确实有三个女儿,就觐见了国王,说:"尊敬的陛下,我们国王有三个王子,专门派我来给他们做媒。"

邻国国王应允了婚事。媒婆兴高采烈地回到自己的国家,向国王领赏。国王万分欣喜地说:"我会带着三个儿子一起去办婚礼,然后把儿媳妇们带回来。"于是,国王下令准备彩礼。他把装有金银珠宝的彩礼放在四十只骆驼上准备出发。国王启程前经过商议,让小儿子萨利曼临时接管了自己的王位。萨利曼对父亲说:"尊敬的父王,我可以留下来,但是我有两个请求。第一,请您将这把刀带在身边,这样您不会忘记我。第二,在旅途中有一座叫哈拉斯满的山,那山下有一座美丽而神奇的花园,但是请父王千万不要进花园。"

国王答应了萨利曼的请求，带着三个王子和士兵们出发了。他们走了漫长的路，穿过浩瀚的沙漠，最后平安地来到了邻国。邻国国王隆重地接待了亲家和女婿。婚礼举行了四十个日夜。

国王带着儿子和儿媳妇们启程回国了。返程途中，他们远远地就看到一座山下有一座风景优美的花园。王子们都想在这里待一两天休息一下。国王想起了小儿子萨利曼的劝告，不想在这儿逗留。这时，三个王子露出不满，说道："父王老了，居然信小孩儿的话。"他们不听父王的劝阻，进了花园。于是，国王也无奈跟着三个王子进去了。大家进花园的一刹那，花园里就传来轰隆隆的声音，花园周围马上出现了石头围墙。这时，突然出现了一条口吐火焰的蟒龙。蟒龙打着响鼻，盯着国王说："是谁允许你们进入这个花园的？"国王哀求道："你要什么，都给你，请不要伤害我们。"蟒龙回答道："想逃生只有一个办法，把你的儿子萨利曼交给我，要不然，我把你们全部活活地吞掉。"说着就从嘴里喷出火来。国王非常害怕，只好同意了蟒龙提出的要求。蟒龙打了一个响鼻，花园的石头围墙一下子就变成了道路，国王便顺着这条路平安地抵达了自己的国家。国王到皇宫后发现儿子萨利曼不在了，谁都不知道他的去向。原来，萨利曼王子被蟒龙夺走了。国王非常难过，责备了三个儿子。他日日夜夜怀着悲伤思念萨利曼，最终病倒了。

现在，我们讲讲萨利曼王子的故事吧。

蟒龙把王子夺走后，用铁链把他的手脚都绑起来了。萨利曼王子毫不畏惧地对蟒龙说："要么把我杀了，要么把我放了！"

蟒龙说道："我可以放了你，但是有个条件。"

"说说你的条件吧。"王子说。

"听说在一个叫做有去无回的国家，那里的国王有一位美丽的公主名叫玛赫柔。据我所知，只有你才能得到她，如果你能把她带来，我立刻就给你自由。"蟒龙说。萨利曼王子答应了蟒龙的要求。

萨利曼王子朝着那个国家踏上了征途。在路上，萨利曼遇见了一位老人，王子向他行礼表示问候，老人回礼后，问王子道："小伙子，祝你一路平安，但是，你要去哪里呀？"王子就把发生的事情一五一十地告诉了老人。老人同情地说："孩子，你受了不少苦呀。但是不要害怕，俗话说，'有所求，就有所得'。你就沿着这条路放心地往前走，在路上你会遇到三位仙女，她们会帮你的。还有，你顺便代我问候她们。"说完，就告别了王子。

王子继续往前走了。越过高山沙漠，他遇见了第一位仙女。仙女问他是谁，王子就把发生的一切告诉了仙女，并转达了老人的问候。仙女说："离这儿有三天路程的地方住着我的妹妹苏姆布丽仙女，她会给你指路的。"说着把一根头发交给了王子。王子走啊，走啊，终于来到了苏姆布丽仙女的住处。王子又对她说了事情的经过。苏姆布丽仙女也把自己的一根头发交给王子，说道："离这儿有五天路程的地方住着我们的母亲库姆西仙女，你可以向她哭诉，她会帮助你的。"说完，就给王子送行了。

王子经过漫长的路途，来到了库姆西仙女的住处。王子向她行礼表示问候，库姆西仙女回礼后，问道："喂，人类之子，你来仙女的住处干什么？"王子又把事情的经过都说给库姆西仙女听。库姆西仙女也揪下一根头发交给王子说："你快到有去无回国了。你继续走吧，当你遇到困难，你就把那些头发烧掉，我们就会出现在你的面前帮助你。"

王子又启程了。他历经万般磨难，穿过沙漠戈壁，终于到达了有去无回国了。王子在当地一位老太太家里借宿，老太太认他当儿子了。

夜幕降临，老太太关上门，还上了锁。王子问老太太原因，她说："孩子，我们的国王有一个女儿，每天晚上，她和宫女们坐在车上游街。这个时候，谁都不能在街上碰见她。碰见她的人都要被绞死。多少人为了娶她，跟她见面，可是都因为满足不了姑娘的要求，白白死了。"

"姑娘有什么要求啊？"王子追问。

老太太慢慢说道："听说她有三个要求，第一个是，要把一袋羊毛一下子打入地里；第二个是，把十巴特曼①黄米一下子撒在地上，混进土里，然后一粒不剩地收起来；第三个是，把能够暖和三个房间的木柴驮在大象身上，穿过灌木林带过来，然后，用柴火把石头房子烤得像炭火一样灼热，在中间的屋子里待一天一夜。如果做不到其中的任何一个要求，姑娘的父亲将会立刻处死碰到她的那个人。"

第二天晚上，萨利曼王子不听老太太的再三劝阻，执意到街上等待国王女儿的出现。果然，国王的女儿和宫女们走来了，姑娘对王子一见钟情。王子见到姑娘的美貌也忘乎所以了。公主询问小伙子是谁，王子告诉了她所有的情况。玛赫柔公主非常伤心地问："那我现在怎样才能救您呀？"王子安慰她说："别伤心，宣布您的条件吧，我一定能达到所有的要求。"王子说。

天亮了，国王叫来宣旨官，走街串巷，在城里宣告："大家听好，有个勇士来娶国王的女儿，今天就要接受各种考验啦！"

很多人都来看热闹。姑娘也坐在台上欣赏表演。国王让侍卫拿来一袋羊毛。王子在仙女们的帮助下把那些羊毛一下子打入了地里。接着，侍卫们又拿来十巴特曼黄米，王子把黄米混在土里。瞬间，出现了不计其数的蚂蚁。不一会儿就帮他把黄米一粒不剩地收集起来了。在仙女们的帮助下，萨利曼王子完成了第三个要求。侍卫们把驮在大象身上穿过灌木林带过来的木柴点燃了，房间又闷又热。在正中间的屋子里，仙女们往缸里注满了水，王子就平安无恙地度过了一天一夜。

王子顺利地完成了所有的要求后，国王只好举行隆重的婚礼把女儿嫁给他。仙女姐妹们把王子和玛赫柔公主用法术带到了仙女母亲身边。库姆西仙女见到他们特别高兴，并举行了盛大的宴会。随后给王子出主意，说道："小伙子，那条蟒龙正在等你。它会把姑娘抢走的，任何怪兽都打不过它。不过，有一个办法。再过十五天，蟒龙就会进入四十天的梦乡，到时候你就可以挥剑劈它的头，如果你运气好，就能把它砍死。"说完，仙

---

① 中亚地区古代重量单位，各地不一，约合180公斤到300公斤。

女们把萨利曼王子和玛赫柔公主带到了蟒龙住着的花园。蟒龙看到美丽的公主后得意地对王子说："我曾对你发过誓，现在你可以回家了。"

萨利曼王子假装高兴地离开了花园。蟒龙把公主关在地牢后就开始了四十天的长眠。王子在仙女们的帮助下，翻过四十丈高的围墙，来到了蟒龙盘卧的地方。定睛一看，蟒龙正在酣睡中。于是，王子拔出长剑一次又一次地刺向蟒龙的头。蟒龙的头被劈碎了。人类之子达到了目的，国家和百姓也脱离了蟒龙带来的灾难。

萨利曼王子把玛赫柔公主从地牢里救了出来，并平安地带回了自己的国家。奄奄一息的国王见到王子回来格外欣喜，下令道："马上举行盛大的婚礼！"他们的婚礼举行了四十个日夜，就这样，王子和公主如愿以偿，幸福地度过了一生。

Opa-singillar

Bir bor ekan, bir yoʻq ekan, bir togʻning orasida bir kampir uch qizi bilan yashar ekan. Bir kuni toʻrtovi oʻtin tergani chiqishibdi. Oʻtin terib boʻlib uyga joʻnashibdi. Qizlar oldin joʻnashibdi. Kampir esa oʻtinni yelkasiga ololmay rosa urinibdi. Oʻtinni yerga qoʻyib, bir qismini tashlabdi, ammo qolganini ham koʻtarolmabdi. "Bu nimasi? Nahotki shu narsani koʻtara olmasam, ichida toshi bormi?" debdi oʻziga-oʻzi kampir. Shunday deb arqonni yechib, oʻtinning yana bir qismini tashlayotganda, birdan qimirlayotgan ilonga koʻzi tushibdi. Kampir qoʻrqib ketib, oʻzini orqaga tashlabdi. Ilon boʻlsa ogʻzini ochib, tilga kiribdi:

- Uch qizingdan birini menga xotinlikka berasanmi, yoʻqmi. Tezroq javobini ber. Agar bermasang, seni tirik qoʻymayman, bir yamlab yutib yuboraman, - debdi.

Ilon shunday deyishi bilan kampirni qaltiroq bosibdi va qizlarini chaqiribdi.

Qizlarim, qizlarim, qayting orqangizga, yordam beringlar menga, - deb yolvoribdi. Ular chopib kelishib, onasining ilon oldida qalt-qalt qilib titrab turganini koʻrishibdi. Kampir:

Aziz qizlarim, ilon sizlardan bittangizni oʻziga xotinlikka soʻrayapti, qaysi biringiz tegasiz? - debdi. Qizlarining uchchovi ham hayron qolishibdi. Ilon esa gʻazablanib pishillay boshlabdi, kampir katta qiziga, keyin oʻrtanchasiga yalinib koʻribdi. Ammo qizlari: "Biz odammiz-ku, qanday qilib ilonga tegamiz", deb rozi boʻlishmabdi. Kampir kichik qiziga qarabdi, Kenja qizi:

- Ona, siz uyga boring, ilonga men tegaman, - debdi. Qiz ilon bilan egri-bugri yoʻllardan yuribdi, toʻlqinli daryolardan suzib, bahaybat daraxtlar atrofidan aylanib, nihoyat qalin oʻrmonzorga yetibdi. Oʻrmonning oʻrtasida yarqirab turgan saroy koʻrinibdi. Saroy oldiga borib, ilon:

- Mana shu bizning uyimiz boʻladi, - deb eshikka surkalishi bilan yosh va goʻzal yigitga aylanibdi. Qiz hayron qolibdi. Bir yildan keyin qiz oʻgʻil koʻribdi. Oradan ikki-uch yil oʻtibdi. Bir kuni u onasinikiga bormoqchi boʻlibdi va eng chiroyli kiyimini kiyibdi, sochlariga, qoʻllariga, boʻyniga marvarid, yoqut bezaklar taqibdi. Katta opasi singlisining qimmatbaho toshlar va ipak-baxmallarga oʻralganini koʻrib, qalbi hasadga toʻlibdi. U singlisini oʻldirib, uning oʻrniga ilonning oldiga oʻzi bormoqchi boʻlibdi. Singlisi uyiga qaytayotganda:

- Men senikiga mehmon boʻlib boraman, - debdi,

- Mayli, yuring, opa, - debdi singlisi.

Ular togʻlardan oshib, daryolardan kechib, uzoq yoʻl yuribdilar. Opasi singlisinikiga olib boradigan yoʻlni soʻrabdi. Ular yarim yoʻlga borganda, opasi singlisiga:

- Kun juda isidi, sen bolang bilan charchading, menga ber, men koʻtara qolay, - debdi. Singlisi bolasini opasiga beribdi, ular yana yoʻl yurishibdi, Bir oz yoʻl yurgandan soʻng, opasi qoʻlidagi bolani bildirmay sekin chimchilabdi. Bola chinqirab yigʻlabdi.

- Nimaga yigʻlayapti? - deb soʻrabdi singlisi. Opasi:

- Boshingdagi peshanabogʻingni berarmishsan, oʻrarmish, - debdi. Singlisi boshidan roʻmolini yechib, oʻgʻliga oʻrab qoʻyibdi. Yarim yoʻlga borishgach opasi yana bolani chimchilab olibdi; bola yigʻlab yuboribdi. Singlisi, "nimaga yigʻlayapti", deb soʻrabdi,

- Boʻyinbogʻingni soʻrayapti, - debdi opasi. Yana bir ozdan keyin bolasi chinqirab yigʻlabdi, onasi hayron boʻlib yana soʻrabdi,

- Bolang tilla va kumush marjonlaringni so'rayapti, - debdi, Onasi hammasini yechib, o'g'liga beribdi. Opa-singil katta daryoning bo'yiga yetib kelishibdi. Suv balandlikdan tushar ekan.

Opasi daryo labida ochilib turgan qizil gulni ko'rib, bolani chimchilabdi. Bola chidayolmay qichqirib yuboribdi. Singlisi sababini so'rabdi.

- Hech narsa bo'lgani yo'q, hu, anavi qizil guldan boshqa hech narsa kerak emas, deyapti. Nega qarab turibsan? Gulni olib ber, - debdi opasi. Singlisi kelib, qizil gulga qo'l cho'zganda, opasi uni itarib yuboribdi. Singlisi suvga yiqilib g'oyib bo'libdi. Opasi bolani bahona qilib olgan kiyimlarni kiyibdi, bolani yelkasiga o'tqizib singlisi aytib bergan yo'ldan ketaveribdi. Ko'p o'tmay oltin qasrga kirib boribdi. Uni ko'rishi bilan yigit: - Sen xotinimga o'xshamayapsan. Xotinim cho'tir emasdi, uning yuzlari oppoq edi, - debdi.

Buni qarang-a, nega o'xshamas ekanman, kiyimlarimga qara, bezaklarimni ko'r. Yuzim o'zgaribdimi? Nega ham o'zgarmasin, ilgari hech qachon buncha uzoq yo'l-yurmagan edim, oftobda qorayib ketdim. Onam chor-nochor yashaydi, qornim to'yib ovqat yemadim. Shuning uchun ham qoraydim. U yerda karavot ham, paryostiq ham yo'q, somonning ustida yotdim, somon yuzimga botdi, shuning uchun cho'tir bo'lib qoldim, - debdi. Yigit uning kuyinib gapirgan gaplariga ishonibdi.

Bola to'qqiz yoshga kirgach, poda boqa boshlabdi. Bir kuni bola o'z podasi bilan daryoning onasi cho'kkan joyiga kelibdi. U suv ichmoqchi bo'lib endigina engashgan ekan, suvdan chiroyli qushcha uchib chiqibdi. U daraxtga qo'nib, qo'shiq ayta boshlabdi:

Eh, yetimcha, yetimcha,

Mol boqasan tungacha,

O'tin tashib o'rmondan,

Ovqatsiz, kun botguncha.

Ko'pdan beri sen sho'rlik,

O'gay onaga malay.

Tuqqan onang emas-da,

Qiynaydi, chunki o'gay.

Bola bu qo'shiqni eshitgach, atrofga qarabdi, ko'zi qushchaga tushibdi. Bola qushchadan ko'zini uzolmay, uning qo'shig'ini tinglabdi. Bu vaqtda uning mollari birovlarning ekiniga kirib, payhon qilib yuboribdi. Dehqonlar bolaning otasini chaqibdilar. Kechqurun bola dashtdan qaytgach, otasi undan: "Nega mollarni dehqonlarning ekinlariga qo'yib yubording", deb so'rabdi. Bola: "Boshimda ro'mol yo'q, dala jazirama issiq bo'lgani uchun, salqin joyda o'tirgan edim, mollar ekinga kiribdi", debdi. Otasi o'g'liga ro'mol olib beribdi. Keyingi kun bola yana o'sha daryo bo'yiga borgan ekan, qushcha uchib chiqib, yana qo'shiq ayta boshlabdi. Bola ashulaga quloq solib mahliyo bo'lib turganda, mollar yana ekinlarga kirib payhon qilibdi. Otasi yana bolasini urishibdi.

Kecha onam menga bitta yupqa ko'rpa berdi, kechasi bilan sovuq qotib chiqdim, kunduzi esa oftobda isinib o'tirib, uxlab qolibman, - debdi bola. Kechasi otasi o'g'lining ustiga ikkita ko'rpa yopib qo'yibdi. Bir kun o'tgach, bola mollarni yana daryo bo'yiga haydab boribdi. Daryodan o'sha qushcha uchib chiqibdi. Bu safar bolaning boshi ustidan aylanib uchib kuylabdi:

Eh, yetimcha, yetimcha,

Uxlamaysan kun-kecha.

Tuqqan onang u emas,

Xabaring yo'q zarracha.

Bola qushchaning qo'shig'ini eshitib hayron bo'lib turganda, mollari yana o'sha ekinzorga kirib ketibdi, buni eshitib, otasining jahli chiqib, o'g'lini urmoqchi bo'lib qo'l ko'targanda:

- Ota, men bir gap aytaman, quloq soling, - debdi bola. - Men mollarni tog' orasidagi daryo bo'yiga haydab borsam, har kuni suv ichidan chiroyli bir qushcha uchib chiqadi va odamdek kuylay boshlaydi. Uning kuylashicha, men yetimcha emishman, o'gay onani o'z onam deb yurgan emishman. Qushcha har kuni shu gapni aytadi, unga quloq solib, mollarni esimdan chiqarib qo'yaman, ular esa ekinlarga kirib ketishadi.

Otasi o'g'lidan: "Shu gaplarni rostdan aytyapsanmi?" - deb so'rabdi. Bola: "Rost aytayapman, dada, - debdi, - ishonmasangiz ertaga men bilan yuring, o'z ko'zingiz bilan ko'rasiz". Borishibdi. O'g'li aytganidek suvdan chiroyli bir qushcha uchib chiqib, daraxt tepasida odamdek kuylay boshlabdi. Otasi o'ylanib turib:

- Ey, qushcha, kelib chap kaftimga qo'n. Agar kelmasang, senga o'q uzaman, -debdi.

Qushcha daraxtdan qanot yozib uchibdi va otasining chap kaftiga kelib qo'nibdi. Otasi qushchani qo'yniga solib uyiga qaytibdi. Uyida u to'r qafas yasab, qushchani unga solib, oldiga don tashlabdi. Qafasni uy oldidagi daraxt shoxiga osib qo'yibdi. Shundan keyin uy oldidan o'tuvchilar qushchaning qo'shig'ini eshita boshlabdilar. Bir kuni o'gay ona uyda yolg'iz o'tirganda, qushchaning qo'shig'ini eshitib qolibdi,

Yovuz xotin bu xotin,

Qora, bedavo xotin.

Doim yomonliklarni,

Ravo ko'rgan bu xotin.

O'gay ona bu so'zlarni eshitib, g'azabdan titrab, qafasni daraxtdan yulib olib, uyga kiribdi. To'rqafas ichidan qushchani olib g'ijimlab o'ldiribdi. Keyin bu qilgan ishimni birov ko'rib qolmadimikin deb, derazaga yuguribdi. Orqasiga qarasa, qushchaning o'rnida bir parcha suyak yotganmish. Qo'rqib ketib, vaxima bilan boshqa xonaga yugurib chiqibdi. Qaytib chiqib qarasa suyakning o'rnida yangi qaychi turganmish. To'ymas, xasis xotinning ko'zlari yonibdi va uni olib uyiga yashiribdi. Kechqurun ota-o'g'il qaytib kelibdilar va qushchani so'rabdilar. Xotini: "Men uydan chiqqanim yo'q, qushchaning qayoqqa yo'qolganini bilmayman", debdi. O'gay ona ertalab uyiga kirsa, qaychi hamma narsani qiymalab tashlagan emish. Qaychini olib, uloqtiribdi. Qoyalar orasida bir kampir yolg'iz yasharkan. Shu kuni u suv olib ketayotganda yerda yotgan qaychini ko'rib qolibdi va olib, qo'yniga yashiribdi. Kampir topib olgan narsasidan xursand bo'lib uyiga qaytibdi. Bir kuni kampirga qaychi kerak bo'libdi, qidirib, qidirib, hech qayerdan topolmabdi. Hovlisida esa bir chiroyli tovuq don terib yurganini ko'ribdi. Kampir qaychiga juda achinibdi. Lekin hovlisida paydo bo'lgan bu tovuqni yaxshi ko'rib, yovvoyi mushuklar o'g'irlab ketib qolmasin deb, unga in yasabdi. Uning ichiga tovuqni qamabdi va unga suv, guruch beribdi. Ertasi kuni kampir daladan qaytib, uyga kirib, osh qilaman desa, qozon to'la issiq va mazali ovqat tayyor emish. Keyingi kuni ham kampir erta bilan tovuq turgan qafasni bekitib dalaga chiqibdi, kun og'ib, uyga qaytibdi. Qarasa, tovuq hamishagidek inda turgan emish, biroq ovqat pishirilgan emish. Uchinchi kuni kampir daladan uyga barvaqt qaytib, hovlisiga shox devor orqasidan mo'ralabdi. Qarasa, go'zal bir qiz uylarni saranjomlab yuribdi. Kampir eshikni ochib, "hoy qiz", deb qichqirgan ham ekanki, u to'satdan g'oyib bo'libdi. Kampir tovuq turgan inga borib qarasa, tovuq jimgina uxlab yotganmish. Qozonda esa yana ovqat pishirig'liq emish. To'rtinchi kuni kampir inni bekitib, dalaga jo'nabdi-yu, yarim yo'lga bormay, yana orqasiga qaytibdi. Asta eshik oldiga kelib, tirqishidan ichkariga mo'ralabdi. Uyda go'zal bir qiz yurganini ko'ribdi. Kampir eshikni lang ochibdi-da, "yaxshi qiz, qo'rqma", debdi sekingina. Bu safar qiz tovuqqa aylanib ulgurolmabdi. U kampirga o'zining g'amli taqdirini gapirib beribdi va "meni qiz qilib oling", debdi. Kampir xursand bo'libdi. Ikkovlari bir-birini hurmatlab, dalada birga ishlab, kunni o'tkazaveribdilar. Bir kuni kechqurun qiz kampir bilan uzoq maslahatlashibdi. Ertasiga erta bilan cho'pon bolani ko'rgani kelibdi. Bolaning otasi bu go'zal qizga uzoq vaqt tikilib qolibdi, xotiniga o'xshatibdi va uni saroyga taklif qilibdi. Ertasi kuni esa qiz kampir bilan saroyda mehmon bo'lishibdi, Bola qizga uzoq tikilibdi-da, sekingina:

- Bu mening onam, tuqqan onam, - debdi.

O'gay ona bolani savalay ketibdi. Yigit bu qizni va xotinini sinamoqchi bo'libdi. "Agar qiz haqiqatan ham mening xotinim, o'g'limning onasi bo'lsa, u begunoh. Tikanzordan bemalol o'tadi. Kim yolg'onchi bo'lsa jazosini yeydi", deb o'ylabdi va ikkala ayolga tikanzordan yalangoyoq o'tishni buyuribdi. Birinchi bo'lib singlisi tikanzor ustidan epchil yurib ketibdi, oyoqlari qonamabdi ham. Navbat opasiga kelibdi. Yerdan nayzadek bo'lib chiqib turgan tikanaklarni ko'rib, uning rangi o'chibdi, tikilib turgan ko'zlar uni ilgari yurishga majbur qilibdi. Lekin u uch qadam ham bosa olmabdi. Tikanlar oyog'iga kiribdi, qonatib yuboribdi. Nihoyat, yiqilib tushibdi va to'qson to'qqiz tikanak uning yuragiga sanchilibdi, u til tortmay o'lib qolibdi. Singil esa shu zahoti avvalgi qiyofasiga qaytibdi. Ota-bola o'zlarini unga otibdilar. Shunday qilib, murod-maqsadlariga yetibdilar.

姊妹

很久很久以前，在一条山沟里住着一位老婆婆带着三个女儿。有一天，她们四个人一起去山里拾柴。姑娘们拾够柴之后，先走了。老婆婆拾好柴，无论怎么努力，都不能把木柴扛到肩上。她把木柴放在地上，扔掉了一些，还是扛不动。"怎么回事？我连这么一点柴都扛不动了吗？里面不会是有石头吧？"老婆婆自言自语道。于是，她解开捆木柴的绳子，又把一些木柴扔了。这时，她看到木柴里有一条蛇蠢蠢欲动。老婆婆惊慌失措地倒在地上，没想到蛇开口说话了："从你的三个女儿中选一个嫁给我，赶紧答复，如果不嫁，我就把你活生生地吞掉！"老婆婆吓得大喊起来，叫女儿们来救她。"女儿们啊，快回来，帮帮我。"老婆婆哀求道。

三个女儿跑过来一看，她们的母亲正在蛇的面前瑟瑟发抖。老婆婆说："亲爱的女儿们，蛇想娶你们其中一个人，你们谁愿意嫁给它呢？"三个女儿都非常惊讶，不知如何是好。蛇见状，非常生气，发出咝咝的声音。老婆婆先求大女儿，然后又求二女儿。但是女儿们很不情愿地说："我们是人呀，怎么能嫁给蛇呢？"老婆婆无奈地看向小女儿，小女儿从容地说："母亲，您先回去吧，我嫁给蛇。"

姑娘跟蛇一起走过蜿蜒曲折的羊肠小道，游过波涛滚滚的大河，绕过参天的大树，来到了一片茂密的森林。在森林里出现了一座金碧辉煌的城堡。走到城堡门口，蛇说："这就是我们的家。"话音一落，蛇就把身子往门上一蹭，立刻就变成了一个英俊的小伙子。姑娘难以置信。一年后，姑娘生了一个儿子。就这样，又过了两三年。有一天，她穿上漂亮的衣服，戴上珍珠项链和宝石镯子去看望母亲。看见小妹身穿丝缎，珠光宝气，大姐心里产生了强烈的嫉妒。大姐打算先杀了小妹，然后自己去蛇的家。小妹正要回家时，大姐说："我想去你家做客。"小妹马上答应了，"好的，那我们走吧，姐姐。"

她们穿过千山万水，走了漫长的路。大姐问小妹哪条路通向她的家。走到半路，大姐对小妹说："天气太热了，你和孩子也都累坏了吧，来，让我抱一会儿。"小妹把孩子给了大姐又继续赶路了。走了一阵儿，大姐不露声色地掐了一下手里的孩子。孩子大哭起来。"孩子怎么哭了呀？"小妹问。大姐回答说："他可能是想要你头上的纱巾裹在身上吧。"于是，小妹把纱巾解下来给孩子包上了。又走了一段路，大姐又把孩子掐了一下，孩子又哭起来。小妹问："孩子哭什么呀？"大姐说："他可能想要你的项链了。"过了一阵儿，孩子又哭起来。小妹感到奇怪，又问了大姐，大姐说："你的这个孩子想要你的金银项链吧？"小妹取下所有的首饰都给了孩子。两姐妹来到了一条波涛汹涌的大河边，河水一泻千里。

大姐看到河岸有一朵玫瑰花，又狠狠地掐了一下孩子。孩子又开始大哭起来。小妹又问什么原因。大姐说："没事，孩子就是想要那朵玫瑰花。愣着干什么呀？去把花摘下来！"当小妹伸出手摘花的一刹那，狠心的大姐把她推到河里了。小妹瞬间被河水淹没了。接着，大姐穿上妹妹的衣服，背着孩子，沿着妹妹指的路出发了。不久，她到了金碧辉煌的城堡。小伙子一见到她就说："你怎么不像我夫人呀，她的脸像雪一样白，不像你的脸斑斑点点的。"

"您好好看看，怎么会不一样啊，看看我的衣服，看看我的首饰。我的脸变了吗？怎么会不变呢，以前我从来没有走过这么漫长的旅途，我被太阳晒黑了。再说，我母亲生活穷苦，我在娘家没有吃饱过，所以我的脸才会变黑。家里没有床，也没有羽绒枕头，我就在麦草上睡觉，麦秆扎到脸上，就变得斑斑点点的。"姐姐狡辩道。小伙子相信了她的说辞和甜言蜜语。

过了几年，孩子满九岁时就开始出去放羊了。有一天，孩子来到了曾经淹死母亲的河边。孩子刚刚弯下身子想要喝水，突然从水里飞出了一只漂亮的鸟。鸟飞到树枝上，开始唱起歌谣：

可怜的儿啊，

从早到晚就放羊。

捡柴拾柴在丛林，

饿着肚子到天黑。

常常在外吃苦头，

继母把你当奴仆。

毕竟不是你亲妈，

虐待你的是后妈。

听到这首歌，孩子环顾四周，目光落到了那只鸟身上。孩子目不转睛地望着小鸟，全神贯注地听它唱歌。这时，孩子的羊群跑进了一个农田，把农田踩成了泥。农民就向他父亲告了状。晚上，孩子回到了家，父亲问他："你为什么把羊放到人家的农田里呢，把农田都踩坏了。"孩子回答道："我没有戴遮太阳的头巾，戈壁滩酷热，我就在一个凉快的地方休息，羊群就乘机跑进了农田。"父亲听完，就给了儿子一条头巾。第二天，孩子又来到那条河边，鸟也飞来了，又开始唱那首歌。孩子陶醉在歌声里，没想到他的羊群又跑进农田里，把农田踩成了泥。父亲把他打了一顿。

可怜的孩子对父亲说："昨晚母亲给我盖了一条很薄的被子，我一晚上受冻，所以白天我就在暖和的阳光下睡着了。"当天晚上，父亲往孩子的身上盖了两条被子。过了一天，孩子又把羊群带到了河边。那只鸟又从河里飞了出来。这一次，鸟在孩子头顶上飞了几圈，开始唱歌了：

可怜的儿啊，

日日夜夜不能眠。

毕竟不是你亲妈，

可悲的你不知情。

孩子听到小鸟的歌谣很吃惊，这时他的羊群又跑到那个农田里去了。父亲听说后非常生气，抬起手又准备打孩子。

"父亲，我有话对您说，请您听听，"孩子说道，"每当我把羊群带到山间的河边时，河水里就会飞出一只漂亮的小鸟，开始像人一样唱歌。从它的歌中，我得知自己应该是个孤儿，一直把后妈当成亲生母亲了。小鸟每天唱一样的歌，听到它的歌声后，我就忘了羊群，没想到羊群就跑进农田里了。儿子哭着说。

父亲问："你说的都是真的吗？"儿子回答道："我说的都是真的，如果您不相信，明天跟我一起去河边，亲眼看看吧。"第二天，他们一起去了。正如儿子所说，从河里飞出一只漂亮的小鸟，飞上枝头开始唱歌。父亲陷入沉思，便问小鸟："喂，小鸟，你快飞到我的左手掌吧，如果你不飞过来，我就射死你。"

小鸟拍打着翅膀从枝头飞起落到了父亲的左手掌上。父亲把小鸟揣在怀里回到了家。他专门为小鸟做了一只笼子，还撒了一些谷粮，然后把笼子挂在门口的树枝上。从那以后，从门前经过的路人都可以听到小鸟的歌谣了。

有一天，孩子的后妈独自一人在家，听到了小鸟的歌谣：

狼心狗肺的女人，

人面兽心的女人。

做尽昧心的坏事，

不择手段的女人。

后妈听到这些话，非常生气，把笼子从枝头拿下来，带进屋里。她抓出小鸟毫不留情地掐死了。她害怕有人看到她做的事，就跑到窗边看了看。当她回头看小鸟时，小鸟不见了，只剩一块骨头。她吓得离开了那个房间。镇静下来后，她又去看，发现骨头不见了，那里放着一把崭新的剪刀。这个贪得无厌的女人眼里露出凶光，拿起剪刀藏在家里。晚上，父子俩回家后就问起小鸟。后妈回答道："我一直没有出门，不知道小鸟去哪儿了。"第二天，当后妈一大早进屋时，发现那把剪刀把屋里的所有东西都剪成了碎片。她气得把剪刀立刻扔掉了。

在悬崖峭壁间住着一位独居的老婆婆。那天，她正好取水回家，在路上看到了那把剪刀，她捡起来藏在怀里。老婆婆捡到了东西，非常高兴地回了家。有一天，老婆婆要用剪刀，东翻西找，怎么也找不到那把剪刀。这时，她发现一只好看的母鸡在院子里吃食。老婆婆想起剪刀就很难过。可是，当她看到院子里的母鸡又高兴起来。她怕这只鸡被野猫吃掉，就专门搭了一个窝。她把鸡关在窝里，喂了水和大米。第二天，老婆婆从农田回家准备做饭时，发现在锅里早已做好了热腾腾香喷喷的一顿美餐。第三天，老婆婆一大早把鸡窝关好去了农田，太阳落山时，老婆婆回家了。她看那只鸡和往常一样在窝里，可是锅里又做好了美餐。第四天，老婆婆早早地从农田回来了，她躲在围墙后面偷偷地盯着院子，想探个究竟。她发现有一位美丽的姑娘正在收拾屋子。老婆婆推开门喊那个姑娘，姑娘瞬间不见了。老婆婆来到鸡窝旁看，那只鸡正在静静地睡觉呢。锅里仍然做好了饭菜。第五天，老婆婆又关好鸡窝出去了，但是半路上就折回来了。到了家门口，她悄悄地从门缝往里瞧，看到家里还是有位美丽的姑娘。老婆婆轻轻地推开门，慢慢地说："好姑娘，你别怕。"这次，姑娘来不及变回鸡了。她对老婆婆讲述了自己坎坷的遭遇，并提出让老婆婆收养她做女儿。老婆婆特别开心，就这样母女俩相互尊重、相依为命地过起日子了。有一天晚上，姑娘跟老婆婆商量了很久。她们一大早出发，去看了那个牧童。牧童的父亲见到这位美丽的姑娘，觉得她很像自己的妻子，并盛情邀请她们去家里做客。老婆婆和姑娘就去了。

　　孩子望着姑娘，轻声地说："她才是我的母亲，是我的亲生母亲。"这时，后妈责骂了孩子。孩子的父亲决定考验一下姑娘和自己的夫人。他想：如果这位姑娘真的是我的妻子，我儿子的母亲，她就可以勇敢地走过荆棘丛，那她就是无罪的。谁要是撒谎，就会得到相应的惩罚。于是，他就让两个女人光着脚走过荆棘丛。首先是小妹，她轻松地走过荆棘，脚下竟没有出血。然后就轮到了姐姐。姐姐看到地上像刺刀一样的荆棘，吓得面如土色，但是在众人的目光下她不得不往前走。还没有走三步，荆棘的乱刺就插入她的双脚，流出了鲜血。最后，她倒下了，被九十九根荆棘刺伤了心脏，说不出一句话就死了。妹妹一下子恢复了原来的模样。父子俩激动地拥抱了她。就这样，他们都实现了自己的心愿，过上了幸福的生活。

Muqbil toshotar

Buxoro amirining go'zal qizi bo'lgan ekan. U qiz qanchali chiroyli bo'lsa, shunchali g'ayratli ekan. Uning ismi Mehrinigor ekan.

Mehrinigor yuziga niqob tortib, xuddi yigitlardek qilich-qalqon bilan ko'p vaqtini ovda o'tkazar ekan. U bir kuni sakkiz yuz yigit bilan ovga chiqibdi. Bu ovga chiqqan yigitlar o'q otishga, kamand tashlashga shunaqangi usta ekanki, agar bittasi kamandni halqa-halqa qilib mirrix yulduzini mo'ljallab tashlasa, shubhasiz mirrix yulduzini ilintirarkan. Agar Mehrinigor o'zi o'q otadigan bo'lsa, mabodo bu qizning otgan o'qi mening gardishimga tegib qolgunday bo'lsa, gul mixlarim to'kilib ketadimi, deb falak titrab turarkan. Mehrinigor yigitlari bilan ov qila-qila bir toqqa yetibdi. Tog' juda baland ekan, bir tomoni ketganicha to'qay ekan. Tog'ning bir chekkasidan chiroyli kiyik chiqib qolibdi. Mehrinigor yigitlarga qarab: "Mana shu kiyikni o'rtaga olinglar, uni tirikligicha tutishimiz kerak, kiyik kimning yonidan o'tib ketsa, shu odamga jazo beraman", debdi. Sakkiz yuz odam har tarafdan davra olib kiyikka kamand tashlabdi. Kiyik shunaqa epchil ekanki, sakkiz yuz yigitning kamandiga ilinmasdan chap berib, malikaning oldidan chiqib ketibdi. Malika o'q-yoyni g'azab bilan otibdi, tegmabdi. Kiyik tog'ma-tog' oshib ketibdi. Shu tog'da cho'pon mol boqib yurgan ekan. Kiyik shuning ro'parasidan o'tib qolibdi. Cho'pon palaxmonga toshni solib kiyikning shoxini mo'ljallab urgan ekan, kiyikning shoxi ikki yoqqa uchib, kiyik mukkasiga yiqilibdi. Malika ot qo'yib ketayotganida tog'ning bir chekkasidan bir yo'lbars pishqirib malikaga yuguribdi. Ot yo'lbarsdan hurkib orqaga tiklangan ekan, malika otdan yiqilib tushibdi. Yo'lbars malikaga yetishiga ikki qadam qolganda, yaqinda turgan cho'pon tosh bilan yo'lbarsning manglayiga bir urib, miyasining mag'zini chiqarib yuboribdi. Cho'pon yugurib kelib, malikani o'rnidan turg'azmoqchi bo'libdi.

Shu vaqt sakkiz yuz yigit yetib kelibdi, malikani bu ahvolda ko'rib hayron bo'lishibdi. Cho'pon bechora nima qilishini bilmabdi. Malika darhol otga minib, qo'lidagi uzugini cho'ponga hadya qilibdi.

Malika saroyga qaytgandan keyin, qaytib ovga chiqmaslikka va erkaklar libosini kiymaslikka qasamyod etibdi.

Endi gapni cho'pondan eshiting. Bechora cho'pon malikadan ajrab qolgandan keyin uyga bazo'r yetib kelibdi. Shu kundan boshlab qattiq kasal bo'lib yotib qolibdi. Cho'pon tog' xalqining eng yaxshi ko'rgan farzandi ekan, uning ismi-laqabi Muqbil Toshotar ekan. Muqbilning to'satdan kasal bo'lib qolganiga tog' xalqi hayron bo'libdi. Muqbil tog' xalqining podasini boqib, uni yirtqich hayvonlardan saqlar ekan. Cho'pon har qanday vahshiy hayvonni bitta tosh bilan urib yiqitar ekan. Yirtqichlar Muqbildan qo'rqib, tog' xalqining yaylovlariga yo'lamas ekan. Muqbil kasal bo'lgandan keyin, yirtqichlar tog' xalqining mol-joniga hujum qila boshlabdi.

Muqbil Toshotarning keksa otasi bilan qari onasi bor ekan. Ular Muqbilning kasaliga kuyib yig'lashar ekan. Tog' odamlari Muqbilning ahvolidan har kuni xabar olib turishar ekan. Ular ichida bir donishmand chol bor ekan. U bir kuni Muqbilning yonida o'tirib:

- O'g'lim, sening kasaling ishq kasali bo'lsa kerak. Rostini ayt, bolam, bu dard senga qaydan keldi? Qaysi bir qora ko'zning nozik qarashiga, qaysi bir jingalak sochning kamandiga asir-mubtalo bo'lib qolding? - deb so'rabdi.

Cho'pon yotgan joyida ko'zyoshi qilib:

- Ey, ota, nimasini so'raysiz. Mening dardim tuzalmaydigan dardga o'xshaydi, - debdi.

Shunda chol yana:

- Jon bolam, yuragingdagi dard-hasratingni ayt. Agar sen yaxshi koʻrgan qiz osmondagi yulduz boʻlsa ham, olib beramiz, - debdi.

Choʻpon malikani koʻrganini, uning lutf etib, qoʻlidagi uzugini berib ketganligini birma-bir aytibdi.

Chol yigitning dardi ishqdan ekanligini bilib, bu sirni togʻ xalqiga aytibdi:

- Bizning Muqbil Toshotarimiz podsho qizi Mehrinigorga oshiq boʻlibdi. Endi bunga bir tadbir oʻylab topmasalaring Muqbilning dardi yana ogʻirlashadi, - debdi.

Togʻ odamlari nari oʻylab, beri oʻylab:

- Podsho qizini Muqbilga bermaydi, - deyishibdi. Keyin ulardan biri:

- Shunday boʻlsa xam kishi yuborib koʻramiz, bersa bergani, bermasa hammamiz yakdil boʻlib urushamiz. Yo biratoʻla oʻlib ketamiz, yo Muqbilni tilagiga yetkazarmiz, - debdi.

Donishmand chol bir qancha kishini ergashtirib, podsho qiziga sovchi boʻlib boribdi. Sovchilar bir qancha qoʻyu yilqilarni podshoga tuhfa uchun olib borishibdi. Podsho ularga qarab:

- Xoʻsh, nima arzlaring bor? - deb soʻrabdi. Donishmand chol hamma voqeani bayon qilib, keyin:

- Shohim, biz sizga qulchilikka keldik, - debdi. Podsho tutaqib ketib:

- E, nodonlar, mening qizimga senlar sovchi boʻlib keldilaringmi? Bu qanday nomus yo meni mensimaysanlarmi? - deb sovchilarni zindonga soldiribdi. Keyin lashkarlariga qarab:

- Hammangiz borib, sahroyilarning mol-mulkini olib keling, Muqbilni tiriklayin tutib keltiring! - debdi.

Lashkarlar togʻ odamlarining mol-xollarini talab, koʻp jabr-zulm qilibdilar. Muqbilning otasi hamma voqeani oʻgʻliga aytib beribdi. Shunda Muqbil:

- Hali meni deb bechora xalq shu ahvolga tushdimi, - debdi-yu, palaxmonini yelkasiga osib, jang bo'layotgan joyga ot choptirib ketibdi. Borib qarasa, podsho lashkarlari xalqni ezib-yanchib talayotgan ekan. Muqbil darhol ularga qarshi jang boshlabdi. Lashkarlarning allaqanchasini qirib tashlabdi. Qolganlari o'rdaga qarab qochishibdi. Borib podshoga arz qilishibdi:

- E, shohi olam, Muqbil Toshotar juda zo'r yigit ekan. Har qanday odamni bir musht ursa, til tortqizmay o'ldirar ekan. Juda ko'p odam o'ldi, biz dargohingizga qochib qutuldik.

Podsho g'azablanib, butun lashkarini yig'diribdi, o'zi bosh bo'lib, jangga kiribdi.

Muqbil uzoqdan turib tosh bilan lashkarlarning boshlarini uchiraveribdi.

Podsho Muqbilga teng kelolmasligiga ko'zi yetib, unga kishi yuboribdi:

"E, pahlavon yigit! Qizimni senga berishga roziman. Lekin ikkita shartim bor: biri shuki, qo'lingda to'rttadan sakkizta yo'lbarsni yetaklab kelasan. Ikkinchisi, Hotamtoyning boshini kesib keltirasan. Uning yaxshi oti bor, olib kelasan. Shu shartlarimni bajo keltirsang, qizimni senga berayin va seni o'zimga kuyov qilib olayin", - debdi podsho.

Muqbil bu shartni qabul qilibdi, ammo podshodan zindonda yotgan kambag'al bechoralarni chiqarib yuborishni talab qilibdi. Podsho bu talabni qabul qilibdi. Zindondagilarga bosh-oyoq kiyim kiygizib bo'shatib yuboribdi.

Muqbil tog' xalqidan fotiha olib, yakka o'zi sher qidirib ketibdi. Yura-yura bir to'qayzorga yetibdi. Qamishzorda uxlab yotgan bir yo'lbarsni ko'rib qolibdi. Vaqtni qo'ldan bermay, bora solib uni bo'g'ibdi. Yo'lbars o'rnidan turib Muqbil bilan olisha ketibdi. Muqbil yo'lbarsni mahkam bo'g'ib olib, mushuk boladay qo'lda o'ynatib, bir-ikki marta yerga uribdi, Yo'lbars gangrab qolgandan keyin, tumshug'iga behush qiladigan dori tutib, uni hushidan ketkazibdi, tumshug'iga burov solib, yo'g'on zanjir bilan daraxtga bog'lab yana yo'lga tushibdi.

Yurib-yurib bir toqqa chiqibdi, unda yana bir yo'lbarsga duch kelibdi.

Olishib, uni ham yengibdi: zanjir bilan katta daraxtga bog'labdi. Shu yo'sinda sakkizta sherni tutib bog'labdi. Keyin ularning hammasini bir joyga yig'ib, birin-ketin hushiga keltirib, tepib-tepib qo'rqitib qo'yibdi. Yo'lbarslar qo'rqqanidan boshlarini quyi solib turar emish. Muqbil tumshug'iga burov solingan sakkiz sherni yetaklab yo'l yurib, yo'l yursa xam mo'l yurib, yetti kun deganda qishlog'iga yetib kelibdi. Muqbilniig o'lja bilan omon-eson kelganini ko'rgan qishloq xalqi juda sevinibdi.

Muqbil erta bilan qo'lida to'rttadan sakkizta yo'lbarsni yetaklab, podsho saroyiga boribdi.

"Muqbil Toshotar shartni bajarib, sakkizta yo'lbarsni yetaklab kelayotir", deb hammaning yuragiga g'ulg'ula tushibdi. Odamlar uni ko'rishlari bilan to's-to'polon qilib qocha boshlabdilar. Yasovullar bu xabarni podshoga yetkazibdilar. Podshoni vahima bosib: "Men uni o'lib ketar deb o'ylagan edim, attang, tarik qolibdi", deb bir qancha lashkar bilan Muqbilni kutib olgani chiqibdi. U noiloj bunday debdi:

- Balli, o'g'lim, balli! Shartimni bajaribsan. Endi qo'lingdagi yo'lbarslarni toqqa eltib, o'sha yerda terilarini shil, keyin ikkinchi shartni bajarishga kirish, - debdi.

Muqbil qishloqdagi yor-do'stlari bilan xayrlashib, Hotamning boshi bilan otini olib kelgani jo'nabdi. To'rt oy deganda Hotamtoyning shahriga yetibdi, "Shu kecha biron joyda qo'nay", deb o'ylab borayotgan ekan, katta suvning bo'yida qirq yoshlar chamasidagi bir odam qo'tir echkini yuvib turganini ko'ribdi. Muqbil undan:

- Hotam shahardami yo biror yoqqa ketganmi? - deb so'rabdi.

- Hotamtoy shaharda. Yo'l bo'lsin, yigit. Musofirga o'xshaysiz. Bugun biznikida mehmon bo'ling, Hotamtoy oldiga ertaga borarsiz.

Muqbil o'zicha: "Ayni muddao bo'ldi", deb sevinib, haligi odamning uyiga boribdi. Uy egasi Muqbilni yaxshilab mehmon qilibdi. Vaqt yarim kechadan

· 177 ·

oqqanda uy egasi Muqbildan so'rabdi.

- Yaxshi yigit, Hotamtoyda nima ishingiz bor edi?

- Ha, zarur ishim bor edi. Siz uni taniysizmi?

O'zi qanday odam?

- Ha, Hotamni taniyman, u shu shaharning kattasi bo'ladi. Shunday bo'lsa ham boshqa shohlar singari taxtda o'tirmayda, faqirlardek xalq orasida yuradi. U kishida qanday ishingiz bor edi? - deb yana so'rabdi uy egasi. Shunda Muqbil:

- Men juda hayron bo'lib qoldim. Yurtimiz podshosining amri bilan Hotamning boshini olib ketgani kelgan edim. Gapingizga qaraganda Hotam juda bahodir yigit ko'rinadi. Men endi u bilan maydonda qanday olishar ekanman?

Uy egasi Muqbildan:

- Hotam sizga nima yomonlik qilgan edi? - deb so'rabdi.

- Hotam-ku, menga yomonlik qilgan emas, - debdi Muqbil. So'ngra Hotamni nima uchun o'ldirgani kelganini birma-bir aytib beribdi.

- Siz bu kecha yaxshilab dam oling, - debdi uy egasi, - erta bilan sizni Hotamga olib boray.

Muqbil uy egasidan minnatdor bo'lib, uyquga ketibdi.

Tong otibdi. Ertalab nonushtadan keyin Muqbil:

- Qani, Hotamning uyini menga ko'rsatib qo'ying, - debdi. Uy egasi:

Hotam degani men bo'laman, Podsho aytgan otni bisotimda boshqa narsa bo'lmaganidan, kecha so'yib, sizga ovqat qildim. Siz oshiq yigit ekansiz, siz uchun bitta bosh emas, mingtasi ham qurbon bo'lsin, - deb Muqbil oldiga tiz cho'kib, boshini tutibdi. Muqbil Hotamning mardligini ko'rib, yig'lab yuboribdi.

So'ngra bunday debdi:

- Yo'q, Sizning boshingizni kesadigan qo'lim qirqilsin! Podsho qizini bermasa, bermay qo'ya qolsin. Men sizdek sahiyning qurboni bo'lay!

Hotamning bir o'g'li bor ekan, otasiga qarab debdi:

- Mehmon to'g'ri aytadilar. Bari bir, siz boshingizni berganingiz bilan: "Bu bosh Hotamniki emas", deb uchinchi shart qo'yishdan toymaydi.

So'ngra Muqbilga qarab:

- Otam siz bilan birga borsinlar, agar otamning boshi bilan sizdek muhtoj kishining hojati chiqadigan bo'lsa, men mingdan-mingga roziman, - debdi.

O'g'lining so'zini Hotam ma'qullab:

- Men bironta muhtoj odam hatto boshimni so'rab kelganda ham ayamayman, deb ahd qilgan edim. Endi murodimga yetdim, - debdi.

Muqbil nima qilarini bilmay noiloj, Hotam bilan yo'lga tushibdi. Ular bir qancha kundan keyin Buxoro shahriga yetib kelibdilar. Muqbil Hotam bilan podsho oldiga kiribdi. Podsho Muqbilni ko'rib izzat bilan yukori o'tqizib:

- Qani, Hotamning boshi bilan otini olib keldingmi? - deb so'rabdi.

- Hotam saxiy yigit ekan, bilmasdan men uning uyiga borib, mehmon bo'lib qolibman. Bisotida boshqa narsasi bo'lmaganidan o'sha siz ishqivoz bo'lgan otni so'yib, mendek bir musofirni mehmon qildi. Mening ahvolimni bilib, boshini qilichga tutib berdi. Lekin men shunday mard, saxiy kishining boshini emas, o'zini tiriklayin olib keldim, - debdi. Podsho:

- Qani Hotamning o'zi! - deb qichqiribdi. Hotam o'rnidan turib podshoga ta'zim qilibdi. Podshoning ranggi o'chib, badaniga titroq turibdi. Keyin Hotam podshoga qarab:

- Siz yo'qlagan Hotam men bo'laman, - debdi. Podsho Muqbilga qarab:

- Men senga "Hotamning boshini keltir" degan edim. Sen buni tiriklayin olib kelibsan, - degan ekan, Hotam:

- Men o'z yurtimda boshimni bu yigitga tortiq qilgan edim, unamadi. Noiloj o'zim birga keldim. Mana, marhamat, boshimni kestiring, shu bechorani murodiga yetkazing, - debdi.

Podsho jallod chaqirib, Hotamni o'limga buyuribdi. Jallod Hotamni olib ketayotganda Muqbil chidolmabdi: bir musht urib jallodning yuzini teskari qilib qo'yibdi, keyin podshoga g'azab bilan:

- Sen qanday nomardsan! Shunday begunoh, mard, olijanob yigitni o'ldiradigan bo'lsang, qizingni bermay qo'ya qol! Agar o'ylaganing odam o'ldirish bo'lsa, Hotam o'rniga meni o'ldir,- debdi. Podsho tutaqib Muqbilga qarab:

- O'ldirsam sendan qo'rqamanmi! - deb jallodni chaqiribdi. Muqbilni ham o'limga buyuribdi.

Shu payt ichkaridan Mehrinigor yugurib chiqib, o'zini Muqbilga tashlabdi. Podsho g'azab bilan:

- Uni ham o'ldiring! - deb buyuribdi. Shunda Hotam:

- Andishani bilmas ekansiz, taqsir, - deb yugurganicha podsho taxtiga chiqib boribdi. Podsho qilich o'qtalgan ekan, Hotam podshoning qilichli qo'lini mahkam ushlab, yuziga bir tarsaki uribdi. Podsho taxtdan ag'darilib tushibdi. Hotam Muqbilga qarab:

- Taxtga chiqib o'tiring, yigit, - debdi. Saroy odamlari podshodan bezor bo'lgan ekanlar, hammalari Muqbilga itoat qilibdilar. So'ngra Hotamning o'zi bosh bo'lib, Mehrinigorni to'y-tomoshalar bilan Muqbilga olib beribdi. Podshoni zindonga soldirib qo'yibdi. El-yurt tinch va farovon umr kechira boshlabdi. Shunday qilib, Muqbil Toshotar bilan Mehrinigor ikkisi murodi-maqsadiga yetibdi.

投石手穆克比勒

布哈拉国王有一位美丽的女儿,名叫美赫日妮戛尔[①]。她不仅长得漂亮,还非常勇敢。

美赫日妮戛尔公主常常戴着面具,像小伙子们一样舞刀弄剑,还爱打猎。有一天,她和八百名勇士去打猎。这些勇士个个善于骑射、善于套马。据说任何一名勇士如果瞄准火星投出绳索,肯定能把火星套住。要是公主拉起弓,射出箭,连上天都会害怕她把天上的星星射下来。美赫日妮戛尔和勇士们打猎,走啊走啊,来到了一座山前。这座山高耸入云,山下有一片树林伸向远方。这时,突然出现了一头鹿。于是公主向勇士们下令:"赶紧把鹿包围起来,我要活的,要是谁从身边放过它,我就惩罚谁!"八百名勇士从四面八方投出了绳索。可是那头鹿相当灵巧,它避开了勇士们的绳索从公主身边逃跑了。公主气急败坏地射出了箭,还是没有射中。鹿蹦蹦跳跳地跑远了。山上有一个牧人正在放牛。那头鹿正好从他的面前经过。这时,他拿出石头,举起弹弓,瞄准鹿角射出去,鹿角立刻被打成两半,鹿摔倒在地。

公主正骑着马追鹿,忽然,从山里窜出一只老虎奔向公主。公主的马受惊了,往后一仰,公主从马背上摔了下来。正当老虎靠近公主的刹那,附近的牧人用一块石头掷向老虎的额头,老虎的脑袋被打开了花。牧人马上跑过去搀扶公主起身。这时,八百勇士赶到了,他们看到这个场面,大吃一惊。可怜的牧人不知如何是好。公主立刻骑上马,准备离开时,拿下手上的戒指送给牧人做纪念。

---

① 意思是慈爱的美人。

公主回到王宫以后就发誓，再也不去打猎，再也不穿男装了。

话说这个牧人小伙子与公主分开后，当天就病倒了，一直卧床不起。他的名字叫穆克比勒①，绰号叫"投石手"，是山村人民最喜爱的孩子。听说穆克比勒突然病了，大家都很担心。因为穆克比勒常年帮大家照看和保护牲畜，牲畜从来没有被凶猛的野兽吃掉。无论是什么野兽，他都可以用一块石头打死。野兽们也因为害怕穆克比勒，从来不敢侵犯山村人民的草场。自从穆克比勒病倒，野兽们也就开始袭击大家的牲畜了。

投石手穆克比勒的父母都已年迈，看到他生病难过得常常哭。村里的人们几乎每天都来探望他。其中有一位智者。有一天，智者来到穆克比勒身边，关心地问道："孩子啊，我看你的病应该是心病，说说心里话，你的痛苦是怎么出现的呀？你是被哪一位姑娘的黑眼睛，是被哪一位姑娘的卷发所征服？"

穆克比勒流下了伤心的泪水，回答道："老大爷，您问这干吗呀？我的痛苦看样子是治不好了。"

智者接着说道："亲爱的孩子，把心里的痛苦和忧愁都说出来吧，你喜欢的姑娘即便是天上的星星，我们也要给你娶回来。"

穆克比勒就把与公主的邂逅，给他留下戒指的事情原原本本地告诉了智者。老人知道了小伙子的心事后，就把这个秘密告诉了村民，他说："我们的投石手穆克比勒爱上了国王的女儿美赫日妮戛尔公主，如果我们不想办法，他的病就会越来越重。"

大家想来想去，说："国王是绝对不会同意把女儿嫁给穆克比勒的。"

这时，其中一个村民提议道："即便如此，我们也可以派个人去试试看，如果国王同意了最好，如果不同意，我们就跟他们战斗。要么是死路一条，要么我们就帮穆克比勒实现他的心愿。"

于是，智者带上几个村民去向国王的女儿提亲。这些媒人还带了几只羊作为礼物献给国王。国王接见了他们，问道："你们有什么冤屈吗？"智

---

① 穆克比勒，人名，Muqbil的音译，意思是将来，未来。

者先讲述了事情的原委，然后回答道："尊敬的陛下，我们是向您提出请求的。"国王生气地回答道："你们这些幼稚的人啊，你们居然敢到我这儿提亲？你们是来侮辱我的还是不把我放在眼里？"说完，就下令把所有提亲的人都关进了地牢，并命令侍卫："你们去，把那些乡巴佬的牲畜财物都抢回来，再把穆克比勒抓回来！要活的！"

侍卫们到了山村，不仅抢劫了牲畜和财物，还屠杀了一些村民。穆克比勒的父亲给躺在床上的儿子讲述了大家的遭遇。穆克比勒愤怒地说："大家都是因为我遭遇了这样的不幸！"然后，他马上扛起投石器，骑上骏马，奔赴战场。到了战场一看，国王的侍卫正在肆无忌惮地欺压村民。穆克比勒即刻投入了战斗。很多侍卫被穆克比勒杀死了，其余的逃回了王宫，并向国王哭诉道："尊敬的陛下，那个投石手穆克比勒非常厉害，只要他打一拳，任何人都逃不过一死。死了很多人，我们好不容易才逃回来！"

国王勃然大怒，下令集合所有的侍卫，由他亲自带领作战。穆克比勒从远处就把侍卫们的头都打爆了。国王眼看自己无法与他对抗，就派了一个人去谈条件。那个人代表国王说："勇士啊，我愿意把女儿嫁给你，但是我有两个条件：一是，你要双手各牵四只老虎，一共八只老虎来见我。二是，去把哈塔穆①的头砍下来献给我。他有一匹骏马，也要带回来。如果你能满足这两个条件，我就把女儿嫁给你，让你做我的女婿。"穆克比勒接受了考验，同时向国王要求释放关押在地牢里的可怜的村民。国王也接受了这个要求，让侍卫给村民们换上新衣服释放了。

穆克比勒得到了村民们的祝福，只身抓老虎去了。走啊走，他来到一片茂密的森林。森林里有一只老虎正在呼呼大睡。他当机立断，跑过去扼住了它的咽喉。没想到老虎跳起来和穆克比勒扭打起来。穆克比勒紧紧地扼住老虎的喉咙，像抓一只小猫一样把老虎举起来狠狠地摔在地上，一两个回合后，等老虎无力反抗，就往它的鼻孔里塞了麻药，并穿上拉环，用

---

① 人名。

粗大的铁链拴在树上，又上路了。

穆克比勒走啊走，上了一座山。他遇到了另一只老虎。经过搏斗，战胜了老虎，用粗大的铁链拴在一棵大树上。小伙子用这样的办法抓了八只老虎。后来，他把这些老虎都集中在了一个地方。老虎一个一个醒来了，穆克比勒对老虎又踢又打，老虎们都怕他，最终都被驯服了。穆克比勒双手牵着八只老虎往回走。走啊走啊，走了七天，他终于到了自己的家乡。乡亲们看到穆克比勒带着猎物平安回家都特别高兴。

第二天一大早，穆克比勒双手各牵着四只老虎，共八只老虎，来到了国王的宫殿。大家都窃窃私语道："投石手穆克比勒完成了国王的要求，牵着八只老虎来了。"人们看到这个场面开始四处逃窜。几位大臣把这个消息告诉了国王。国王吓坏了，说道："我本来想着他会死掉，没有想到他还活着。"国王带着几个侍卫去迎接穆克比勒，并无奈地说："好样的，孩子！你完成了我的要求。现在，你把这些老虎带到山上，剥了它们的皮，然后就去完成我的第二个要求。"

穆克比勒告别了家乡的亲朋好友，上路了，去砍哈塔穆的头并抢他的骏马。走了四个月，他终于来到了哈塔穆所在的城市。他想：今晚就在这找个地方过夜吧。这时，他看到有个四十来岁的人在一个大水池旁边清洗一只瘦弱的山羊。穆克比勒过去问道："哈塔穆在城里还是出城了？"

那人回答道："哈塔穆在城里，小伙子，你可以去找他。看样子你是外乡人，今天就去我家做客吧，明天再去找哈塔穆。"

穆克比勒高兴地自言自语道："我正是这么想的。"于是就去了那个人的家。这家的主人盛情款待了他。坐到半夜，主人向他问道："好小伙，你找哈塔穆有什么事吗？"

穆克比勒回答道："有非常重要的事，您认识他吗？他是怎样的人？"

"我认识他，他是这里的国王。虽然是国王，他和别人不一样，他不会坐在王位上，总是在老百姓中间生活。你找他有什么事啊？"主人又问道。　穆克比勒回答："我很吃惊。受我国国王的命令来砍他的头。但是，听您的话，他应该是个英勇的小伙子。那我怎么能跟他决斗呢？"主人问道："哈塔穆做过什么害你的事情吗？""他是没有做过害我的事，穆克比勒回答，并一五一十地说出了来杀他的来龙去脉。

主人告诉穆克比勒今晚好好休息，第二天亲自带他去见哈塔穆。

第二天一大早，吃过早餐，穆克比勒问道："您告诉我哈塔穆的家吧。"主人告诉他："我就是哈塔穆，国王下令要带走的马，因为没有别的食物招待你，昨晚被我杀了。你是个用情的小伙子，别说一个脑袋，就算是一千个脑袋，都值得为你牺牲。"说着，就跪在穆克比勒面前，伸出了脑袋。看到哈塔穆如此英勇，穆克比勒感动得流下了眼泪，说道："不，让上天砍了我这想要杀你的双手吧！国王不把女儿嫁给我就算了，我愿意为你这样的勇士牺牲！"

哈塔穆有个儿子，他望着父亲说："父亲，这位客人说得对，即使您把头送给他，那个贪婪的国王也会说，这不是哈塔穆的人头，还会提出第三个要求。"接着转向穆克比勒说："我父亲跟您一起去您的国家吧，如果父亲的人头能够换来您的幸福，我表示千万个愿意。"

哈塔穆对儿子的提议很满意，说道："我是个乐于助人的人，我发誓即使有人要我的脑袋，也在所不惜。只要能帮助他，那我就可以了却心愿了。"穆克比勒不知怎么做才好，只能带着哈塔穆上路了。

他们走了好几天终于来到了布哈拉城。穆克比勒带着哈塔穆觐见国王。国王邀请穆克比勒上座，问道："怎么样，哈塔穆的脑袋和马带来了吗？""陛下，哈塔穆是个胸怀坦荡的人，我毫不知情地去他家做客。因为没有别的食物，他就把您说的那匹马宰掉招待我。知道了我的情况，他把头低下让我砍。我不忍心杀掉这样勇敢、坦荡的勇士，因此就把他这个活人带来了。"

国王听到后大喊道："那，哈塔穆他人呢？"这时，哈塔穆站起来向国王行礼。国王看到哈塔穆惊慌失色，全身瑟瑟发抖。哈塔穆对着国王说："陛下，您要找的哈塔穆就是我。"国王对着穆克比勒大声喊道："我命令你把哈塔穆的脑袋砍下来给我，你怎么把他活着带到我这里？"这时，哈塔穆回答道："陛下，我曾经在家把我的脑袋送给他，可他拒绝了。没办法，我就跟他一起来了，那就请吧，砍了我的脑袋，但是请让这个可怜的小伙子实现他的愿望吧！"

国王毫不留情地叫来刽子手，下令砍下哈塔穆的脑袋。正当刽子手带着哈塔穆上刑场的时候，穆克比勒再也不能忍受了，他一拳打爆了刽子手的头，愤怒地对国王说："你是如此的卑鄙，要杀这样无辜、高尚的人，你的女儿也不要嫁了！如果你想杀一个想结婚的人，不要杀哈塔穆，那就杀了我吧！"国王气急败坏地喊起来："我怕杀你吗！"于是叫来刽子手，下令把穆克比勒也杀了。

这时候，美赫日妮戛尔公主从里面跑出来，投入了穆克比勒的怀抱。国王愤怒地喊："把她也杀了！"这时，哈塔穆开口了："陛下，您是不知道啥叫担忧啊！"说着冲到了国王的宝座前。国王拔出宝剑，哈塔穆立刻牢牢地抓住了国王的手，然后扇了国王一个巴掌。国王被他打下了王位。哈塔穆望着穆克比勒说："小伙子，请你坐上王位吧！"

宫殿里的人们都烦透了那个国王，都拥护投石手穆克比勒当国王。接着，哈塔穆做主，为穆克比勒和公主举行了盛大的婚礼。至于那个国王，则被关进了地牢。就这样，人民从此过上了安定富裕的生活，投石手穆克比勒和美赫日妮戛尔公主也实现了自己的心愿。

Ota vasiyati

Bir odamning uch oʻgʻli bor ekan. Oʻladigan vaqtida katta oʻgʻlini chaqirib: – Oʻgʻlim, men oʻlsam uch kun goʻrimni poylaysanmi? – debdi.

Oʻgʻli:

– Yoʻq, men poylamayman, - debdi.

Otasi oʻrtancha oʻgʻlini chaqirib:

– Oʻgʻlim, men oʻlsam sen goʻrimni uch kun poylaysanmi? - debdi.

Oʻgʻli:

– Yoʻq, men poylamayman, - debdi. Kichik oʻgʻlini chaqirib:

– Oʻgʻlim, men oʻlsam uch kun goʻrimni poylaysanmi? – deb soʻrabdi. Kichik oʻgʻli:

– Ota, uch kun emas, yuz kun poylagin desangiz ham poylayman,- debdi. Vasiyat tamom boʻlgandan soʻng, haligi odam oʻlibdi. Kichik oʻgʻli otasi oʻlgandan keyin goʻrini poylab yotibdi. Yarim kecha boʻlganda bir oq ot osmondan yaroq-aslaha, kiyim-kechak bilan tushib, goʻrni uch marta aylanibdi. Shu payt bola uygʻonib otni ushlabdi. Bola otdan:

– Nima uchun sen goʻrni uch marta aylanding? - deb soʻrabdi. Oq ot:

– Men otang tirikligida uning amrida yurardim, hozir otangning goʻrini ziyorat qilib chiqib ketaman, - debdi-da, ketayotganida yolidan bir tola olib bolaning qoʻliga berib:

– Qachon boshingga bir mushkul ish tushsa, shu moʻyni tutatib yoʻqlasang, hozir boʻlaman, - debdi.

Bola ertasiga kechasi yana borib poylab yotibdi. Yana yarim kechada osmonda bir qora ot parvoz etib yerga tushibdi-da, go'r atrofidan uch marta aylanibdi. Bola o'rnidan turib qora otni ushlabdi va:

– Nima uchun sen kelib go'rni uch marta aylanding? – deb so'rabdi. Shunda ot:

– Men otangning oti edim, qachon mingisi kelsa, yo'qlab qolar edi. Hozirda o'lgan ekan, shuning go'rini ziyorat qilib ketish uchun osmondan tushdim, endi mendan senga bir nishona qolsin, - deb bir tola yolidan yulib bolaning qo'liga beribdi. – Qachon boshingga biror mushkul ish tushsa, mana shu mo'yni tutatsang, men hozir bo'laman, - deb uchib ketibdi. Uchinchi kuni bola yana borib go'rni poylabdi. Yarim kecha bo'lganda yana bir saman ot osmondan tushib go'rni uch marta aylanibdi. Bu ham yasatig'liq ekan. Bola saman otdan so'rabdi:

– Nima uchun otamning go'rini uch marta aylanding? – Ot:

– Men otangning oti edim, qaysi vaqtda zarur bo'lib qolsam, kelib xizmatini bajo keltirib ketar edim. Otang o'libdi, uning go'rini ziyorat qilib ketish uchun tushdim, – debdi-da, u ham mo'yidan bir tola yulib, bolaning qo'liga beribdi.

Shu bilan uch kunlik vasiyat tamom bo'libdi. To'rtinchi kuni bola yana borib go'rni poylagan ekan, hech kim kelmabdi, shu bilan go'rni poylash ham tamom bo'libdi. Otadan qolgan mol-dunyoni uch o'g'il bo'lashib olishibdi. Bu mol-dunyoni sarf etib, tamomlab endi uch og'ayni yurtning molini – podasini boqadigan bo'lishibdi. Shu bilan tirikchilik o'tkazib yurishibdi. Lekin akalari shunda ham to'g'ri yurmasdan, yurtning sigiri, buzog'ini sotib yeb, so'yib yeb, xalqni tinchitmay qo'yishibdi. Shunda el kattalari ko'plashib bularning uchovini ham shahardan haydab yuborishibdi. Bular uchovi boshqa shaharga jo'nashibdi. U shaharda ham mollarni yig'ib podachilik qilib yurishibdi. Kichkina ukasi mol boqib, haligi ikki akasi shaharni tomosha qilgani tushib ketishibdi. Shaharda ular bir g'avg'oga duchor bo'libdilar. Podsho bir ravoqqa qirq pog'onalik shoti qo'ydiribdi. U shotining tepasiga qizining ravog'ini qurdiribdi va xaloyikqa jar solib:

— Har kim ho ot bilan, ho tuya bilan chiqib qizimning qo'lidan bir kosa suv olib ichsa, uning qo'lidan nishonlik uzukni olib tushsa, qirq kun to'yini qilib, o'ttiz kun o'yinini o'tkazib beraman, - debdi. Bu xabar yurtga tarqalibdi. Ot mingan ham jo'nabdi, eshak mingan ham jo'nabdi, tuya mingan ham podshoning eshigi tagiga qarab jo'nabdi. Xaloyiq ko'rsaki, ot, eshak, tuya minganlar qirq pog'okalik shotiga chiqa olmay, yerga qulay tushaveribdi. Bu hodisani ko'rgan ikkala aka-uka podachi ukalarining oldiga qaytib kelibdilar va ukalariga:

— Ey, uka, shaharda shunday tomosha ko'rdik, juda ajoyib, - debdilar. Shunda ukasi:

— Qanday tomosha ekan? - deb so'rabdi. Akasi:

— Podsho qirq pog'onali shoti qo'yib, har kim ot o'ynatib chiqib, qizning qo'lidan bir piyola suv ichsa, uzugini olib qaytib tushsa, shu odamga qizimni qirq kechayu qirq kunduz to'y-tomosha qilib beraman, deb va'da beribdi. Ot mingan ham, eshak mingan ham, tuya mingan ham "chuh", deb shotiga chiqish uchun harakat qildi, hech qaysisi chiqolmadi – yiqildi, mayib bo'lib qaytib ketdi. Shunday tomoshalarni bizlar ko'rdik, uka! – debdi. Bu xabarni eshitgan ukasi:

— Ertaga molni sizlar boqinglar, men ham shaharga tushib tomosha ko'rib kelayin, - desa, akalari:

— Yo'q, sen ketsang biz och qolamiz, – deb unga javob berishmabdi. Ertasiga akalari yana o'sha tomoshani ko'rgani ketishibdi. Ukasi tushgacha mollarni boqib to'yg'izib, bir tolning tagiga to'plab yotkizib qo'yibdi. Oq otning tutatqisini tutatibdi. Osmondan o'sha oq ot yaroq-aslaha, kiyim-kechagi, sarposi bilan uchib tushibdi. Podachi bola sarponi kiyib, yaroq-aslahani beliga taqib, otni minib, podshoning o'rdasiga kirib boribdi. Borib, shotiga otni to'g'ri qilib "chuh", degan ekan, ot o'ynab ikkam qirq pog'onaga chiqibdi, bola otning boshini tortib qaytib tushibdi. Pastda turgan olomon: "Ey, bola, yana "chuh" degin, "chuh" desang chiqib ketar edi", deb qola berishibdi. Bola qaytib kelib molni haydab, boqib yuraveribdi. Kechqurun akalari kelib bolaga:

— Bugun bir bo'z otliq odam kelib shotiga otni ro'para qilib "chuh", dedi. Ot ikkam qirq pog'onaga chiqdi. Otning boshini qaytarib tushib ketdi, - deb ukasiga aytishibdi, Ukasi:

— Bugun menga ruxsat bersalaring, molni sizlar boqib tursalaring, men ham tomoshani bir ko'rib kelsam, - degan ekan, akasi:

— Ey, uka, sen ketsang, biz nima yeymiz, - deb ukasiga javob bermabdi. U kecha o'tibdi, tong otibdi, akalari yana tomosha uchun shaharga ketibdilar. Bola mollarni boqib, to'yg'izib, tolning tagiga yotqizib qo'yibdi. Bola qora otning tutatqisini olib tutatibdi. Shunda qora ot yaroq-aslahalari, sarposi bilan tushibdi. Bola sarponi kiyibdi, yaroq-aslahalarini beliga taqibdi. Otni minib podshoning o'rdasiga kirib kelibdi. Odamlar ko'rsaki, bu ot kechagi kelgan otdan qirk chandon yuqori. Bola shotiga otni ro'para qilib "chuh" debdi. Bir kam qirq pog'onaga ot o'ynatib chiqibdi. Otning boshini tortib ketiga qaytibdi. Ot shotidan tushib ketibdi. Odamlar: "Nomard ekan bachchag'ar, "chuh" desa chiqib ketar edi-ya", deyishibdi. Kun kech bo'libdi, xaloyiq tomosha tamom bo'ldi, deb uyiga qaytib ketibdi. Akalari qaytib borib, ukasiga:

— Kechagi ot bugungi kelgan otning yarim barobaricha ham emas, o'zi saman, "chuh" deyishi bilan bir kam qirq pog'onaga o'ynab chiqdi, agar yana bir "chuh" desa, qirq zinaga bemalol chiqib ketar edi, otning boshini tortib, qaytib tushib ketdi, – deyishibdi. Shunda ukasi:

— Bugun sizlar molni boqib tursalaring, men ham borib shu tomoshani bir ko'rib kelsam, – debdi. Shunda akalari:

— Sen ketsang biz nima yeymiz? - deb ukasiga javob berishmabdi. U kecha borib yotibdilar, tong otibdi. Akalari yana tomoshaga qarab ketibdi. Ukasi molni boqib to'yg'azib, to'plab olib kelib bir tolning tagiga yotqizibdi. Uchinchi saman otning tutatqisini tutatibdi. Saman ot osmondan yaroq-aslahalari, kiyim-sarposi bilan tushib kelibdi. Bola sarponi kiyibdi, yaroq-aslahalarni beliga taqibdi. Otni minib, podshoning o'rdasiga kirib kelibdi. Ma'rakaning ichiga kirib otini aylantirib o'ynatibdi. So'ngra otning boshini shotiga ro'para qilib "chuh", debdi. Ot o'ynab qirq pog'onaga chiqib, qizning taxtiga yetibdi. Yigit otdan tushib qizning qo'lidan bir kosa suv ichib, uning qo'lidagi uzukni olib qaytib tushibdi. Bola o'z joyiga qaytib, otni qo'yib yuborib, o'z podasini boqib yura beribdi. Akalari qaytib kelib podshoning uyida to'y-tomosha bo'lgani, qancha ot, eshak, tuya, odam o'lgani haqida ukasiga birma-bir bayon etibdilar.

— Birinchi ot ikkinchisiga qaraganda hech ot emas, ammo bugun uchinchi bir ot kirib keldi. O'rdada o'yin qilib pog'onali shotiga chiqdi. Bahodir yigit ham otdan tushib podshoning qizi qo'lidan bir kosa suv ichib qo'llaridan uzukni olib tushib ketdi. Ukasi:

— Sizlar shuncha tomosha ko'rdilaring, menga ham bir kun javob bersalaring, men ham shunday tomoshani bir ko'rib kelsam, — deganda, akalari to'y tamom bo'lganini aytibdilar.

Uch aka-uka avvalgicha mollarni boqib yuraveribdilar. Kunlarning birida podsho yurtiga:

— Kimda-kim qizimning qo'lidan suv ichgan, uzugini olgan bo'lsa, o'rdaga kelib o'zini tanitsin, to'yni boshlaymiz, - deb xabar beribdi.

Podsho bir odamning qo'liga obdasta va chilopchin berib:

— Har kim qo'lini yuvsin, qizimning qo'lidan olgan uzukni ko'rsangiz, menga ma'lumot berasiz, - debdi. Har kuni el-yurtni chaqirib osh-non tortib, o'ttiz kungacha osh berib, odamlarning qo'llariga suv beribdi. Hech kimdan bu nishona uzuk chiqmabdi. Podsho:

— Hech odam qolmadimi? - deb so'rabdi. Vazir:

– Agarda qolgan bo'lsa, qishloqda mol boqib yurgan podachilar qolgandir, – deb javob beribdi. Podsho ularni ham aytdirib kelishga buyuribdi. Bir vazir borib ularni olib kelibdi. Qo'liga suv quyib karasalar, haligi podshoning qizi qo'lidagi uzuk shu bolaning qo'lidan chiqibdi. Shunda ikki akasi:

– Qanday qilib bizning ukamizga bu, uzuk tegib qolibdi, - deb hayron bo'libdilar.

Bola otasining go'rini uch kun poylaganda bo'lgan siri asrorni aytibdi. Shunda akalari, biz otamizning vasiyatini qulog'imizga olmadik, deb pushaymonlar qilib, ukasining to'yini tomosha qilibdilar.

Qirq kun to'y-tomosha qilib, podsho qizini unga nikohlab beribdi.

Oradan bir oy o'tibdi. Podsho o'libdi. Uning o'rniga kuyovini yurt podshosi qilib ko'taribdilar. Akalari ukasining bu davlatga ega bo'lganini ko'rib:

– Har kim ota vasiyatini qulog'iga olmasa ana shunday rasvoyi olam bo'lib, ko'chada qolar ekan, – deb afsulanibdilar. Kenja o'g'il maqsadiga yetibdi.

父亲的遗言

有个老人，他有三个儿子。临终前，他叫来长子，问道："儿子，如果我死了，你会在我的坟墓前守三天三夜吗？"儿子说："不，我守不了。"老人叫来次子问道："儿子，如果我死了，你会在我的坟墓前守三天三夜吗？"次子也同样说："不，我守不了。"最后。老人把小儿子叫来问道："儿子，如果我死了，你会在我的坟墓前守三天三夜吗？"小儿子回答道：："父亲，不要说三天三夜，您让我守一百个日夜，我也愿意。"老人留下遗言后就去世了。父亲去世后，小儿子一个人在墓前守孝。到了半夜，有一匹白马带着武器和奢华的衣服从天上飞下来，绕坟墓走了三圈。这时，小儿子正好醒过来，一把抓住白马，问道："你为什么要绕坟墓三圈呢？"白马回答道："你父亲在世的时候，是我陪着他的，现在我特意来探望你父亲的坟墓。"说完，它从身上拔下一根鬃毛给了孩子，还说："如果有一天你遇到困难，就把鬃毛烧了，我就会出现在你面前。"

第二天晚上，小儿子又在墓地守孝。到了半夜，有一匹黑马在天空中飞着飞着就落地了。黑马也绕坟墓走了三圈。小儿子醒来，一把抓住黑马问道："你为什么要绕坟墓三圈呢？"黑马回答道："我原来是你父亲的马，他什么时候想骑我，我就随时奉陪。听说他去世了，我特意从天上下来探访他的墓地，我留给你一个纪念品。"说着，从身上拔下一根鬃毛交给了孩子，并说道："如果有一天你遇到困难，就把鬃毛烧了，我就会出现在你面前。"黑马说完就飞走了。

第三天，小儿子又到坟墓边守孝。到了半夜，从天上飞下来一匹装扮精美的棕马绕坟墓走了三圈。小儿子问它："你为什么绕我父亲的坟墓走

· 193 ·

三圈呢?"马回答说："我本来是你父亲的马，任何时候他需要我，我就会过来侍奉他。听说他去世了，我特意从天上下来探访墓地。"说着，这匹马也从身上拔下一根鬃毛交给了孩子。

就这样，小儿子完成了父亲让他守孝三天的遗愿。第四天，小儿子又去坟墓守孝，但是谁也没来。于是，他就结束了守孝。三兄弟把父亲留下的财富都瓜分了。他们把财富花光以后，只能靠着给大家放牧过日子。可是，哥哥们不走正道，把乡亲们的母牛、牛犊卖掉或者吃掉，让大家不得安宁。于是，几位长老一起商量后，把三兄弟赶出了城。三兄弟只能到别的地方去。

他们到了另一个城市，还是靠放牧过日子。有一天，小弟去放牧，而两个哥哥到处逛街玩乐。哥哥们正好遇到有一群人吵吵嚷嚷，就去凑热闹。原来，国王在一座城楼上修了四十层高的天梯，在梯子上面为女儿建造了一座宫殿，并对百姓宣告："无论是谁，骑马也行，骑骆驼也行，通过天梯到宫殿，喝一碗我女儿给的水，还能带回她手中的订婚戒指，我就为两人举行四十天的婚礼，安排三十天的游乐，把女儿嫁给他。"

这消息很快传到各地。于是，骑马的、骑驴的、骑骆驼的都聚集到王宫前。众人看着这些骑马、骑骆驼、骑驴的人都爬不上天梯，一个接一个从上面掉下来。他们哥俩看到这个场面，回去告诉了弟弟，他们说："小弟，我们今天在城里看了个热闹，非常有意思。"弟弟好奇地问："是什么事啊?"哥哥们眉飞色舞地说："听说国王在一座城楼上修了四十层高的天梯，在天梯上为女儿建造了宫殿，无论是谁，只要能骑马或骑别的上去，喝一小碗姑娘给的水，再从她手中拿下订婚戒指带回来，国王就愿意把女儿嫁给他，并发誓为他们举行四十日夜的婚礼。于是，骑马的、骑驴的、骑骆驼的都试着上去，可是没有一个人成功，掉下来的摔残后回家了。我们看了这些热闹回来了!"小弟听到这个消息，就对哥哥们说："明天你们放牧吧，我也到城里去看个热闹。"可是哥哥们没有答应，说："那可不行，你走了，我们俩会挨饿的。"

第二天哥哥们又去看热闹了。弟弟赶中午就把牛群喂饱，赶到一棵柳树下让牛儿躺着休息。他就把白马的鬃毛烧了。这时,白马带着武器和奢华的衣服从天上飞下来了。这个牧人就穿上奢华的衣服,腰间佩戴武器,骑上白马奔向王宫。

他让白马对着天梯骑了上去,随着一声"驾",白马像玩儿一样跑上了四十层,他骑上去了,接着扭转马头又骑下来了。在下面看热闹的众人一起喊:"小伙子,骑上去,不要下来!"弟弟回来以后,依然赶着牛放牧。晚上两位哥哥回家了,对弟弟讲白天的事,说:"今天,来了个骑着白马的人,喊了一声'驾',那马就飞奔起来,上了四十层的天梯。可是,他又让马掉头下来,然后就走了。"

这时,小弟又请求道:"今天,你们就允许我也去看个热闹吧?"哥哥们不同意,说:"弟弟呀,如果你去了,那我们吃什么呀!"过了一晚上,第二天天一亮,俩哥哥又去城里看热闹了。弟弟把牛群喂饱,赶到柳树底下休息。这次,他把黑马的鬃毛烧了。于是,从天上飞下来一匹带着武器和奢华的衣服的黑马。小伙子穿上奢华的衣服佩戴武器骑着黑马进了王宫。人们一看,这匹黑马比上次的马高四十倍!小伙子让黑马对着梯子,大喊一声"驾"。一会儿工夫,这匹马也像玩儿似的跑上了四十层的天梯。这时,小伙子又把马头一掉,骑了下来。众人七嘴八舌地喊:"唉,胆小鬼!再喊一声'驾'不就上去了吗?!"天黑了,众人看完热闹都回家了。

哥哥们回来对弟弟讲起白天的事,说:"昨天的白马还不到今天那匹马的一半儿,今天的是黑马,随着'驾'的一声,一会儿就跑上了四十层高的天梯,如果再'驾'一声,就可以随便再上四十个台阶。可惜啊,他掉头下来了。"

这时小弟恳求道:"明天你们放牧吧,我也到城里去看一下热闹。"哥哥们还是没有同意,说:"不行,你去了,我们吃啥呢?"夜幕降临,弟弟无奈地睡了。天亮了。哥哥们又去看热闹了。弟弟把牛群喂饱,赶到柳树底下休息。他把最后一根鬃毛烧了。这时,从天上飞下来一匹棕马,带着武器和奢华的衣服。小伙子穿上备好的衣服,佩戴武器,骑上骏马进入了王宫。他先到竞技场骑着马跑了几圈,然后把马对着天梯大喊一声"驾",

骏马眨眼间跑过了四十层，来到了公主的宝座前。小伙子下马喝了公主手中的一碗水，并得到了她手上的订婚戒指然后下来了。

小伙子放了骏马，回到家一如既往地放牧。哥哥们回到家又开始对弟弟详细讲述国王的宫殿里如何庆祝，有多少骏马、毛驴和骆驼，死了什么人等消息，还说："第一匹马远不如第二匹马，但是今天来的才是真正的骏马。那匹马在皇宫表演，还跑上了四十层天梯。英勇的小伙子都没下马，喝了公主手中的一碗水并取下订婚戒指就回来了。"弟弟说："你们这几天看了那么多热闹的事，你们给我一天时间，让我也去看看热闹吧！"哥哥们对弟弟说都已经结束了。

三兄弟和过去一样回到了放牧生活。有一天，国王对子民宣布，说："哪位勇士喝了我女儿手中的一碗水，拿走了她手上的订婚戒指，快到王宫现身，该举行婚礼了！"国王给仆人一只雕花的铜壶和一只铜盆①，并要求道："你让每一个人用这个洗手，只要看到有人戴着从我女儿手上取下的戒指，马上回报！"

就这样，侍卫们每天都做饭烤馕请大家来吃。三十天了，那个仆人天天侍候大家洗手，可是，始终没有见到那只订婚戒指。国王失望地问："再没有人了吗？"大臣回答道："如果还要找其他人，那就只有住在村落的牧人了。"国王下令，让那些牧人也要来。于是，一位大臣专门把牧人带到宫中。当仆人倒水让他们洗手时，发现公主的订婚戒指竟然在那个小伙子手上。两位哥哥非常吃惊，问道："这枚订婚戒指怎么会在我们弟弟的手上？"

弟弟把父亲去世后，按照父亲的遗言守孝三天三夜时发生的秘密都告诉了哥哥们。这时，哥哥们很后悔当初没有遵从父亲的遗愿。他们参加弟弟的婚礼。

热热闹闹地举行了四十天婚礼，国王把女儿嫁给了小伙子。

---

① 原文为：obdasta，音译为阿卜达斯塔，雕刻花纹的特制铜壶，中亚等地专门用于洗手；chilopchin，音译为器拉普勤，雕刻花纹的铜盆，中亚等地洗手时专门用来接水。这两个器物一般配套使用。

过了一个月，国王去世了。他把王位交给了女婿。看到弟弟成为这个国家的国王，哥哥们悔恨地说："任何人如果不遵从父亲的遗愿，就会像这样声名狼藉，流落街头。"最后，那个心地善良的小儿子实现了自己的心愿。

Baxt daraxti

Qadim zamonda bir podsho o'tgan ekan. U taxtda doim g'amgin o'tirarkan.

Kunlarning birida o'ng qo'l vaziri undan:

– Podshohim, nimagadir mudom g'amginsiz. Boisi nedur? - deb so'rabdi.

– Molu davlatim yetarli. Ammo o'lgandan keyin bel bog'lab bo'zlaydigan o'g'lim yo'q. O'g'il ko'rsam, boshqa armonim qolmasdi, – debdi podsho.

Olampanoh, sizga maslahatim bor. Chinmochin mamlakatida bir daraxt bor, u daraxti baxt deb ataladi. Uning bargini ming dardga shifo deydilar. Shu bargdan olib kelishni buyuring.

Podsho vaziridan bu maslahatni eshitib, xursand bo'libdi va shaharga jarchi qo'ydiribdi: "Kimki Chinmochin mamlakatiga borib, podsho uchun daraxti baxtning bargidan olib kelsa, ul bahodirga xazinasining yarmisini in'om etiladi!" Bu ovozani eshitib, shoyad olib kelolsak, oliy hazratning in'omiga muyassar bo'lardik, deydiganlar ko'payib qolibdi-yu, lekin birontasi ham yurak yutib podsho huzuriga kelmabdi. Buxorodan ancha uzoq bir qishloqdan Baxtiyor degan cho'pon yigit shoh saroyiga kelib:

– Jarchilaringizdan eshitdimki, Chinmochin mamlakatiga borib siz uchun daraxti baxt bargidan olib kelmoq kerak ekan. O'sha daraxtdan barg keltirib beraman, degan niyat bilan huzuringizga keldim, - debdi. Podsho talabgor chiqqanidan juda xursand bo'libdi.

Baxtiyor hukmdorga shart qo'yibdi:

— Shartim bor, kambag'allarga yordam bersangiz.

Podsho bu shartni eshitib, vaziru amaldorlariga maslahat solibdi. Ular norozi bo'lib:

— Kambag'al-boylikni azaldan har kimning peshonasiga bitgan. Kambag'allarning qay biriga yordam berasiz, unda xazina bo'shab qoladi-ku! - deyishibdi. Baxtiyor:

— Shartimga ko'nsangizgina boraman, - deb turib olibdi.

Podsho ancha o'ylanib:

— Mayli, shartingni bajo keltirurman, tezroq bora qol, - deb Baxtiyorga uchqur ot va xurjun to'la oltin berib jo'natibdi. Baxtiyor yo'l yuribdi, yo'l yursa ham mo'l yuribdi. Daryolardan, changalzorlardan, cho'llardan, baland tog'lardan o'tibdi. Nihoyat bog'i zeboga yetib boribdi. Otini o'tlagani qo'yib yuborib, o'zi hovuz bo'yiga yonboshlabdi. Dam olgach ozgina tamaddi qilish niyatida suv olish uchun hovuzga engashibdi. Suv betida bir parining aksi ko'rinibdi. Chunonam xushro'y va zebo ekanki, jamoli bog'ni munavvar etib turganmish. Baxtiyor anchadan keyin o'ziga kelib, yuqoriga qarasa, o'sha pari hovuz bo'yidagi daraxt ustida o'tirganmish. Yigit pariga:

— Ey, huriliqo, pastga tush, choy ichamiz, borimni baham ko'rayin, - debdi. Pari qiz daraxtdan tushibdi. Baxtiyor undan:

— Oting nima? Kimning jigargo'shasisan? - deb so'rabdi.

— Men Xuroson podshosining qizi bo'laman, ismim Gulnora. Devlar meni bu yerga o'g'irlab olib kelgan. Bu yer devlarning makoni. Hali zamon devlar kelib qoladi. O'zingni nega xarob qilmoqchisan! Tezroq bu yerdan jo'nab qolgin! – debdi qiz. Baxtiyor qizga:

— Ey, malika, qo'rqoqning qo'ri o'chadi degan gap bor, devdan qo'rqadigan yerim yo'q. Qo'rqoq o'zini yigit deb hisoblasa uyat bo'ladi. Men Chinmochin yurtiga daraxti baxtni qidirib ketyapman. U yerga borishim shart, - debdi yigit.

– Ey, botir yigit, senga qoyil qoldim. Isming jisminga oʻxshasin, baxt senga yor boʻlsin. Mayli, senga bir yaxshilik qilay. Sen uzoq yoʻl bosib baland toqqa yetasan. U yerda devlarning otasi yashaydi. U Chinmochinga oʻtadigan yoʻlni qoʻriqlaydi. Oʻzingdan boxabar boʻl. Mana bu ogʻir kuningga yaraydi, - deb qiz Baxtiyorga qirq gazli① dudama qilich beribdi. Yigit Gulnoraga birga ketaylik, debdi. Gulnora, devlar izimizdan borib, bizni sogʻ qoʻyishmaydi. Unda podshoga bergan vaʼdangizni ham bajarolmaysiz. Eson-omon qaytib kelsangiz ana unda birga boraman, deb vaʼda beribdi. Baxtiyorning dimogʻi chogʻ boʻlib yoʻlga ravona boʻlibdi. Yana yetti kechayu yetti kunduz yoʻl yurib, devlarning otasi makon qurgan toqqa yetib boribdi. Togʻ juda baland va haybatli ekan. Yigit otiga qamchi bosgan ekan, jonivor uchib togʻ tepasiga chiqibdi. Shu payt havoga chang-toʻzon koʻtarilib, atrof qorongʻilashibdi. Devning kelayotganini sezgan Baxtiyor qirq gazli dudama qilichini qoʻliga olib shaylanib turibdi. Ogʻizdan oʻt purkayotgan dev xaybat bilan baqirib yaqinlashibdi. Baxtiyor ham tavakkal qilib devning oldiga kelibdi.

Dev battar dagʻdagʻa qilibdi va: "Urishasanmi yoki talashasanmi, bachchagʻar?" debdi. "Ham urushu ham talash. Maydonga chiq" debdi Baxtiyor.

Dev maydonga tushibdi, ikkovi uch kecha-kunduz urushishibdi. Goh Baxtiyorning, goh devning qoʻli baland kelibdi. Uchinchi kuni kechga borib dev xansiray boshlabdi. Baxtiyor bor kuchini toʻplab, qilich bilan uning boshiga urgan ekan, maxluq chinorday qulabdi. Baxtiyor devniig terisidan bir tasma kesib olib belpga bogʻlabdi-yu, Chinmochin mamlakati qaydasan, deb yoʻlga ravona boʻlibdi. Tagʻin bir-oy yoʻl yurib Chinmochin mamlakatiga yetib boribdi. Shahar tinch, osoyishta ekan. Baxtiyor otda koʻchadan oʻtib borayotganida bir odam uni toʻxtatib, uyiga taklif qilibdi.

---

① gaz, 名词, 长度单位, 约等于70厘米, gazli, 形容词, 有gaz长度的。

Mehmonim boʻlgin. Sen bu yurtning fuqarosiga oʻxshamaysan, - debdi u. Baxtiyor taklifni qabul qilib, oʻsha kishinikida mehmon boʻlibdi. Ziyofatdan soʻng mezbon Baxtiyordan bu yurtga kelish sababini soʻrabdi, yigit maqsadini aytibdi.

Shahrimizda darhaqiqat daraxti baxt bor, uning bargi ming dardga shifo. Lekin hanuzgacha buyoqlarga hech kim kelolmagan. Yoʻlda devlarga uchrab halok boʻlardi. Sen ulardan qandoq oʻtib kelding? - debdi xunarmand. Baxtiyor devlarning otasini oʻldirganini va tanasidan tasma qirqib olganini aytib, tasmani koʻrsatibdi. Hunarmand xursand boʻlib:

— Yosh boʻlsang ham bahodir ekansak. Koʻp kishilarni ofatdan xalos etibsan, balli! - debdi. Soʻng Baxtiyorni daraxti baxtning oldiga boshlab borabdi. Ular ikkovlashib bargdan anchasini terib xaltachaga solibdilar. Ertasiga Baxtiyor hunarmand bilan xayrlashib yoʻlga tushibdi. Baxtiyor yana uzoq yoʻl bosib Gulnora parining qoshiga kelibdi. Yigitni koʻrib xursand boʻlgan qiz:

— Senga qoyil boʻldim, azamat. Devlarning otasini oʻldirib ajab qilibsan, sara qilibsan! Oʻgʻillari otalarining qotilini izlab motam tutyaptilar, endi ulardan ehtiyot boʻlish kerak, - debdi. Baxtiyor qizdan, oʻgʻillariniyam gumdon qilaymi, – deb soʻrabdi. Gulnora norozi boʻlib:

— Aqlli odam oʻzini oʻzi baloga urmasligi kerak, - debdi.

Baxtiyor Gulnorani ham otga mingashtirib, Buxoro mamlakatiga yoʻl olibdi. Podsho Baxtiyorning kelayotganini eshitib, amaldorlari bilan yoʻliga peshvoz chiqibdi. Yigit daraxti baxtning bargini tavoze bilan podshoga beribdi. Podsho xursand boʻlib Baxtiyorga koʻp inʼomlar hadya qilibdi va fuqaroga rahm qilib, uysizlarga uy qurdirganini, molsizlarga mol berib, ogʻir zakotdan ozod etish toʻgʻrisida farmoni oliy berganini aytibdi. Oradan bir yil oʻtgach, mamlakat hukmdori oʻgʻil koʻrdi, degan xushxabar tarqalibdi. Hamma shodu xurram boʻlib, murod-maqsadiga yetibdi. Podsho uchun daraxti baxt izlagan Baxtiyor Gulnora pari bilan baxtli hayot kechiribdi.

幸福树

很久很久以前有一个国王,他坐在王位上也总是闷闷不乐。

有一天,大臣问:"我的陛下,您为什么总是闷闷不乐啊?是什么原因呢?"

"我的财富已经够了,但是没有儿子能在我死后管理国家。如果我能有一个自己的儿子,我就没有任何遗憾了。"国王叹着气说。

大臣说:"我有一个建议。听说有个叫'秦马秦'的国家,那里有一棵神树,人们叫它'幸福树'。那棵树的叶子能治百病,请您派人去摘吧。"

听到大臣的这个建议国王非常高兴,马上贴出了告示:"无论是谁,能去秦马秦国,为国王摘来幸福树的叶子,就把财富的一半儿送给这位勇士。"听到消息后,虽然有很多人想能拿回那棵神秘树的叶子就能得到国王的财富,但没有一个人下定决心揭榜。

离布哈拉城不远的村里有一个名叫巴赫提亚尔的牧人,他来到了国王的城堡。对国王说:"听说,您需要派人去秦马秦国,为您采摘幸福树的叶子。我已下定决心,为了您去摘那棵树的树叶。"听到这话,国王由衷地高兴。

这时,巴赫提亚尔对国王提出了条件,他说道:"我有一个条件,您得答应帮助穷人。"国王听到这个要求,就和大臣们商量。大家都表示不满,对国王说:"穷人富人都是命中注定的,您要帮助哪个穷人呢?您都帮了,我们的国库就会空虚!"

"您如果不答应,我就去不了。"巴赫提亚尔说。

国王想了一会儿说："好的，我答应你的要求，你快去快回。"然后，国王给巴赫提亚尔准备了一匹飞马和一袋黄金，让他出发了。巴赫提亚尔在路上走啊走啊，踏过了山川河流，走过了沙漠戈壁。最后，他到达了一座美丽的花园。他放马去吃草，自己来到一个水池边，想休息一下顺便吃点干粮。他弯下腰准备喝水时，水面上出现了一位靓女的倒影。姑娘国色天香，风姿绰约，让美丽的花园更加艳丽无比。巴赫提亚尔好一会儿才回过神来，抬头一看，那位美丽的姑娘正坐在水池边的树上。小伙子开口了："哎，美丽的姑娘，你快下来，我们一起喝茶，我跟你分享一切！"

姑娘从树上下来了。巴赫提亚尔问道："你叫什么名字？你是谁的心肝宝贝啊？"

姑娘回答道："我本是呼罗珊国王的女儿，叫古丽娜拉。魔鬼把我抢到这里来的。这里是魔鬼居住的地方。他们很快就回来，你会很危险，快离开这里吧！"

巴赫提亚尔毫不畏惧地说："公主啊，俗话说，懦夫的恐惧定会消失，我没有什么害怕的，懦夫误把自己当勇士才是可耻的。我要去秦马秦国寻找幸福树，我必须得去。"

"勇士，我佩服你！你真的是名副其实，愿幸福陪伴你。那我帮你一把。你走过漫长的路会到一座高山脚下。这些魔鬼的父亲住在那里。他看管去往秦马秦国的道路。你要小心，在最困难的时候，这会帮到你。"说着，公主送给巴赫提亚尔一把四十盖兹① 长的宝剑。小伙子请公主一起走，可是古丽娜拉公主说："那些魔鬼会追上我们，不会给我们活路，那样，你也实现不了对国王的承诺。你要是能平安回来，我就跟你走。"公主承诺。

巴赫提亚尔鼻子一酸，无可奈何地上路了。走了七天七夜，他到了魔鬼父亲所在的山头。那座山巍峨延绵，高耸入云。小伙子抽着鞭子，骑着马，飞快地奔上山顶。这时，天空尘土飞扬，乌云密布。巴赫提亚尔感觉

---

① 盖兹，gaz，长度单位，1盖兹约等于70厘米。

到大魔头靠近，紧紧握着那把四十盖兹的宝剑。口吐火焰的大魔头狂叫着慢慢逼近。巴赫提亚尔冒险走到大魔头面前。

大魔头威风凛凛地说："你说吧，是想打还是想斗？"

巴赫提亚尔勇敢地说："又想打又想斗！"

大魔头先开战了，他们打了三天三夜。有时候大魔头占上风，有时候巴赫提亚尔占上风。到了第三天晚上，大魔头气喘吁吁，开始招架不住了。巴赫提亚尔拿出全身的力气，举起宝剑朝大魔头的脑袋砍去，那个怪兽像高大的枫树一样彻底倒下了。巴赫提亚尔用它的皮做成一条皮带系在腰上，朝秦马秦国出发了。

又走了一个月，巴赫提亚尔终于到达了秦马秦国。城里一片宁静，显得有点冷清。正当巴赫提亚尔骑着马走在大街上，有个人上前邀请他去家里做客，并说道："愿你成为我的客人。我看你不像本国的子民。"

巴赫提亚尔接受了邀请，去那人家做客。晚宴后，主人问巴赫提亚尔来这里的目的，小伙子说明了目的。

主人说："我们国家确实有一棵幸福树，这棵树的叶子确实能治百病。但是，到现在为止，没有人能抵达我们的国家。他们在路上遇到魔鬼，遭到了不幸。你是怎么避开魔鬼的呢？"小伙子把如何与大魔头打斗，用魔头的皮做了皮带的经历说了出来，并给主人看。

主人高兴地说："你真是英雄出少年啊！你拯救了许多人，太好了！"接着，主人把巴赫提亚尔带到幸福树下。他们一起摘了很多幸福树的叶子装进布袋子里。

第二天，巴赫提亚尔跟主人告别，踏上了回去的路。经过漫长的路途，巴赫提亚尔来到了古丽娜拉的住处。古丽娜拉见到巴赫提亚尔开心地说："我真是佩服你，勇士！你杀了魔鬼的父亲，让我刮目相看。那些魔鬼儿子正在为找不到杀父凶手而难过，你还是要小心。"巴赫提亚尔问公主是否要消灭这些魔鬼时，古丽娜拉不同意，说："聪明的人不会让自己陷入绝境！"

于是，巴赫提亚尔带着古丽娜拉公主，一起骑上骏马回布哈拉国了。

国王听说巴赫提亚尔正在回来的路上，带着百官去迎接。小伙子把幸福树的叶子郑重地交给了国王，国王非常高兴，送给巴赫提亚尔很多财物，并告诉他已颁布圣旨，要善待子民，给没有房子的人盖了房子，给没有钱的人送了钱，免去了沉重的赋税等。过了一年，传出国王喜得王子的消息。从此，为国王寻找幸福树的巴赫提亚尔跟古丽娜拉公主过上了幸福而美满的生活。

Qirq qiz

Qadim zamonda bir podsho o'tgan ekan. Uning juda ham oqila qizi bo'lgan ekan. Bir kuni malika otasidan, vazir, qozi , lashkarboshi, topchiboshi, yuzboshi, mingboshi, xazinachi, devonbegi va muhrdorlarning qizlarini mening ixtiyorimga bering, ularga hunar o'rgataman, deb iltimos qilibdi. Podsho qirq qizni Malika ixtiyoriga beribdi. Qirq qiz kechalari hamma uy-uyiga kirib ketgach sayr qilgani chiqarkan. Kechalarning birida qozining qizi tashqariga chiqib qarasa, uzoqdan olov ko'rinibdi. U shu ondayoq buni Malikaga aytibdi. Qizlar yig'ilishib, olov ko'ringan tomonga boribdilar. Bir hovlida qari chol qirq qo'yning boshini dosh qozonga solib kallasho'rva pishirayotgan ekan. Bu yer qirq og'rining makoni bo'lib, haligi chol o'g'rilarning oshpazi ekan. Malika dugonalariga: "Uyga kirib, oshpaz sezmasdan hamma yerni ko'zdan kechiringlar", debdi. Qizlar xonaga kirgach, Malika cholning oldiga kelib: "Bobojon, assalomu alaykum, nima pishiryapsiz?" deb so'rabdi. "Sening dardu baloingni olay, ona qizim, sizlar uchun kallasho'rva pishiryapman!" debdi chol. "Bobojon, uyga kirib, dugonalarim bilan ko'rishing, qirq qiz bo'lib keldik", debdi qiz.

Chol xursand bo'lib uyga kiribdi. Malika, ilmoqni ko'rib: "U nima?" deb so'rabdi. "Ilmoq , qizim", debdi chol. Qiz cholga:

Mana shu ilmoqqa meni osing, bir o'ynab beray, qizlar tomosha qilsin,- debdi.

Ibbi, boshingdan aylanay, jonim qizim, nimaga seni ilmoqqa osaykonman.

Sen meni osginda!

　　Qizlar cholni ilmoqqa osishibdi, keyin qozondagi kallasho'rvani ichib, shaharga qaytib ketishibdi.

　　Anchadan so'ng qirq og'ri kelib qarasa, chol ilmoqqa osilib yotganmish. "Bu qanaqa qiliq?" deb choldan so'rabdilar. Chol: "Dardu balosini olay, bir xushro'y qiz kelib, meni ilmoqqa osib ketdi!' debdi. O'g'rilar hayron qolibdilar, keyin o'zlari ovqat pishirib, yeb yotibdilar. Oradan uch kun o'tibdi. Malika hovliga chiqib qarasa, yana o'sha olov ko'rinibdi. U dugonalariga:

　　-Biz borib kelgan joyda yana olov ko'rinyapti. O'sha yerga borib kelmaymizmi?-debdi. "Boramiz", deyishibdi qizlar. Ular yana o'sha hovliga boribdilar.

　　Malika dugonalarini hovliga qo'yib, o'zi cholning yoniga kelib:

　　-Bobo, nima pishiryapsiz ?- deb so'rabdi.

　　-Sening qayg'ung mening boshimga, bo'yingdan aylanay , kallasho'rvani pishiryapman,- debdi chol. Qiz cholni uyga boshlab borib so'rabdi:' Bobojon bu nima?". "Sanduq", deb javob beribdi chol.

　　- Meni shu sanduqqa soling, dugonalarim ko'rsin,- debdi qiz.

　　- Ibbi nimaga bunaqa deysan. Qaddu qomatu shamshodingga tasadduq bo'lay, jonim qizim. San mani sanduqqa solginda!- debdi chol. Qiz sandiqni ochib , cholni unga solibdi-yu, qulflabdi. Qizlar yana qozondagi kallasho'rvani ichib, qaytib ketibdilar.

　　O'g'rilar qaytib kelib qarasalar, yana oshpazlari ko'rinmabdi, qozon esa bo'm-bo'sh emish. Sandiqdan cholning ingragani eshitilibdi. O'g'rilar sardori sandiqni ochib: "Kim sani bu yerga qamab qo'ydi?" deb so'rabdi.

　　Chol ingrab: "Uning qayg'usi boshimga. O'sha qizlarjonlar kelib, mani sanduqqa solib ketdi!" debdi. O'g'rilar: "Ularni poylab tutib olamiz. Hammamiz bo'ydoqmiz. Shu qizlarga uylanamiz", deb maslahatlashibdilar. Oradan uch kun o'tibdi. Qizlar yana qaroqchilar makoniga kelibdilar. Ular hovliga kirgan zahoti oʻgʻrilar darvozani bekitib olibdilar. Malika darrov hiylaga oʻtib, oʻgʻrilarga: "Toʻxtanglar! Sizlar qirq yigit, bizlar qirq qizmiz. Tengimizni tanlab oling. Lekin avval biz yuvinib olishimiz kerak. Boʻldi demagunimizcha suv olib kelaveringlar!" debdi. Yigitlar " xoʻp" deya suv tashiyveribdilar. Malika dugonalariga: "Oshxonaga boringlar. Yigitlar keltirayotgan suvni devorga sepavering, shuvogʻi tushgach, teshib, qochasizlar!" debdi. Qizlar suvni devorga sepaveribdilar. Nihoyat devorni itarishgan ekan, katta teshik ochilibdi. Qizlar chiqib qochishibdi. Oxirida Malika: "Endi men ham yuvinaman", debdi va oshxonaga kirib, teshikdan chiqib qochib ketibdi.

Kutaverib toqati toq boʻlgan oʻgʻrilar borib eshikni ochib qarasalar, oshxonaning devoridan katta teshik ochilgan, qizlar yoʻq emish.

Dargʻazab boʻlgan qoʻrboshi oshpaz cholga: "Saksonta eshak, saksonta mesh olib kel!" deb buyuribdi. Chol bozorga borib, saksonta eshak bilan saksonta mesh sotib olibdi. Oʻgʻrilar qirqta meshga suv toʻldirib, qolganiga qirqqovi kirib olib, cholga tayinlabdilar: "Saroyga qarab hayda, meshlarni sotaman, deysan. Qizlar bizlarni sotib oladi. Uyogʻini oʻzimiz bilamiz."

Chol saksonta eshakni Registonga haydab boribdi. Buni koʻrgan qozining qizi Malikasiga: "Oʻsha chol saksonta eshakni meshi bilan olib kelibdi, qirqta meshda qirqta oʻgʻri bor, qolganiga suv toʻlgʻazilgan", debdi. Podshoning qizi quvonib: "Oʻgʻri yigitlar oʻz oyogʻi bilan kelgani juda yaxshi boʻlibdi. Maslahat beringlar, qizlar?" debdi. Qozining qizi: "Otangizdan iltimos qiling, choldan saksonta meshni sotib olamiz", deb maslahat beribdi.

Podsho meshlarni sotib olishga ruxsat beribdi. Qizlar meshlarni sotib olibdilar. Chol esa eshaklarni olib uyiga qaytib ketibdi. Oʻgʻrilarning qora niyatini sezgan qizsularvli qirq meshni boʻshatibdilar. Yigitlar yotgan meshlarni qatorasiga tizib qoʻyibdilar. Malika dugonalariga: "Bu meshlarda oʻsha qirq oʻgʻri yotibdi. Har biringiz bittadan meshni minib olib, charchagunizcha uravering", debdi. Qizlar meshlarni charchagunlaricha doʻpposlabdilar. Keyin suyaklarigacha ezilgan o'g'rilarni suvsiz quduqqa eltib tashlabdilar. Odamlar talonchi o'g'rilardan qutulib, bemalol yashay boshlabdilar.

Ammo oradan bir oy o'tib, qirq qiz ham yo'qolibdi. Ularni yerning tagiga kirib ketgan, degan ovoza tarqalibdi. Ko'p joylarni axtarib, o'g'rilarning boshqa to'dasi qizlarni o'ldirganini bilishibdi. O'sha qizlar ko'milgan mozor hanuzgacha bor emish. U mozorni "Qirq qiz" mozori deyishadi.

四十位姑娘

古时候，有个国王。他有一个非常聪明的女儿。有一天，公主恳求国王说："父王，请您把大臣、喀孜①、统帅、炮兵长、百夫长、千夫长、财务官和文官等官员的女儿都让我来管，我教给她们手艺。"国王同意了，给了她四十位姑娘。四十位姑娘到了晚上就互相走家串户出去散步。一天晚上，喀孜的女儿外出时，看到远处闪着火光。她连忙回去告诉了公主。姑娘们聚集起来一起赶往着火的地方。原来，院子里有个老汉正在一口大锅里煮四十只羊头。原来这里是四十个强盗的藏身之处，那个老汉是他们的厨师。公主对姐妹们说："大家趁厨师还没有发觉，进屋看一看。"姑娘们进屋去了，公主来到老汉面前对他说："老爷爷，您好！您在煮什么呢？"老汉回答道："好孩子，我这是为了消除你的忧愁呀，我在为你们熬羊头汤呢！"公主又说："老爷爷，您进屋跟我的姐妹们打个招呼吧，我们是四十来个姑娘呢。"

老汉高兴地进了屋。公主看见屋里有个钩子，故意问老汉："那是什么？"老汉说："求你了，姑娘，你知道的。"公主对老汉说："您把我挂在那个钩子上，我给大家跳个舞，让我的姐妹们高兴高兴。"

"仙女呀，亲爱的姑娘，你这么漂亮，我怎么能把你挂在钩子上啊，你把我挂上去吧！"于是，公主和姑娘们把老汉挂到钩子上，把锅里的羊头汤喝掉后回去了。

没过多久，四十个强盗回来一看，老汉被挂在钩子上。"这是怎么回事？"他们问老汉。"我倒霉啊！有一个调皮的姑娘把我挂在这儿就走了。"

---

① 喀孜，qazi，古代中亚一带的法官。

老汉回答道。强盗们都感到奇怪，只好重新做了饭，吃完就睡了。过了三天，公主从院子往外看，还是在那个地方冒着火光。她对姐妹们说："上次我们去的地方又在冒火呢，再去看一看吗？"大家都说要去。于是，姑娘们一起来到那个院子。

这次，公主让四十个姑娘都留在院子里，自己来到老汉跟前，问道："老爷爷，您在煮什么呀？"老汉回答道："你的忧愁都在我身上，你真漂亮，我在煮羊头汤呢！"公主把老汉带进屋问："老爷爷，这是什么东西呀？"老汉回答道："是木箱。""请您把我关进木箱里吧，让姐妹们过来看看我。"公主说。

"仙女啊，你怎么这样说呢？亲爱的姑娘，见到像你这样丰姿优美的姑娘是我的荣幸，把我关进木箱里吧！"老汉回答说。公主打开木箱，把老汉锁到木箱里了。于是，姑娘们又把锅里的羊头汤喝光后回宫了。

那些强盗回来后，又找不到厨师了，锅里空空如也。从木箱里传来老汉的呻吟声。强盗们打开木箱问道："说！是谁把你关在这里的？"

老汉哭着说："她的忧愁都在我身上啊！又是那些姑娘们把我锁在木箱里的！"强盗们商量道："那我们就在家守着，抓住她们，更何况我们都是单身汉，这样我们就可以娶妻成家了。"过了三天，姑娘们又来到了强盗的住所。姑娘们一进门，那些强盗就把门关上了。公主马上机智地说："大家住手！你们是四十位小伙子，我们是四十位姑娘。那我们就公平地选择吧。不过，我们得先洗个澡。直到我们洗好为止，你们都需要一直给我们送水。"强盗们同意了，就开始送水。公主对姐妹们轻轻地说："你们都去厨房吧，把提过来的水都泼到墙上，墙皮脱落后，你们就打个洞逃出去！"姑娘们就一个劲地往墙上泼水。最后，她们一起推墙，墙上出现了一个大洞。姑娘们逃跑了。这时，公主说她也要洗澡，她也从厨房的那个墙洞逃跑了。急不可耐的强盗们打开门进去一看，发现厨房的墙上有个大洞，姑娘们都不见了。

强盗头子怒气冲冲地命令厨师老汉："给我准备八十头驴和八十个水

缸！"于是，老汉就从巴扎①买回了八十头驴和八十个水缸。那些强盗往其中的四十个水缸里贮满了水，其他人都藏在另外四十个水缸里。强盗头子对老汉交代道："你赶着这些驴朝王宫方向走，有人问就说要卖水缸，那些姑娘一定会买我们的水缸，后面的事由我们自己来处理。"

就这样，老汉赶着八十头驴往雷吉斯坦②方向出发了。喀孜的女儿发现了她们，就告诉了公主："那个老汉带着八十头驴和八十个水缸来了，我发现其中的四十个水缸里藏着四十个强盗，另外四十个水缸里装满了水。"国王的女儿高兴地说："那些强盗自己送上门来了，太好了，姑娘们出个主意吧。"喀孜的女儿建议道："公主您请求国王，买下那八十个水缸吧。"

国王允许女儿买下来那些水缸。姑娘们把水缸买回来了。老汉牵着那些毛驴回家了。姑娘们发现强盗的坏心思后，先把有水的水缸轻轻地打开。然后把那些强盗藏起来的水缸整齐地摆成一排。公主对姐妹们说："这些水缸里藏着那些强盗，你们每个人骑在上面狠狠敲打，打到精疲力尽为止！"于是，姑娘们就开始敲打水缸，打得精疲力尽。强盗们被打得粉身碎骨，然后被扔到一口枯井里了。从此，人们摆脱了强盗的骚扰，过上了安定的生活。

可是，过了一个月，那四十个姑娘也失踪了。传言，她们好像钻到地下了。大家找了很多地方也没有找到。强盗的同伙也知道了是姑娘们杀了那四十个强盗。据说，姑娘们坟墓迄今为止还在。因此，人们把这个墓地叫"四十个姑娘的墓地"。

---

① 巴扎，乌兹别克语 bazor 的音译，表示集市。
② 雷吉斯坦是古撒马尔罕的中心，现称为雷基斯坦广场，是撒马尔罕市区的标志性建筑。

Dono qiz

Qadim zamonda bir podsho o'tgan ekan. Kunlardan bir, kun podsho o'z eliga ikkita savol beribdi.

- Shirindan shirin nima? Achchiqdan achchiq nima? Podsho bu savolni yechish uchun odamlarga qirq kun muhlat beribdi. "Agarda hech kim savolni yecha olmasa, yurtga qirg'in solaman", debdi. Bu savolga hech kim to'g'ri javob topa olmabdi. Podsho zulmidan qo'rqqan xalq boshqa tomonlarga qarab qochib keta boshlabdi.

Shu mamlakatda bir kambag'al chol qizi bilan kun kechirar ekan. Ko'chadagi shovqinlarni eshitib, qiz tashqariga chiqib qarasa, odamlar to'p-to'p bo'lib qochib ketyapti. Qiz ulardan nima sababdan qochayotganliklarini so'rabdi. Shunda qochayotganlardan biri shunday debdi: "Podsho butun xalqqa savol bergan. Savolini yechish uchun qirq kun muhlat qo'ygan. Agarda hech kim yecholmasa, yurtga qirg'in soladi".

Shunda qiz otasini chaqirib, unga: "Otajon, siz podshoning oldiga borib savolini yeching va yurtni zulmdan qutqaring!" — debdi.

Shirindan shirin — bola shirin. Ikkinchi savolga:

Achchiqdan achchiq — o'lim achchiq, deng,— debdi.

Chol podshoning oldiga borib, savoliga javob beribdi. Podsho choldan kim aytganini so'rabdi. Chol o'z qizining aytganini ma'lum qilibdi. Chol qizining donoligiga podsho hayron qolibdi. Qizning donoligini yana sinash uchun podsho odamlariga, borib ayt, o'sha qiz ho'kizni bolalatib bersin, debdi.

Bir qancha kundan keyin podsho odamlari qizning oldiga kelib: "Ho'kizni bolalatdingmi?" - deb so'rabdilar. Shunda qiz: "Dadam hammomga tuqqani ketgan, kelsa javobini aytaman", - debdi. Kelgan odamlar qah-qah urib kulishib: "Hech vaqt erkak kishi ham tug'adimi?" - deganda, qiz: Ho'kiz bolalaganda, nima uchun erkak kishi tug'masin?" - deb odamlarni mot qilibdi.

Bu gapni odamlar podshoga aytib beribdilar. Podsho qizning aqlliligiga qoyil qolibdi va qirq kechayu qirq kunduz to'y-tomosha berib shu qizga uylanibdi. Kunlarning birida podsho ovga ketibdi. Darvozaning oldida odamlarning janjallashayotgan tovushi qizning qulog'iga eshitilibdi. Qiz qarasa, ikkita qo'ychivon mojaro qilib turgan ekan. Shunda qiz ulardan janjalning sababini so'rabdi. Har ikkisining ham bo'g'oz qo'yi bor ekan. Kechqurun bittasining qo'yi tug'ib, qo'zi ikkinchi qo'yning tagiga yotib olibdi. Qiz ikkovining mojarosini to'xtatib turganda podsho kelib qolibdi. Xotinining ko'chaga chiqib turganini ko'rib, g'azablanibdi va saroydan xohlagan narsasini olib otasining oldiga jo'nashini aytibdi. Shunda qiz ketmasdan turib, podsho bilan oxirgi marta o'tirish qilib, ziyofat berishni so'rabdi. Podsho rozi bo'libdi.

Qiz xilma-xil noz-ne'matlarni podshoning oldiga qo'yib rosa ichiribdi. Shunda podsho mast bo'lib, yotib qolibdi. Qiz soyabon aravaga podshoni yotqizib, aravakashga bozorlarni aylantirib yurishni aytibdi. Bir vaqt podsho ko'zini ochib qarasa, xotini bilan aravada bozorlarni aylanib yurgan emish. Shunda podsho xotinidan:

- Nima uchun meni bunday qilib olib yuribsan? – deb so'rasa, qiz shunday debdi:

- Ey podshohim, o'zingiz uydan xohlagan narsangni olib, otangnikiga ket, dedingiz. Uy ichidan xohlaganim siz edingiz, endi uyga olib ketayapman, - debdi.

Podsho qizning donoligiga, aqlliligiga qoyil qolib, u bilan yana turmush kechiravergan ekan.

智慧的姑娘

很久很久以前，有一个国王。一天，国王对子民提出了两个问题：世界上最甜的是什么？最苦的又是什么？为了让子民们解答这两个问题，国王给了四十天的期限，并下令："如果没有人能解答这两个问题，我就要进行屠杀。"可是，没有人能找到正确的答案。子民们害怕国王的残暴，开始四处逃命。

在那个国家有一位老汉和他的女儿相依为命。女儿听到外面的喧哗声就出去看了看，只见人们一群一群地东躲西跑。姑娘询问大家逃跑的原因。其中一个正在逃跑的人回答道："国王提了两个问题，并给了四十天的期限，如果没有人能解答的话，他就要屠杀子民。"

于是，姑娘立即叫来父亲，说："父亲，请您赶快到王宫去，解答国王提出的问题，解救受苦受难的百姓吧！您就对国王说：世界上最甜的是孩子。对于第二个问题，您就说：最苦的是死亡。"

老汉到了国王面前，回答了国王的两道题。国王问老汉，这个答案是谁说的。老汉就告诉国王是自己的女儿说的。国王对老汉女儿的智慧感到非常惊讶。为了再次考验姑娘的智慧，国王派手下去对姑娘说，让公牛产下一只牛犊。过了几天，国王的手下到姑娘面前，问道："你让公牛产牛犊了吗？"姑娘不紧不慢地回答道："我父亲到澡堂生孩子去了，等他回来我就答复你。"国王派来的手下都哈哈大笑起来，说："男人什么时候也能生孩子了？"这时，姑娘说道："公牛都能产牛犊了，为什么男人不能生孩子呀？"那些人觉得很丢脸。于是，把所听到的话报告了国王。国王佩服姑娘的聪明才智，隆重地举办了四十昼夜的婚礼，与姑娘成亲了。

有一天，国王去打猎。姑娘听到宫门外有人吵闹。她出去一看，是两个牧羊人在吵架。姑娘询问他们吵架的原因。原来他们俩都养羊。昨晚，有一只母羊产下羊羔后，却跑去跟另一个羊圈里的一只羊躺在一起了。姑娘正在调解他们的争论，国王正好回来了。看到妻子在外面，他非常生气，并下令让她从宫殿里拿走想要的东西回自己的家。姑娘没有马上走，请求国王坐在一起吃最后一顿饭。国王同意了。姑娘准备了丰盛的美食，并让国王喝了很多酒。于是，国王醉倒了。姑娘把国王抬到带着遮阳伞的马车上，叫车夫带着国王在街上转。过了一阵，国王睁开眼睛一看，自己正在和妻子坐着车逛巴扎。于是就问妻子："你为什么这样带着我转啊？"妻子冷静地回答道："陛下，是您说让我带上自己最想要的东西回父亲家。在家里，我最想要的就是您，现在我正在带您回家呢。"国王更加欣赏妻子的聪明才智，和她一直生活到老。

Olim bilan podsho

Buxoroda Abdulazizxon podsholigi davrida Abu Abdulloyi poyanda degan donishmand olim o'tgan ekan. U shaharma-shahar, qishloqma-qishloq yurib, xalqning hol-ahvolidan xabardor ekan. Abu Abdulloyi poyanda ko'p yerlarni aylanib chiqibdi. Bir qishloqqa yaqin borsa, yo'lning yoqasidagi katta maydonda bir yigit bug'doy o'rayotganmish. Bug'doyzor bilan tutash yerga qovun ekilgan bo'lib, endi rangga kirayotgan ekan. Bedapoyada esa inak bilan go'sala bog'langan ekan. Kutilmaganda inak ipini uzib polizga kiribdi-yu, uzun shoxlari bilan yerni kavlab, qovun palaklarini payhon qilaveribdi. Dehqon o'rog'ini qo'liga olib: "Bosh-bosh, sabil qolgur, harom o'lgur!" deya inakni ushlamoqchi bo'lsa, jonivor tutqich bermay qochibdi. Dehqon uni quva ketibdi. Lekin tutolmabdi. Axiri charchab-horib kelib, o't yeb turgan go'salani ura boshlabdi. Bu hangomani ko'rib turgan Abu Abdulloyi poyanda dehqonning yoniga borib: "Hay, hay, jahlga erk bermang, jonivorni behudaga kaltaklayapsiz, axir go'sala gunohsiz-ku? Qochgan inakning o'chini go'saladan olasizmi?" debdi. Shunda dehqon olimga: "Ey, taqsir, sizga ko'nglimdagi qaysi bir dardimni aytay? Xafa bo'lsangiz, esingiz ham bir joyda bo'lmaskan. Bu dunyoyi bevafoning qaybir kirdikorini aytay. O'zingiz o'ylab ko'ring, biz faqirlar Abdulazizxon podshoga katta umid bog'lagandik. Valekin, u zulmni otasidan ham o'tkazdi. Ilgari har kuni yigirma kishi zindonga tushsa, endi har kuni yuztalab odamni bandi qilyapti. Men go'salani katta bo'lsa onasiday odobsiz bo'lmasin, deb uryapman. Qush uyasida ko'rganini qilar taqlididan bo'lmasin-da!" debdi.

Olim dehqondan bu gaplarni eshitib iztirobda qolibdi. U shu kuni ancha qishloqlarni aylanib chiqkandan keyin podsho huzuriga borib, haligi dehqonning shikoyatini aytib beribdi. Abdulazizxon darg'azab bo'lib: "Menga til tekkizishga kimning haddi sig'arkan? Men podshoyi mamlakat bo'lsam, bir fuqarom meni haqorat qilsa-ya. Nonko'rni topib kelinglar, jazolayman!" deya farmon beribdi. Abu Abdulloyi poyanda hukmdorga yotig'i bilan: "Siz mamlakatning egasisiz, kattayu kichikning otasisiz. Og'ir bo'ling, aks holda sizning jahlingiz ko'pimizni xarob qilur. Sohibi mamlakat degan bir ko'prik bo'ladi. Uning ustidan ham halolu ham murdor o'tadi", deb tushuntiribdi. Bu gapni eshitgan podsho jahlidan ancha tushibdi. Endi u hech kimga bildirmay, kechalari eski kiyim-bosh kiyib, shaharni aylanib chiqadigan bo'libdi. Birinchi kecha Talipoch darvozasi yaqinidaga bir hovlida ayol kishining ovozini eshitibdi; "Miyangiz aynibdimi, Abdulazizxon podshoga o'xshamay keting. Avvallari binoyigina muloyim, xandon edingiz, endi bo'lsa bolalarni so'kib urganingiz-urgan. Fe'lingiz aynibdi!" Er-xotinning mashmashasini eshitgan hukmdorning dili xufton bo'lib, nari ketibdi. Bir yerga borsa, oy yorug'ida bolalar o'ynab yurganmish. Yoshi kattarog'i xarsangtosh ustida o'tirib olib maqtanaveribdi: "Men Abdulazizxon bo'laman. Amru farmonimga bo'ysunmaganni qilichdan o'tkazaman, zindonga tashlayman!". Podsho bu hangomalarni eshitib, yarim tunda saroyga qaytibdi. Ertasidan boshlab, xalqning g'azabidan qo'rqib ish qiladigan bo'libdi. Dastlab zindondagi maxbuslarni ozod etibdi. Og'ir gunoh qilganlarga yengil jazo beradigan bo'libdi. Bu voqealardan xabar topgan Abu Abdulloyi poyanda Abdulazizxon huzuriga kelib: "Taqsir, bu dunyoda odamdan yaxshilik qoladi. Fukaroning qaxri yomonu, mehri juda ham zo'r. Uni zindonu dor bilan epaqaga keltirib bo'lmaydi, o'ziga insof bersin! Sizdek elning otasi fuqaroga raiyat qilganning e'tibori baland bo'ladi", debdi.

贤人与国王

布哈拉汗国阿卜杜力艾孜孜汗统治时期，有一位名叫阿布·阿布都拉伊·帕彦达①的贤人。他走遍全国的城市乡村，非常了解民情。他去过的地方不计其数。

有一天，阿布·阿布都拉伊·帕彦达来到一个村落，看到有个年轻人正在路边的麦田里割麦子。麦田连着一块甜瓜地，甜瓜才开始长大，还没熟。旁边的苜蓿地里绑着一头母牛和小牛犊。突然，母牛挣断了绳子就跑进了瓜地，踩踏瓜地，把瓜藤和瓜秧都踩坏了。农夫手拿镰刀，嘴里骂着："走，走，这该死的家伙。"伸手要去抓，可是母牛逃跑了。农夫就拼命地追，怎么也追不上。最后农夫累得跑不动，开始抽打正在吃草的小牛犊。

看见这种愚蠢行为的阿布·阿布都拉伊·帕彦达来到农夫跟前，说："哎，停一下，别气昏了头，我看你无缘无故地在打它，这只牛犊明明是无辜的呀，母牛跑了，你怎么能把气撒在小牛犊身上呢？"农夫对贤人说："唉，先生，我都不知道从何说起我的愁苦啊。人生气的时候，头脑就混乱了。我也不知怎么说这个世界的冷酷无情。您想想，我们这些老百姓本来对国王抱着希望，可是，他对我们的严酷压迫比他父亲还厉害，过去，每天有20个人被抓进牢房，现在，每天被抓的人超过了一百。我打小牛犊的原因，就是希望它长大以后，别像它妈妈一样不懂规矩，常言说，鸟儿在窝里见一样学一样呀！"

贤人听完农夫的话感到很内疚。那天，贤人转了很多村落后，去朝见

---

① 帕彦达，原文 poyanda，意思是在底部，此处为绰号。

国王并诉说了农夫的怨言。阿卜杜力艾孜孜汗气得火冒三丈，大声下令到："是谁胆敢冒犯我？我是一个国家的国王，怎么能让我的老百姓侮辱我呢！去把那个忘恩负义的家伙给我抓来，我要惩罚他！"阿布·阿布都拉伊·帕彦达对国王解释道："陛下，您是国家的主人，是子民之父。请您冷静一下，您发脾气会让大家都很难受。国家就像一座大桥，桥上走过的人有诚实的，也有不诚实的。"国王听了这话，气消了很多。于是，到了晚上，国王悄悄地穿上破旧的衣帽，开始走访城市的各个角落。

　　第一天晚上，国王在塔里帕齐门附近听到从院子里传来的女人声音："你的脑子糊涂了吗，可别像阿卜杜力艾孜孜汗那样啊。过去你是那么开朗、善良，现在，你对孩子们想骂就骂，想打就打，脾气变坏了！"国王听到夫妻俩的争吵心里感到非常难过，转身离开了。他走到了另一个地方，看到几个孩子正在月光下玩耍。有个年龄大的孩子坐在一块大石头上自夸地说："我就是阿卜杜力艾孜孜汗，不服从本人法令的人格杀勿论，我要让他们终生坐牢！"国王听到大家的议论，半夜回宫了。从第二天开始，他担心百姓的怒火，开始用心做事了。首先，他释放了牢里的囚犯。所有的重犯都减轻罪罚。阿布·阿布都拉伊·帕彦达听到这个消息后马上朝见国王说："陛下，一个人在今生留下的是所做的善事，虽然百姓有怒火，但是他们的恩情也很深。不能依靠牢房和绞架，愿大家都心存善良。像您这样一位子民之父，您的所作所为一定能够得到子民们的拥戴。"贤人说。

Botir mergan va chaqimchi

Bir bor ekan, bir yo'q ekan, tog' oralig'ida, uyli ovulda Botir degan o'tyurak mergan yigit o'tgan ekan. Bir yili qish qattiq sovuq kelib, ovulning moli qirilibdi, doni tugab, odamlari och qolibdi. Odamlarning og'ir ahvolda qolganini ko'rgan Botir mergan podshoning mollaridan keltirib odamlarga so'yib beraveribdi-yu, xalq qishdan eson-omon chiqib olibdi. Shu ovulda bir chaqimchi kishi bo'lgan ekan, podshoga borib Botir merganni chaqibdi: «Taqsir podsho, Botir degan kishi podsholik mollarini o'g'irlayapti». Podsho Botir merganni olib kelish uchun navkarlarni yuboribdi. Ammo navkarlar Botir mergandan qo'rqib indamay qaytib kelibdilar. Mergan chaqimchining gapini eshitib, podshoning oldiga o'zi boribdi. Podsho Botir merganni so'ramay-netmay dorga osmoqchi bo'libdi. Shunda mergan podshoga:

— Taqsir podsho, sizga bir savolim bor, shunga javob bering, so'ngra dorga ossangiz roziman! - debdi. Podsho: «Qanaqa savol?» deb so'rabdi. Botir mergan:

— Taqsir, bola och qolsa kimdan non so'raydi? – debdi. Podsho o'ylab turib:

— Otasi bilan onasidan so'raydi-da, - debdi.

— Bola kimga erkalik qiladi? - yana so'rabdi mergan.

— Ota-onasiga, - deb javob qilibdi podsho.

— Undoq bo'lsa, taqsir, men sizning molingizni yolg'iz o'zim o'g'irlab yeganim yoʻq. Qirq uyli ovulimni qishdan sogʻ-salomat olib chiqdim. Fuqaroingizni oʻlimdan saqlab qoldim. Fuqaro ochdan qirilib ketsa, kimga podsholik qilardingiz? Farzand och qolsa-yu, otasidan non soʻrasa gunohmi? Siz el-yurt otasisiz. Ayting-chi, biz fuqaro nonni sizdan boshqa kimdan soʻraylik?

Bu gaplarni eshitib hayron boʻlgan podsho: «Chaqimchini chaqiring», debdi. Navkarlar chaqimchini olib kelibdilar. Podsho, Botir merganni yomonlagan bu chaqimchi ertasi kuni boshqaniyam yomonlaydi, buni dorga osing, deb buyuribdi. Jallodlar chaqimchini dorga osibdilar. Podsho Botir merganga toʻn kiygizib, ovulga oqsoqol etib tayinlabdi. Botir mergan ovulda katta obroʻ topib, murod-maqsadiga yetibdi.

神箭手巴特尔和告密者

很久很久以前,有一个名叫巴特尔的热血青年神箭手住在山里的村庄。一年冬天,寒冷的天气把村里的牲畜都冻死了,粮食也吃完了,村民只能挨饿受冻。看到人们遭遇如此沉重的灾难,神箭手巴特尔把国王的牲畜抓来分给村民吃,总算是平安地度过了冬天。

这个村落里有一个告密者,他向国王告巴特尔的状,说:"国王陛下,有个叫巴特尔的家伙偷了您的牲畜。"于是,国王派侍卫捉拿神箭手巴特尔。可是,侍卫们都害怕神箭手巴特尔,一声不吭地回来了。神箭手听说告密者散播谣言,就亲自来到国王面前。国王见到神箭手巴特尔,毫不犹豫地下令要绞死他。这时,神箭手勇敢地对国王说:"国王陛下,我有个问题,请您先回答我,然后把我绞死,我也毫无怨言。"

国王问:"什么问题,你说!"

神箭手巴特尔问道:"陛下,孩子的肚子饿了,应该向谁要馕吃?"

国王边想边回答道:"向父母亲要呗!"

神箭手继续问:"孩子跟谁撒娇呢?"

"跟父母撒娇。"国王回答道。

"那么,陛下,您的牲畜不是我一个人偷的,也不是我一个人吃的。是我带着四十多户村民平安过了冬,是我救了您的子民。如果您的子民都饿死了,您给谁当国王呀?子女饿了,向父母要馕吃是罪过吗?您是国家子民的衣食父母。请您说一下,除了您,我们老百姓还能向谁要馕吃呢?"神箭手说。

听了这些话,国王非常吃惊,说:"把告密者叫过来。"侍卫们把告密者带来了。国王说道:"这个告密者今天说神箭手巴特尔的坏话,明天还会散播别人的坏话,绞死他!"于是,告密者被刽子手绞死了。国王赏赐神箭手巴特尔一件长袍①,亲自给他穿上,并任命他为村落首领。从此,神箭手巴特尔在村落里享有盛名,过上了富足的生活。

---

① to'n,开襟的长袍。

Yetti yashar bola

Qadim zamonlarda chol bilan kampir yashagan ekan. Ularning yolg'iz og'li bor ekan. Chol o'tin terib, bozorda sotar, puliga don-dun olib kelarkan. O'tin terayotgan cholning yoniga bir kun bir yigit kelib: "Menga bir odam kerak edi.", debdi. Bu kishi podsho ekan. Chol: "Meni xizmatingizga olsangiz, hamma ishingizni qilaman, oliy hazrat", debdi. Podsho cholni vayronaga olib borib: "Ana shu yerdagi tillolarni kavlab olib berasan. Ammo bu sirni hech kim bilmasin!" debdi. Chol bu yerda bir oy ishlab, juda ko'p oltin qazib olibdi, lekin o'zi ham holdan ketibdi.

Og'lini sog'ingan chol podshodan uyiga borishga ijozat so'rabdi: "Olampanoh, og'limni sog'indim, uyimga borib kelmoqchi edim", debdi.

Podsho ruxsat bermabdi.

Oradan bir yil o'tibdi. Chol bor oltinlarni qazib olib beribdi. Oxirida podsho cholga bir hovuch tilla beribdi-da: "Og'zingdan chiqarsang, o'lasan", debdi.

Chol ont ichibdi. Podsho cholning va'dasiga ishonmay, uni o'ldirib tinchimoqchi bo'libdi va uni chuqurga itarib yuborib, tiriklayin ko'mibdi. Oradan uch oy o'tibdi. Cholning go'ri ustida qora changal o'sib chiqibdi.

Endi gapni cholning xotini bilan o'g'lidan eshiting. Cholning uyidagi bir kitobda uning taqdiri yozilgan ekan. Kitobni ko'rib qolgan o'g'li onasiga:

-Shu kitobni olib berasiz!-debdi. Onasi bo'lsa:

-Sen kitobni o'qishni bilmasang, savoding chiqsa keyin o'qiysan,-debdi.

Bola onasiga, meni oʻqishga bering, deb yalinaveribdi. Onasi koʻnmagach, bolaning oʻzi maktabga boribdi. Oʻshanda bola yetti yoshda ekan. Besh oy deganda harflarni taniydigan boʻlibdi. Bir kuni onasiga: "Endi kitobni olib bering, sizga oʻqib beraman", debdi. Onasi olib beribdi. Bola kitobni olib oʻqisa, otasining podsho xizmatiga borgani bitilgan ekan.

"Cholni podsho vayronaga olib boradi, uni bir yil ishlatib, vayronadagi yuz xum tillani qazdirib oladi. Podsho tillalarni olib boʻlgandan soʻng yaxshilik oʻrniga yomonlik qilib, cholni oʻzi qazigan chuqurga tiriklayin koʻmadi. Uning goʻri ustida qora changal oʻsib chiqadi. Agar ogʻli podshodan qasdini olaman desa, soʻqmoqdan yurib togʻri oʻsha yerga kelsin, eshikni doira qilib chalsa, ochiladi", deb yozilgan ekan. Ertalab bola yoʻlga tushibdi. Yurib-yurib bir shaharga yetib kelibdi. Shaharda jarchilar jar solayotgan ekan. Bola bir qariyadan: "Bu qanaqa shovqin-suron?" deb soʻrabdi. Moʻysafid unga:

-Bolam, shu kecha podshomiz tush koʻribdi. Tushida bir qargʻa kelib, aʻlo hazratni qalʻadan koʻtarib osmonga uchib ketibdi-yu, "Kallangni berasanmi?" deb soʻrabdi. Podsho qoʻrqib, yarim davlatimni beraman, deb uygʻonibdi. Bu tushning taʼbirini hech kim topolmayapti. Endi hammamizni dorga osadi!-deb yigʻlabdi. Shunda bola:

- Ul tushning taʼbirini men bilaman, -debdi.

Qurandozlar bolani podsho huzuriga olib boribdilar.

Qani, ayt tushimning taʼbirini!- debdi podsho.

Tushingizga mening otamni oʻldirgan podsho kirgan. U podsho otamni bir yil ishlatib, yuz xum tilla qazdirib olgan. Soʻng otamga bir hovuch tilla berib, birovga aytmasin deb, uni oʻzi qazigan chuqurga itarib yuborib, tiriklayin koʻmib tashlagan. Otamning goʻri ustida qora changal oʻsib chiqqan. Oʻsha podsho sizning davlatingizni egallab, boshingizniyam olib ketadi. Yuring, podshohim, vaqt oʻtmasdan biz harakat qilaylik. Oʻsha mamlakatga boradigan yoʻlni bilaman. Otamning kushandasidan men ham qasdimni olishim kerak!-

debdi bola.

Podsho bir qancha navkarlari bilan bolaning izidan boraveribdilar. Uzoqda bir darvoza ko'rinibdi. Darvoza oldiga yetib kelganlarida podsho boladan:

Qanday qilib darvozani ochamiz?- deb so'rabdi.

Darvozani doira qilib chalamiz, ochiladi, -debdi yetti yashar bola.

Podsho bilan bola darvozani doira qilib chala boshlabdilar. Darvoza ochilibdi.

Ular ichkariga kiribdilar. Podsho navkarlari bolaning otasini tiriklayin ko'mgan podshoni asir olibdilar. Yuz xum tillani ham aravalariga ortib, o'z yurtlariga qaytib kelibdilar. Podsho qarib qolgan , valiahdi ham yo'q ekan. U yetti yashar bolaga:

- O'g'lim, endi sen bilan ota bola tutindik. Men qarib qoldim, o'rnimga endi sen podsho bo'lasan. Men esa sohibi maslahating bo'laman,- debdi.

Bola onasini ham saroyga olib kelibdi.

Yetti yashar bola mamlakat podshosi bo'lib, murod-maqsadiga yetibdi.

七岁神童

古时候，有一对儿老汉和老太太。他们只有一个儿子。老汉每天拾木柴，拿到巴扎卖，用卖柴的钱买粮食维持生活。有一天，老汉正在拾柴，有个小伙子来到他跟前说："我需要一个人帮着做事。"其实，这是一位国王。老汉诚恳地对他说："阁下，如果您能让我为您做事，我乐意做任何事。"国王把老汉带到一片荒凉的地方说："你把这里的金子给我挖出来，但是，这里的秘密不能告诉任何人。"就这样，老汉在这里干了一个月，挖出了很多金子，老汉也累得筋疲力尽。

老汉非常想念自己的儿子，就请求国王允许他回家，说道："阁下，我太想儿子了，我想回一趟家，可以吗？"但是，国王不同意。

过了一年，老汉把所有的黄金都挖出来了。于是，国王给了他一把金子，并交代道："如果你说出去，就是死路一条。"

老汉发了誓。但是，国王不相信他的誓言，想杀了老汉，以绝后患。于是，他把老汉推进深深的坑里活埋了。过了三个月，老汉的坟头长出了黑色的灌木。

再说老汉的老婆和儿子吧。老汉家里有一本书，书里记载了他的命运。他的儿子看到了这本书后，对母亲说："请给我看一下书吧。"母亲对儿子说："孩子，你还不会读书，等你识字后再读吧。"

儿子恳求母亲送他上学。母亲不同意，可是儿子自己到学校念书了。那时，儿子才满七岁。过了五个月，儿子已经能识字了。有一天，儿子对母亲说："您现在可以给我拿书了，我给您读！"儿子读了书，书里记录了父亲为国王打工的事情，并写道：国王把老汉带到一个荒凉的地方，让他干了一年，挖了一百罐金子。国王拿到金子后，恩将仇报，把老汉推进自己挖的坑里活埋了。老汉的坟头长出了黑色的灌木。如果儿子想要报仇的话，要通过曲折的羊肠小道直接到那里，然后绕圈敲一下门，门就会打开。

第二天一大早，老汉的儿子就动身了。走啊走啊，他来到了一座城市。城里的传令官正在大声传令。小男孩就问一位老人："这是怎么回事呀？"

"孩子，昨晚我们国王做了一个梦。梦中飞来一只乌鸦，把国王带出了城堡，飞到空中，对他说'我要你的脑袋'。国王非常害怕，决定把一半儿的财富给它，然后就醒了。没有人能解这个梦。现在，国王想把我们都绞死！"老人哭着对他说。

小男孩说："我能解这个梦。"侍卫们把小男孩带去觐见国王。国王说："那就赶快给我解梦吧！""陛下，您梦见的是杀害我父亲的国王。那个国王让我的父亲干了一年，挖了一百罐金子。然后，给了我的父亲一把金子，为了不让他说出秘密，就把他推进自己挖的坑里，把他活埋了。我父亲的坟头上长出了黑色的灌木。就是那个国王，想霸占您的财富，还想要您的脑袋呢。陛下，我们赶快动身吧，我知道去那个国家的路。我要为父亲报仇！"小男孩说。

国王率领一些侍卫跟着小男孩出发了。他们看到不远处有一个大门。到了大门口，国王问小男孩："怎样才能打开大门呢？"

"我们需要绕圈敲门，门就会打开。"年仅七岁的小男孩回答。

国王和小男孩就开始绕圈敲大门。大门开了，他们一起走了进去。国王的侍卫俘虏了杀死小男孩父亲的国王。他们把一百罐黄金搬到车上，运回了自己的国家。国王的年纪大了，也没有继承人。他对七岁的小男孩说："孩子，我们就是父子，我已经老了，你就继位当国王，我当你的顾问。"

小男孩接受了，还把母亲也接到宫殿里。就这样，七岁的小男孩成为了国王，从此如愿以偿地度过了一生。

Egri va To'g'ri

Qadim zamonda bir qishloqda bir yigit bor ekan. Unga To'g'riboy deb nom bergan ekanlar. Uning bittagina ozg'in otidan bo'lak narsasi yo'q ekan. Bora-bora qishloqda ish topilmaydigan bo'lib, uning ahvoli og'irlashibdi. Oti bilan mardikor ishlashga ikkinchi bir tomonga jo'nab ketibdi. Yo'l yuribdi, yo'l yursa ham mo'l yuribdi. Yo'lda unga bitta piyoda yigit hamroh bo'libdi. Ikkisi suhbatlashib ketaveribdi.

— Xo'sh, yo'l bo'lsin? — debdi To'g'riboy.

— Mardikorlik qilish uchun uzoq shaharga ketayotibman, — deb javob beribdi piyoda yigit.

— Isming nima?

— Egriboy.

— Seniki-chi?

— To'g'riboy. Ikkimizning nomimiz bir-biriga mos ekan, kel, endi do'st bo'laylik, birga ishlab, birga yuraylik,— debdi To'g'riboy. Ikkovlari shunday deb ahdlashibdi. Otliq yigit sherigining piyoda yurganiga rahm qilib, unga otini beribdi. Egriboy egarga o'tirishi bilan otga bir qamchi berib, tezda ko'zdan g'oyib bo'libdi. To'g'riboy hayron bo'lib qolaveribdi. "Do'stman, deb dushmanning ishini qilib ketdi," deb o'ylabdi u. Rangi o'chibdi, qoni qochibdi. Oxiri piyoda yo'lga ravona bo'libdi. Kech kiribdi. Tik yo'ldan adashib, bir so'qmoqqa qayrilibdi. So'qmoq ham qalin bir o'rmonga kirib yo'qolgach, To'g'riboy qayoqqa borishini bilmay, sarosimaga tushibdi. Kech kuz pallasi ekan. Daraxtlarning yaproqlari toʻkilgan, qip yalangʻoch, bargsiz qolgan qalin oʻrmon ekan. Toʻgʻriboy hamon yoʻl axtarib yuraveribdi. Kech kirib qorongʻu tushibdi. Osmonda yulduzlar ham koʻrina boshlabdi. Toʻgʻriboy yoʻlda bir eski tandirga duch kelibdi. U oʻylabdi: "Qorongʻu kechada oʻrmonda yurish yaxshi emas, kechani shu tandirda yotib oʻtkazayin", deb uxlash uchun tandir ichiga kirib yotibdi. Shu vaqtlarda oʻrmonda arslon — podshoh, yoʻlbars — vazir, boʻri—karnaychi, qashqir — surnaychi, tulki — dostonchi ekan. Haligi tandir turgan joy shularning bazmgohi ekan. Birozdan keyin bir qashqir kelib, tandir atrofini aylanib, uvlabdi. Oradan sal oʻtmay, oʻrmondagi butun hayvon shu yerga yigʻilibdi. Arslon podshoh oʻrniga oʻtirib, oʻrmon ahllarining majlisini davom ettiribdi. Tulki doston boshlabdi:

— Yoronlar, shu oʻrmon orqasidagi togʻda bir gʻor bor, men oʻn yildan buyon oʻsha gʻorda yashayman. Odamlarning uyida nimaiki boʻlsa, mening uyimda ham bor. Oʻn yildan beri mol yigʻaman: gilam, palos, koʻrpa, toʻshak — hammasi bor menda. Yaxshi-yaxshi ovqatlar ham bor.

Tandir ichida oʻtirgan Toʻgʻriboy oʻzicha oʻylabdi: "Yaxshi, tulkiboynikiga mehmonga borsam boʻlar ekan". Navbati bilan qashqir soʻz boshlabdi:

— Sening joying qiziq emas, tulkiboy. Mana bu tepa ostida mening bir sichqonim bor, har kun tush vaqtida shuni tomosha qilaman. Uning qirq bitta tillasi bor. Shularni inidan chiqarib oʻynaydi, keyin ularni oʻrtaga uyib, oʻzi tomosha qiladi, atrofida aylanadi, keyin yana iniga opkirib ketadi.

Endi ayiq afsonasini eshiting:

— Bu ham qiziq emas, — deb soʻzga kirishibdi ayiq, — bizning shu oʻrmonda bir qayragʻoch bor, uning pastrogʻida ikki shoxchasi bor. Shu shoxchalarning yaproqlari butun kasallarga davo. Mana shu shahardagi podshohning qizi yetti yildan buyon kasal. Podshoh jar soldiradi: "Kimdakim shu qizimni sogʻaytirsa, uni oʻshanga beraman" deydi. Sogʻaytirolmagan kishini oʻldiradi. Koʻp tabiblar qizni sogʻaytirolmasdan, dorga osilib ketdilar.

Agar o'sha qayrag'och yaprog'ini ezib, shu qizga ichirilsa, u darrov sog'ayar va shu ishni qilgan kishi podshoh qizini olar edi.

So'ngra bo'ri afsona boshlabdi:

— Yoronlar, bizning ham bir qiziq hikoyamiz bor. Shu o'rmonning narigi chekkasida bir boyning qirq mingta qo'yi bor. Men har kuni ikki qo'yni yeyman. Meni ushlash uchun hamma hiylani ishlatdilar. Lekin hech iloj topolmadilar. Mana shu yaqin oradagi qir boshida turuvchi chol boboning bir iti bor. Agar shu itni sotib olsalar, u meni tilka-pora qilar edi.

Eng oxirida yo'lbars gap boshlabdi:

— Bo'ri aytgan boyning o'n ming yilqisi shu o'rmonning bir chekkasida o'tlab yuradi. Men shundan har kuni bir ot yeyman. Lekin shu otlarning ichida bir ola ayg'ir bor. Bir kishi ana shu ola ayg'irga minib, qo'liga qirq qildan eshilgan kamand olsa, bir qo'lida uzun xoda ushlab, bo'ynimga kamand solib, meni o'lguncha ursa, shu yilqiga sira yaqinlashmas edim. Mening eng katta dushmanim shu ola ayg'ir ekanligini boy bilmaydi…

Yo'lbars afsonasini tugatishi bilan tong ham yorishibdi. Hamma hayvonlar joy-joyiga tarqab ketibdilar.

To'g'riboy tandirdan chiqib tulkining makoniga boribdi. Qarasa, hamma narsa joy-joyida, go'sht ham bor, yog' ham bor, guruch ham bor. Darhol qozonga yog' solib, olovni yoqa boshlagan ekan, tog' boshidan oshib kelayotgan tulkini ko'rib qolibdi va o'zini panaga olibdi. Tulki uyga kelgach, qozonda yog' dog' bo'layotganini ko'rib, hayron bo'lib qolibdi. Shunda To'g'riboy tulkini tappa bosib, bo'g'ib o'ldiribdi. Osh qilib yeb, qornini to'ydiribdi va yotib uxlabdi.

Ertasiga To'g'riboy qashqir aytgan tepalikni izlab ketibdi. Uni ham topib sichqonni o'ldiribdi va tillalarini beliga tugib olibdi. Keyin ayiq aytgan qayrag'ochning yaprog'ini ham olibdi. So'ngra cho'pon tomonga yo'l solibdi. Cho'ponni topib, undan hol-ahvol so'rabdi. Shunda cho'pon:

— Ahvol yomon, — debdi, — ancha vaqtdan beri bir bo'ri har kuni ikkitadan qo'yimni yeb ketadi. Hech ilojini qilolmayman. Xo'jayin meni baloga qo'yadi.

To'g'riboy so'rabdi:

— Men shu bo'ridan sizni qutqazsam, nima berasiz? Cho'pon xo'jayindan qirq qo'y olib berishga va'da qilibdi. To'g'riboy haligi boboning itini sotib olib, cho'ponga beribdi. Cho'pon bo'ri ofatidan qutulibdi va To'g'riboyga xo'jayindan qirq qo'y olib beribdi. Shundan so'ng To'g'riboy yilqichining oldiga boribdi. U bilan hol-ahvol so'rashgandan keyin: shu kechasi ola ayg'irni egarlab, qirq qildan eshilgan kamandni, uch gaz xodani menga to'g'rilab bering! — debdi. To'g'riboy otni minib, yo'lbars keladigan so'qmoqni poylab turibdi. Birdan yo'lbars o'rmondan yugurib chiqib, o'zini otlar orasiga uribdi. To'g'riboy kamandni rostlab turib, yo'lbarsning bo'yniga solibdi. O'rmonda yo'lbarsni aylantirib yurib, o'lguday uribdi. Yo'lbars holdan ketib yiqilibdi. Yilqibon To'g'riboyning xizmati uchun ola ayg'irni beribdi. To'g'riboy ola ayg'irni minib shaharga yo'l solibdi. Shaharga borsa, bozorda jarchi jar solayotgan ekan: — Podshohning qizi yetti yildan buyon kasal, kimki uni sog'aytirsa, podshoh o'shanga qizini beradi!.. Sog'aytirolmasa, o'ldiradi!

To'g'riboy jarchining orqasidan podshoh huzuriga boribdi va qizini boqib tuzatishga va'da beribdi. Podshoh To'g'riboyni qizining huzuriga boshlab kiribdi. To'g'riboy yonidagi yaproqni qizga ezib ichiribdi. Shu bilan qiz uch kun deganda sog'ayib ketibdi. Podshoh qizini To'g'riboyga beribdi. Podshoh To'g'riboydan so'rabdi:

— Endi sizni qaysi shaharga hokim qilay? To'g'riboy aytibdi:

— Menga hokimlik kerak emas. O'rmon etagidagi tog' ustiga bir uy solib bersangiz, bas. Men o'z mehnatim bilan kun kechiraman. Podshoh uning aytganini qilibdi. To'g'riboy xotini bilan tog'da yashabdi. Kunlardan bir kun tush vaqtida o'zining qadimgi otini minib borayotgan hamrohi Egriboyga ko'zi tushibdi. Uni chaqirib keltiribdi va yaxshilab ziyofat qilibdi. Egriboy:

— Do'stim, — debdi, bunday baland joyga qanday qilib imorat solding? Uyli-joyli bo'libsan, bularni qayerdan topding? Birovga xiyonat qilgan kishining qorni sira to'ymas ekan. Sening otingni olib qochib, qayerga borsam, ishim chappasidan keldi. O'shandan beri bir marta ham qornim nonga to'yganini bilmayman. To'g'riboy:

— Mana bu o'rmon ichida bir tandir bor. Men o'sha tandir ichida bir kecha yotib, bu narsalarga erishdim, — degan ekan, Egriboy:

— Sadag'ang bo'lay, menga ham ko'rsatib qo'y, men ham o'sha tandirda bir kecha yotib chiqay, — debdi.

To'g'riboy uni boshlab borib, tandirni ko'rsatibdi. Egriboy tandirga kirib yotibdi.

O'rmon hayvonlari yana yig'ilishibdi. Arslon podshoh:

— Mening afsonachi do'stim tulki qayerda? — deb so'rabdi.

Qashqir o'rnidan turib shunday debdi:

— Afsona qursin: u kungi afsonaning kasofati bilan siz tulki do'stingizdan, men tillali sichqonimdan ayrildim.

Uning ketidan ayiq o'rnidan turib:

— Qayrag'ochimizning yaproqlarini ham olib ketibdilar, — debdi.

Navbat bo'riga kelganda, podshohga qarab debdi:

— Men oziq-ovqatimdan ajradim, cho'pon men aytgan itni sotib oldi, tilka-poramni chiqazdi. Kaltak zarbidan a'zoyi-badanim shishib ketdi.

Arslon podshoh qovog'ini solib turib, buyuribdi:

— Kim chaqimchi bo'lsa, tutib o'ldiring!

Qashqir tustovuqdan ko'ribdi. Tustovuq: "Chaqimchi tandirda" deb uchib ketibdi. Hamma hayvonlar birdaniga tandirga yugurishib, uning ichida berkinib yotgan Egriboyni tutib olishibdi va "chaqimchining jazosi — shu!", deb uni tilka-tilka qilib tashlashibdi.

Shunday qilib, To'g'riboy to'g'riligidan maqsadiga yetibdi. Egriboy esa egriligidan jazosini tortibdi.

正直与奸诈

从前，村子里有一个年轻人。大家都叫他托格里巴依①。他除了一匹瘦马之外一无所有。慢慢地，在村里找不到活儿干，他的处境变得更加艰难。为了打工，他就牵着马到另一个地方去了。他历尽艰辛走啊，走啊。途中，来了一个年轻人步行陪着他。两人聊着天走着。

"你这是去哪儿呢？"托格里巴依问。

"我要去一个遥远的城市打工。"步行的年轻人回答道。

"你叫什么名字？"托格里巴依问。

"我叫埃格里巴依②，你呢？"年轻人问。

"我叫托格里巴依。我们的名字都如此相像，那我们就交个朋友，一起打工，一起搭伴儿吧。"托格里巴依说。俩人都表示愿意。有马的年轻人同情那个步行的，就把自己的马送给了他。没想到，埃格里巴依一骑上马鞍，就把鞭子一挥，很快就跑得无影无踪了。托格里巴依很惊讶，心想：他嘴上说是朋友，但做了恶棍的事情啊！他气得面无血色。最后，没办法只能步行了。夜幕开始降临。他在陡坡上迷了路，转向一条蜿蜒小路。当小路消失在茂密的森林中时，托格里巴依不知道该走向哪里，不知所措。已是深秋，树叶都落光了，森林光秃秃的。他还在寻找能走的道路。天已经黑了，星星开始在天空中闪烁。路上，他发现了一个废弃的镶

---

① 托格里巴依，人名，托格里，意思是笔直的、正直的、正确的；巴依，姓名后缀，意思是有钱人。

② 埃格里巴依，人名，埃格里，意思是弯曲的，引申为不忠、不正直；巴依，姓名后缀，意思是有钱人。

坑①。他想：晚上走在森林里不安全，我还是在这个馕坑里过夜吧。于是，他就钻进馕坑睡觉了。那时，狮子是森林里的国王，老虎是大臣，狼是号手，猎豹是唢呐手，狐狸是说书人。那个有馕坑的地方正是他们的聚会之地。过了一会儿，一只野狼来了，围着馕坑走了几圈，嚎叫起来。没过多久，森林里所有的动物都聚集到了这里。狮子就座以后，森林的子民开始聚会了。狐狸唱起了史诗：

"朋友们，这片森林后面的山里有一个山洞，我在那个山洞里已经生活了十年。人家有什么，我家就有什么。十年以来，我一直在收集各种财物：地毯、垫子、被子、褥子，我什么都有。还有非常好吃的食物。"

托格里巴依坐在馕坑里，心想：好呀，那我可以去狐狸巴依的家里做客了。按照顺序，轮到野狼说话了。

它说："你的地方没有意思，狐狸巴依。我在这山下养了一只老鼠，每天中午我都看它玩儿。它有四十一枚金币。它常常从窝里拿出金币玩耍，然后把金币堆在一起观赏，围着转，然后把金币带回窝里。"

这时，熊开始讲它的传说。"这也没有意思，"熊讲述道，"我们的森林里有一棵榆树。榆树的底部有两个树枝。这些树枝的叶子可以治愈所有的疾病。我们国王的女儿已经病了七年了。国王宣告，谁能医治我女儿的病，我就把女儿嫁给他。如果治不好，我就杀了他。许多大夫都因为无法治愈这个女孩，被绞死了。如果把榆树叶压碎，给那个女孩喝，她就会立即康复，而做这事的人就会娶到国王的女儿。"

然后，狼又开始讲述一段传奇："朋友们，我们也有一个有趣的故事。就在这片森林的另一端，有一个巴依②养了四万只羊。我每天吃两只羊。他们使出浑身解数来抓我。但没有抓到我。附近山顶上住着一位老人，他养了一条狗。如果他们买了这只狗，它就会把我吃了。"

最后，老虎开始说了："狼所说的那个巴依也养了上万匹马在这片森林的另一端吃草。我每天吃其中的一匹马。这些马中有一匹种马。如果一

---

① 馕坑，烤制馕饼的炉灶。

② 巴依，乌兹别克语boy的音译，指有钱人、富翁。

个人骑在这匹种马上，手握一条用四十根鬃毛捻成的套索，另一只手拿一根长杆，用套索套住我的脖子，往死里打我，我绝对不会靠近那些牲畜。巴依不会知道我的天敌就是那匹种马……"

老虎讲完它的故事，天开始亮了。所有的动物都散了。

托格里巴依爬出馕坑，前往狐狸的住处一看，真是应有尽有，有肉，有油，有米。他马上把油倒进锅里准备生火，就看见一只狐狸从山顶上过来，他赶紧藏起来。狐狸回到家，发现锅里有油，很吃惊。这时，托格里巴依出来连踢带踹，掐死了狐狸。他做了饭，填饱肚子，就去睡觉了。

第二天，托格里巴依去找野狼说的那座山。他也找到了，并杀死了老鼠，把金币绑在腰间。然后，他又找到熊说的那棵榆树，摘走了榆树叶。接着，他就朝牧羊人那儿走去。他找到了牧羊人，询问情况，牧羊人说："情况很糟糕，很长一段时间了，有一只狼每天都吃掉两只羊。我实在没有办法。我的主人如果知道了会找我的麻烦。"

托格里巴依问道："如果我帮你抓住那只狼，你会给我什么？"牧羊人答应从主人那里要四十只羊给他。托格里巴依立即买下了老人的狗，并交给了牧羊人。牧羊人终于摆脱了狼灾，并从主人那里要了四十只羊给了托格里巴依。之后，托格里巴依去找牧马人。询问情况之后，说："你今夜给我备好种马，还有用四十根鬃毛捻成的套索和三戛孜①的长杆。"他骑着马，在路口等待着老虎的到来。突然，老虎从森林里跑出来，扑向马群。托格里巴依拿起套索，套住了老虎的脖子。他在森林里牵着老虎跑，把老虎往死里打。老虎最终倒下了。为了表示感谢，牧马人把种马送给了托格里巴依。他立即骑着种马奔向城里。进城后，国王的传令官正在巴扎大声传令，说："国王的女儿病了七年，谁能治好她，国王就把女儿嫁给谁！如果治不好，就赐死！"

托格里巴依立即跟随传令官觐见国王，并承诺治好他的女儿。国王把托格里巴依带到了女儿面前。托格里巴依将身边的叶子捣碎，喂她喝了下

---

① 戛孜，乌兹别克语 gaz 的音译，一戛孜约为 70 厘米，长度为从胸口到手指的距离。

去。就这样,三天后,女孩就康复了。国王就把他的女儿嫁给了托格里巴依。

国王问托格里巴依:"我现在应该让你管辖哪个城市呢?"托格里巴依回答道:"我不想管理城市。请您在森林脚下的山上给我们盖一座房子就够了。我要靠自己的劳动生活。"国王照他说的做了。托格里巴依和妻子就住在山里。

有一天中午,他看到自己的同伴埃格里巴依骑着他的老马经过。他把埃格里巴依叫来,并给他吃了一顿丰盛的筵席。

埃格里巴依说:"我的朋友,你是怎么在这么高的地方盖房子的?你现在有家有室,你是怎么得到这些的?背叛别人的人是贪婪的。我骑着你的马跑了,在哪儿都不顺。从那以后,我就没有吃过一顿饱饭。"

托格里巴依就告诉他:"这片森林里有一个馕坑。我在那个馕坑里躺了一晚上就得到这些了。"

埃格里巴依恳求道:"求求你,告诉我,我也去那个馕坑里睡一晚。"

托格里巴依就领着他,给他找到了馕坑。埃格里巴依就躺进馕坑。

森林里的动物们再次聚集。狮子王说:"我那位讲传说的狐狸朋友在哪里?"

野狼站起来说道:"再不要提传说了。就是因为讲传说,您失去了狐狸朋友,而我失去了玩金币的老鼠。"

接着熊站起来,说道:"我们榆树的叶子也被偷走了。"

当轮到狼时,它看着国王说:"我失去了食物,牧羊人买了我所说的那条狗,吓得我失魂落魄,把我打得体无完肤。"

狮王皱起眉头,命令道:"是谁告的密,就把谁杀掉!"

野狼责怪野鸡。"告密者在馕坑里。"野鸡说着就飞走了。所有的动物一下子冲到了馕坑前,抓住了躲在里面的埃格里巴依,把他撕成了碎片,说道:"这就是对告密者的惩罚。"

就这样,托格里巴依因为正直,实现了自己的愿望。埃格里巴依因为他的奸诈而受到了惩罚。

Hunarning xosiyati

Kunlardan bir kuni bir kambagʻal dehqon qarigan chogʻida oʻgʻli Rafiqni hunar oʻrgatish uchun duradgorga shogird qilib berib, odat boʻyicha: "Eti sizga, suyagi bizga, shu bolani sizga topshirdim", debdi. Duradgor bolani olib qolib, ishni qunt bilan oʻrganish va qiyinchiliklarni yengish kerakligini unga aytibdi. Rafiq biroz oq-qorani tanigan ekan, bir necha yil duradgorga yordamchi boʻlib ishlab, uning hunarini puxta oʻrganibdi.

Kunlardan bir kuni Rafiq uxlab qolibdi. Tush koʻribdi. Tushida bir qancha qizlar kelib: "Tur, qachongacha uxlaysan", deb hazil qilib turgan emishlar. Shu qizlardan biri juda goʻzal ekan. U qizni boshqa qizlar oʻrab olib, Rafiqqa koʻrsatmas emish. Rafiq bir iloj qilib koʻribdi. Joyidan tursa, hech kim yoʻq, yolgʻiz oʻzi oʻtirgan emish. Shu kundan boshlab Rafiq qizni oʻylab, borgan sari ozib keta beribdi. Duradgor usta ham, otasi ham hayron boʻlishibdi. Dori-darmon qilishibdi, tuzalmabdi. Duradgor bilan bolaning otasi buning sababini bilmoqchi boʻlishibdi. Otasi qoʻymagandan keyin bola tushida koʻrgan voqeani aytibdi. Shu qizni sevib qolganini bildiribdi. Otasi bilan duradgor bu bolani sayohatga yuborish maqsadida bir yogʻoch ot qilib berishibdi. Bir necha kunlik oziq-ovqat tayyorlab, shu yogʻoch otga mindirib joʻnatmoqchi boʻlishibdi. Duradgor "Oʻng qulogʻini burasang tepaga chiqadi, chap qulogʻini burasang pastga tushadi", deb oʻrgatibdi. Bola safarga joʻnabdi. Bir necha kun yoʻl yurib, choʻl-u sahrolardan oshib, bir kichkina qishloqqa yetib boribdi. Otining chap qulogʻini burab yerga tushib, qishloqqa kiribdi.

Bu qishloqning chekkasida bir kampir yashar ekan. U shu qishloqdagi bir katta hovuzga qorovul ekan. Rafiq kampir oldiga borib salom beribdi. Kampir bolaning salomiga alik olib: "Ey, bolam, bu joylarda qush uchsa qanoti, odam yursa oyogʻi kuyadi. Sen nima qilib yuribsan?" debdi. Rafiq dadillik bilan kelishining sababini kampirga gapirib beribdi. Kampir voqeani bilgandan keyin Rafiqqa yordam qilmoqchi boʻlib, maslahat beribdi:

— Oʻgʻlim, bugun mana bu hovuzga bir qancha qizlar kelib choʻmilishadi. Sening sevganing shu qizlar orasida boʻlsa kerak. Sen yaxshilab qara, agar oʻsha qiz boʻlsa, ular suvdan chiqquncha sekin bildirmay koʻylagini olib ket. Qiz suvdan chiqqandan keyin koʻylagini topa olmay shu hovuz yonida qolishga majbur boʻladi, — debdi. Rafiq hovuz yonidagi bir daraxt tagida poylab oʻtiribdi. Tush vaqtida bir qancha kaptarlar uchib kelib, bir dumalab qizga aylanibdi-da, suvga tushib choʻmila boshlashibdi. Rafiq qarasa, oʻsha tushida koʻrgan qizlar emish. Qizlar orasida sevgan qizi ham bor. Sekin borib qizning koʻylagini olmoqchi boʻlib turganda, qiz sezib qolib, suvdan yugurib chiqibdi-da, yigitni bir shapaloq urib, kaptar boʻlib uchib ketibdi. Uning orqasidan qolgan qizlar ham bir yumalab kaptar boʻlib uchib ketibdi. Rafiq kampir oldiga kelib voqeani aytib, kampirdan ularning yashaydigan makonlarini soʻrabdi.

Kampir: "Ularning makoni togʻning kun chiqish tomonida", debdi. Rafiq yana yogʻoch otiga minib safarga joʻnabdi. Bir necha kun yoʻl yurib, kampir aytgan togʻga yetib boribdi. Tepadan qarasa, togʻning orqasida bir toʻda qizlarning sayr qilib oʻynab yurganlarini koʻribdi. Qizlarning har qaysisi yulduz kabi porlab turgandek koʻrinibdi. Rafiq otining chap qulogʻini burab pastga tushibdi. Qizlar ichida oʻz sevganini koʻrib, otini bir yerga yashirib qoʻyibdi-da, bir chekkaga borib poylab oʻtiribdi. Birozdan keyin qizlar oʻynab yurib charchab, hammasi bir maysa joyda yotib uxlab qolishibdi. Rafiq sekin borib qizning qoʻlidagi uzugini olib, oʻzining uzugini taqib, qaytib joyiga oʻtiribdi. Qiz uygʻonib qarasa, qoʻlidagi uzugi oʻziniki emas. Hayron boʻlibdi, lekin bu sirni hech kimga aytmabdi. Qizlarga bildirmasdan, uzukning egasini qidiribdi. Qiz yurib-yurib Rafiq o'tirgan daraxt tagiga borib qolibdi. Rafiqni ko'rib:

— Ey, yigit, bu yerlarda nima qilib yuribsiz? Agar otam bilib qolsa, sizni mayda-mayda qilib tashlaydi, — debdi.

Rafiq joyidan turib, dadillik bilan uni tushida yaxshi ko'rib qolganini aytibdi. Qiz ham Rafiqni sevib qolibdi. Ular kampirning uyiga kelib, turmush quribdilar va bir qancha vaqt shu yerda yashabdilar. Bir kuni Rafiq o'z shahriga qaytmoqchi bo'libdi, otini minib kechasi jo'nashibdi. Bir qancha yo'l yurgandan keyin xotinining vaqti-soati yetib, bir o'g'il tug'ibdi. Bu yerda na suv va na o't yo'qligidan Rafiq o't va suv qidirib ketibdi. Ancha yurgandan keyin bir uydan tutun chiqqanini ko'ribdi. O'sha uyga kirib o't tilabdi. Uy egasi o't beribdi. Rafiq o'tni qanday qilib olib ketishni bilmay, oxiri belbog'ining bir uchini yondirib, oti bilan uchib kelayotganda o't yog'och otga tegib, kuyib, yerga tushibdi.

Xotin uni kutib xafa bo'lib o'tirsa, karvonlar kelib qolibdi. Karvonlar xotinni o'zlari bilan birga olib ketib, bir saroyda asrabdilar. Oradan bir necha yil o'tgandan keyin o'g'li Rasuljon ancha katta bo'lib qolibdi. Bir kuni xotin Rafiqning rasmini ko'chaga osib qo'yib, o'g'li Rasuljonga:

— Sen ko'chada poylab o'tir. Kimki shu rasmga qarab boshini ushlab tursa, darrov menga xabar ber, — debdi.

Rasuljon bir necha kunlar poylabdi. Kunlardan bir kuni Rafiq ko'p yo'llarni yurib shu qishloqqa kelib qolibdi.

Ko'chada ketayotib, bir saroy eshigida osilib turgan o'zining rasmini ko'rib hayron bo'lib qolibdi. Rasuljon rasmga tikilib qarab turgan odamni ko'rib, onasiga xabar beribdi. Onasi kelib eri Rafiqni tanib ko'rishibdi, xursand bo'lishibdi. Rafiqning sochlari o'sgan, ust-boshi to'zib ketgan ekan. Xotini uni yuvintirib, yangi kiyimlar kiydiribdi. Bir kuni Rafiq ustasidan o'rgangan duradgorlik hunarini ishlatib uchar yog'och ot yasabdi. Bir necha kun shu saroyda yashabdilar. Rafiq xotinini sogʻ-salomat olib kelganlarga rahmat aytib, oʻgʻli bilan uchar otga mingashib, oʻz shahriga joʻnabdi. Oʻz yurtiga kelib, otasi va duradgor ustozi bilan koʻrishibdi. Otasi oʻgʻlining sogʻ-salomat izlagan qizini olib kelganiga xursand boʻlib, toʻy-tomosha qilib beribdi. Rafiq duradgorning hunar oʻrgatganiga koʻp rahmatlar aytibdi. Murod-maqsadlariga yetishibdi.

技艺的魔力

很久以前，有一位贫穷的农夫年老了，为了让儿子拉菲克学一门技艺就把他送到一位木匠那儿当学徒，并按照习俗对师傅说："儿子的血肉之躯是您的，骨骼是我们的，我就把这个孩子托付给您了。"木匠留下了男孩，并告诉他一定要勤奋学习，战胜各种困难。拉菲克比较懂事，当了几年木匠的助手，扎扎实实地学会了木匠的手艺。

有一天，拉菲克睡着了。他做了一个梦。梦中，有几个姑娘对他调侃道："起来吧，你还要睡多久？"其中的一位姑娘非常漂亮，她被其他姑娘围在中间，不让拉菲克看。拉菲克想尽办法去看。当他起身的时候，周边没有人，只有他自己坐在那儿。从那天起，拉菲克就一直想着这个女孩，日渐消瘦。木匠师傅和他的父亲都感到不可思议。带他看了病吃了药，但没有一丝好转。木匠和男孩的父亲都想知道原因。在父亲的询问下，男孩讲述了他的梦，并表达了对那个女孩的爱意。木匠和他的父亲为男孩做了一匹木马，送他去旅行。他们准备了好几天的食物，让这匹木马驮着。木匠教导说："你扭动它的右耳，它会向上走，扭动左耳，它会往下走。"就这样，男孩出发了。走了几天，穿过沙漠戈壁，他来到了一座小村庄。男孩扭了马的左耳，落到地面，进入了村子。

村边住着一位老妇人。她是村子里一个大水池的看守人。拉菲克走向老妇人并跟她打招呼。老妇人也向男孩回礼道："哦，我的孩子，在我们这里，如果有鸟儿飞，它的翅膀会被灼伤，如果有人走路，他的脚会被烫伤。你来干什么？"拉菲克大胆地告诉老妇人他来的目的。

老妇人知道情况之后，想帮助拉菲克，她建议道："我的孩子，今天有很多姑娘会来这个水池里洗澡。你爱的人可能在这些姑娘之中。你要仔细看，如果有那个姑娘，在她们从水里出来之前，你就悄悄地把她的裙子拿走。姑娘从水里出来后，找不到她的裙子，只能留在水池边。"

拉菲克躲在水池附近的一棵树下观察。到了中午，飞来几只鸽子，在地上滚了一圈就变成了几个姑娘，开始在水池里洗澡。拉菲克一看，正是他在梦中看到的姑娘们。其中就有那个他心爱的姑娘。当他悄悄地去拿姑娘的裙子时，被姑娘发现了。那姑娘从水里跑出来，扇了小伙子一个巴掌，然后变成鸽子飞走了。其他的姑娘也变成鸽子飞走了。拉菲克来到老妇人面前，讲述了事情的经过，并询问姑娘们的住处。

老妇人说："她们住的地方就在山日出的那边。"拉菲克再次骑上他的木马出发了。走了几天，他到达了老妇人所说的那座山。从山顶望去，那些姑娘正在山后散步、玩耍。每个姑娘都像星星一样闪闪发光。拉菲克扭了一下马的左耳，落到地上。他看到了自己的梦中情人。他把马藏起来，自己躲在一处张望。过了一会儿，姑娘们玩累了，就躺在草地上睡着了。拉菲克无声无息地走过去，摘下姑娘手上的戒指，给她戴上自己的戒指，回到了藏身之处观察。当姑娘醒来时，她发现手上的戒指不是自己的。她很惊讶，但她并没有把这个秘密告诉任何人。她瞒着其他姑娘，默默地寻找戒指的主人。姑娘找啊找，走到了拉菲克坐着的树下，问道："嘿，年轻人，你来这里做什么？如果我父亲知道了，他会把你撕碎的。"

拉菲克站起来，大胆地说自己在梦中就爱上了她。姑娘也爱上了拉菲克。他们一起来到老妇人家成了亲，并在那里生活了一段时间。

有一天，拉菲克想要返回自己的城市，骑上马在晚上出发了。长途跋涉，不久，他的妻子在途中生下了一个儿子。这里既没有水也没有火，拉菲克就去寻找水和火。走了很长的路，他看到有一座房子冒着炊烟。他走进房子，并要些火种。这家的主人就给了他。拉菲克不知道如何把火种带走，于是他点燃了腰带的一端，策马飞奔。没想到，火碰到了木马，木马被点着，拉菲克掉到了地上。

妻子等啊等，很生气。这时，来了一个商队。商队带走了妻子，并将她安置在一座宫殿里照顾。过了几年，拉菲克的儿子拉苏力江长大了。有一天，妻子把拉菲克的画像挂在街上，并对儿子拉苏力江说："你就在街上等着。有谁看完这张画像后低下头，请立即通知我。"

拉苏力江等待了好几天。有一天，拉菲克走了很多路，来到了这个村庄。走在街上时，他惊讶地发现在一座宫殿门口挂着自己的画像。拉苏力江看到那个男人盯着画像，马上通知了母亲。母亲来了，认出了自己的丈夫拉菲克，非常高兴。拉菲克衣衫褴褛，头发也长长的。他的妻子给他洗澡，并穿上了新衣服。这一天，拉菲克利用从师傅那里学到的木工技艺制造了一匹会飞的木马。他们在这座宫殿里住了几天。拉菲克感谢了那些平安地带回他妻子的人之后，带着妻子和儿子骑上了飞马，前往他自己的城市。他回到自己的家乡，见到了他的父亲和木匠师傅。父亲见到儿子平安回家，还带回了心爱的姑娘，非常高兴，并为他们举办了热闹的婚礼。拉菲克感谢木匠师傅教了他这门手艺。大家都实现了自己愿望，过上了幸福的生活。

Farhod va Shirin

Qadim zamonda bir podshohning qizi bo'lgan ekan, ismi Shirin. Qizning oy desa og'zi, kun desa ko'zi bo'lib, kulsa og'zidan gullar to'kilar, yursa oyog'idan tilla sochilar ekan. Qiz gulbog'da qirq qizi bilan sayr etib yurar ekan. Nima uchundir qiz yoshligidan beri doimo g'amgin ko'rinar ekan. Qirq qiz Shirinning har qancha ko'nglini olish uchun urinsalar ham o'ynab-kulib, ochilib yurmas ekan. Bir kun kanizaklardan biri:

— Hech narsadan kamchiligingiz bo'lmasa, nima uchun doimo xafa ko'rinasiz, — deb so'rabdi. Shunda Shirin:

Men o'ynab, davron surib kulib yursam, boshqalar qayg'u-g'amda bo'lsa, undan nima foyda? — degan javobni qaytaribdi.

Bir kun Shirin daryo bo'yida sochini yuvib o'tirgan ekan. Uning qoshiga bir kampir kelib:

— Qizim, qani sening bu bo'yingga munosib yigit bo'lsa, — debdi. Shirin:

— Men ham o'sha siz aytgan yigitni istar edim, — debdi. Bu so'zni eshitgan kampir:

— Ana, sen istagan yigit daryoda oqib kelayotir, — deb aytibdi. Shirin daryoga qarayman deganda, boshidagi tilla tarog'i suvga tushib ketibdi.

Ikkinchi bir mamlakat podshosining o'g'li daryoda cho'milayotgan ekan. Tilla taroqni tutib olib, "Shu taroqning egasi kim bo'lsa, o'shani olaman", deb ahd qilibdi. Elda yurib surishtira boshlabdi. Bir kampir bu taroqning egasi Shirin ekanligini aytibdi. Yigit qizni axtarib yo'lga chiqibdi.

Kunchiqarda bir podshoh bor ekan, uning birgina Farhod nomli oʻgʻli boʻlgan ekan. Farhod qaygʻurib, gʻamgin boʻlib yurar ekan. Bir kun otasi oʻgʻlini qirq yigiti bilan sayrga chiqaribdi. Farhodning koʻzi tosh yoʻnib turgan ustaga tushibdi. Shu hunarga ishqiboz boʻlib, uni oʻrgana boshlabdi. Otasi uni bu ishdan qaytarsa ham unamabdi, oʻz bilganidan qolmabdi. Kunlardan bir kun Farhod otasining xazinasiga kirib qolibdi. Undagi tosh sandiqni ochib, oyinayi jahonnamoga qarabdi. Oynada avval Guliqahqah parini koʻribdi. Keyin kunbotar tomonda Shirinning argʻimchoq uchib turganini koʻribdi. Qizga oshiq boʻlib, boshidan hushi ketib yiqilgach, qoʻlidagi oyna yerga tushib sinibdi. Farhod Shirinni qidirib yoʻlga chiqibdi.

Yoʻlda bir daraxtning soyasida bir yigitning uxlab yotganini koʻribdi. Daraxt tepasidan bir ilon tushib yigitga zahar solay deb turganida, Farhod yugurib kelib xanjar bilan ilonni oʻldiribdi. Yigit choʻchib uygʻonibdi va Farhodga: "Hozir tushimda bir kishi "Tur, doʻsting keldi", deb aytdi", debdi va bu fojianing oldini olib qutqargani uchun Farhodga rahmat aytibdi. U bilan umrbod doʻst boʻlibdi.

Bular yoʻl yurib, Shirinning mamlakatiga yetib kelishibdi, Farhod bir togʻ tagida bir necha ming askar toʻplanib turganini koʻribdi, bir choʻpondan bu askarlar kimniki ekanini bilib olibdi. Shu vaqt Shirin qirq kanizagi bilan kelibdi. Shamol Shirinning yuzidagi pardasini koʻtaribdi. Farhod uni koʻrib oshigʻ-u beqaror boʻlib hushidan ketibdi. Doʻsti suyab uni oʻziga keltiribdi. Biroq Shirin va qirq qiz ketib qolgan ekan. Farhod Shirinning qayerga ketganini soʻrabdi. Doʻsti: "Shirin shu togʻga suv chiqargan yigitga tegaman, deb aytdi", — debdi. Shu soʻzni eshitgan Farhod gʻayratga kelib, togʻ-toshni qoʻpora boshlabdi. Oxiri bu ishni tugatib, togʻga suv chiqaribdi. Doʻsti togʻning bir tomoniga Shirinning, ikkinchi tomoniga Farhodning rasmini chizibdi.

Bir kuni Shirin togʻ etagida Farhod qurgan hovuzni koʻrish uchun qirq kanizagi bilan kelibdi. Shirin mevali daraxtlar bilan bezangan obod joyni ko'ribdi. Bu cho'lni suvga serob qilib, bog'-u bo'stonga aylantirgan bahodir Farhodni ko'rib Shirin ham uni sevib qolibdi. Farhodni o'z qasriga olib borib, ziyofat qilibdi.

　　Shunday qilib, ular murod maqsadlariga yetibdilar.

法尔哈德与希琳

很久以前，国王有一位美丽的女儿，名叫希琳。她有月亮般漂亮的小嘴，太阳般火热的眼睛，她笑起来口吐鲜花，走起来脚下飘落金币。公主常常和四十位姑娘在花园里散步。但不知道为什么，公主从小到大总是充满忧郁的样子。无论四十个姑娘如何取悦希琳，但她从不嬉闹，也不开心。

一天，有一个侍女问道："公主，您什么都不缺，为什么看着总是很悲伤？"

希琳回答道："如果我每天玩耍嬉戏，而其他人却充满悲苦，那有什么意思？"

有一天，希琳正在河边洗头。一位老妇人向她走来说："姑娘啊，有哪个小伙子能够配得上你的容貌啊？"

希琳说道："我也希望能遇到这样的人。"

老妇人一听，说道："你看，你要找的那个人正在顺河而下呢。"当她抬头眺望大河时，头上的金梳子不小心掉进了河里。

另一个国家的王子正好在河边游泳。他捡到了梳子，并发誓道："谁拥有这把梳子，我就要娶她为妻。"王子就开始四处询问。一位老妇人告诉他，这把梳子的主人就是希琳公主。于是，年轻人出发去寻找西琳。

在东方有一位国王，他只有一个儿子，名叫法尔哈德。法尔哈德常常忧郁而悲伤。有一天，国王带着儿子和四十个小伙子一起出去散步。法尔哈德发现一位石匠。他迷上了这门手艺，就开始潜心学习。即使他的父亲万般阻止，他也坚持不懈。过了很久，有一天，法尔哈德进入了他父亲的藏宝室。他打开一口石箱，发现一面看世界的魔镜。他在镜子里先看到了古丽卡卡仙女。然后，他看到了住在西方正在荡秋千的希琳公主。他对希琳一见钟情，激动得晕倒了。这时，他手中的魔镜也掉在地上摔碎了。法尔哈德决定出发去寻找希琳。

在路上，他遇到一个年轻人正在树荫下睡觉。有一条蛇从树上爬下来，正要毒死这个年轻人。法尔哈德跑过去，用匕首斩杀了这条蛇。年轻人惊醒了，并告诉法尔哈德："刚刚在我的梦中，有一个人告诉我说，起来，你的朋友来了。"他感谢法尔哈德阻止了一场悲剧的发生，并拯救了他。他们成为了终生的朋友。

他们一路相伴，到达了希琳公主的国家。法尔哈德看到山脚下聚集了数千名士兵，他从牧羊人那里得知这些士兵是谁的。这时，希琳带着四十个侍女来了。风儿掀起了希琳的面纱。法尔哈德看到心上人，激动得晕倒了。他的朋友把他叫醒了。然而，希琳和四十个侍女却已经离开了。法尔哈德询问希琳去了哪里。他的朋友说："希琳说，她要嫁给能够开山引水的人。"听到这句话，法尔哈德充满了斗志，开始搬石头。最后，他终于完成了这个要求，并引来了水。他的朋友在山的一侧画了希琳的画像，在另一侧画了法尔哈德的画像。

有一天，希琳带着四十位侍女来到山下参观法尔哈德修建的水池。她看到这里是一片硕果累累的繁荣景象，看到法尔哈德灌溉沙漠戈壁，把一片荒原变成了花园绿洲，希琳也爱上了他。她把法尔哈德带到她的宫殿，并设宴款待。

从此，他们实现了心愿，过上了幸福的生活。

Sabr tagi — sariq oltin

O'tgan zamonlarda Boqijon nomli bir yigit yashagan ekan. Uning ota-onasi o'lib, ulardan bir tanobcha yer qolgan ekan. Boqijon shu yerda kecha-kunduz ishlab, olgan hosili bilan o'z ro'zg'orini tebratar ekan. Uning ekinlari ayni pishar chog'ida boylar, sudxo'rlar suvni o'z yerlariga burib olib qo'yishar, ekinlari suvsizlikdan qovjirab qolar ekan. Kambag'al yigit borib mirob, oqsoqollardan suv talab qilsa, ular qo'liga qamchi olib, do'q qilib haydab yuborar ekan. Shunday azob-uqubatda qorni oshga, usti kiyimga yolchimay zo'rg'a hayot kechirar ekan. Biroq Boqijon katta yigitcha bo'lib qolgan, u endi uylanishni, oila qurishni orzu qilib yashar ekan. Boqijon yashagan qishloqda bir kambag'al dehqonning Guloyim nomli qizi bor ekan. Guloyimning qaddi-qomati kelishgan, qosh-ko'zi qora, oy desa og'zi bor, kun desa ko'zi bor, uning oyday husn-jamoli o'ziga munosib bir qiz ekan. Boqijon Guloyimni suvga chiqqanida ko'rib, sevib qolgan ekan. Guloyim ham ro'molchasini boshiga yelvagay tashlab, Boqijonga bir qiyo boqib, miyig'ida kulib qo'ygan ekan. Boqijon Guloyimga bo'lgan muhabbatini kimga aytishini bilmay, ko'p tashvish tortib yurar ekan. Boqijon ahyon-ahyonda suvga chiqqanida qizni ko'rib, salomlashib, hol-ahvol so'rashib turar ekan.

Bir kuni Boqijon xolasini o'z uyiga chaqiribdi. Unga o'z istagini aytibdi. Xolasi Guloyimning uyiga sovchilikka borishga rozi bo'libdi. Bir kuni Boqijonning xolasi Guloyimlarnikiga sovchi bo'lib boribdi. Guloyimning onasi qizining yurish-turishidan xabardor ekan. Hatto Guloyim Boqijonni yoqtirib qolganini onasiga aytgan ekan. Biroq Guloyimning otasi bu ishga qarshilik ko'rsatibdi. Otasi Guloyimga kelgan sovchilarning birini o'poq, birini so'poq deb, rozi bo'lmay qaytarib yuboribdi. Lekin Boqijonning xolasi sovchilikka boraveribdi, boraveribdi. Nihoyat, Guloyimning ota-onasi rozi bo'lishibdi. Qishloqda o'ziga yarasha kichkinagina to'y qilishibdi va Boqijon bilan Guloyim birga hayot kechira boshlashibdi. Oradan bir necha yillar o'tibdi. Boqijon bilan Guloyim mehnat qilib, o'z bog'-rog'larida ishlab, olgan hosillari bilan o'z ro'zg'orlarini tebratishar ekan.

Bir kuni Boqijon qattiq qasal bo'lib, yotib qolibdi. Butun uy-ro'zg'or, yer ishlari — dehqonchilik faqat birgina Guloyim boshiga tushibdi. Bechora Guloyim erta tong-saharda turib to xuftongacha tinmay mehnat qilar ekan. U Boqijonni yaxshilab davolash, ro'zg'orga qarash, ekinlarni sug'orish, kir yuvish, hamma yoqni supurish-sidirish kabi ishlarni ham bajarar, hech tinmas ekan. Boqijonning kasaliga hech qanday tabibning dorisi kor qilmabdi. Uning yarasi zo'rayib, o'zi cho'pday ozib, hech qimirlamay qolibdi. Guloyim ham bu dard-u g'am, tashvishdan oriqlab, nima qilishini bilmay, kimdan yordam so'rashga hayron bo'lib yuraveribdi. Guloyimning ota-onasi nihoyat kambag'al bo'lgani uchun bularga hech qanday yordam ko'rsata olishmas ekan. Guloyim Boqijonning kasalini tuzatishga ko'p urinibdi, natija chiqmabdi. U boylarning uyiga borib, ularning kirini yuvib, xizmatlarini bajarib, topgan non va oziq-ovqatlari bilan Boqijonni boqib yuraveribdi. Endi qishloqda duv-duv gap tarqalibdi. Boqijonga yomon yara chiqqanmish, odamlarga yuqarmish. Uni bu qishloqdan boshqa joyga, chetga chiqarib yuborish zarur emish. Bu gapni qishloq oqsoqoli, boylar va ellikboshilar tarqatishibdi. Bu gaplar Guloyimning qulog'iga ham yetibdi. U Boqijonga bildirmay rosa yig'labdi. Kunlardan bir kuni eshikni birov qattiq taqillatibdi. Guloyim chiqib:

— Kimsiz, nima uchun keldingiz? — deb so'rabdi, Ular esa qishloq oqsoqoli, bir ikkita og'zi katta korchalonlar ekan. Ular Guloyimga:

— Senlar shu kundan boshlab qishloqni tashlab chiqib ketishlaring shart. Chunki ering yuqumli kasal bilan og'rigan, bir necha yildan beri yotibdi. Bizlarga ham yuqadi. Shuning uchun shu bugundan qolmay qishloqni tashlab ketinglar, boshqa gap yo'q! Agarda ketmasalaring, o'zimiz ot-arava olib kelib sizlarni dala-dashtga chiqarib tashlaymiz, — deb do'q urishibdi. Bechora Guloyim: «Endi bizlarga bu azob ham bormidi», — deb ho'ngrab yig'lab, Boqijonning yoniga borib nima deyishini bilmay:

— Bugun biz o'z qishlog'imizdan, uyimizdan boshqa joyga ketishimiz kerak ekan. Qishloq kattalari kelib tayinlab ketishdi, —debdi. Boqijon yotgan joyida yig'lab, ne qilarini bilmay, hech qanday iloj topolmay:

— Xo'sh, bu yerdan qayerga boramiz va qanday yashaymiz? — deb Guloyimdan so'rabdi. Guloyim:

— Bir ilojini toparmiz, peshonamizga nima yozilgan bo'lsa, shuni ko'raveramiz-da, — debdi. O'sha kuni tunda Guloyim Boqijonni yuvintiribdi, so'ngra uni opichlab qishloqdan chiqib ketibdi. U Boqijonni ko'tara-ko'tara oxiri bir dasht-biyobonga kelib, bir daraxt tagida dam olishga o'tiribdi. U nihoyatda charchagan ekan, uxlab qolibdi. Ertalab turib yuz-qo'lini yuvib, Boqijonni ham yuvintirib, bitta non bilan nonushta qilishibdi. Ular mana shu daraxt tagini makon etib, chodir tikib olishibdi. Boqijon chodir ichida yotar, Guloyim esa shaharga, atrof-qishloqlarga ish axtarib ketar ekan. Har kimning ishini bajarib, topgan-tutganini Boqijonga keltirar ekan.

Bir kuni Guloyim ish topolmay, yeyarga non-ovqati bo'lmay, nima qilishini bilmay, hayron bo'lib qaytar ekan, yo'lda unga bir savdogar uchrabdi. U savdogar ayol Guloyimga:

— Sochingizni menga sotmaysizmi? — debdi. Guloyimning sochi yigirma besh jamalak bo'lib, orqa tovoniga tushar ekan. U noiloj besh jamalagini sotishga rozi bo'libdi. Guloyim uyga pulga non va boshqa oziq-ovqatlar olib, Boqijonning yoniga kelibdi. Boqijon bu voqeadan bexabar qolibdi. Guloyim ham bu sirni yashiribdi.

Bir kuni Boqijon qarasa, Guloyimning sochi bir oz kamayganga o'xshabdi. Shunda Guloyimdan so'rabdi. Guloyim esa:

— O'zi to'kilib ketyapti, — debdi. Shunda Boqijon:

— Siz meni deb aziz joningizni qiynab, shu ahvolga keldingiz. Endi men bir tuzalmas baloga yo'liqdim. Siz yosh umringizni xazon qilmang, ota-onangiz qoshiga boring, men umrim tugaguncha shu joyda yashab, tuzalsam bir kunimni ko'rarman, — desa, Guloyim yig'lab:

— Siz meni kim deb o'ylaysiz? Men sizni shu ahvolda tashlab ketganimdan ko'ra, o'lganim ming marta yaxshiroq emasmi? Men sizni tuzatmay, hayotimizni tiklamay bu yerdan, qoshingizdan jilmayman, siz bilan umrimning oxirigacha birgaman. Unday gaplarni aytib, o'zingizni va meni qiynamang. Tanimda jonim bor ekan, sizning xizmatingizga doimo tayyorman, — debdi.

Oradan bir necha oylar o'tgach, Guloyim ish axtarib ketganida, Boqijon qoshiga bir mo'ysafid kelibdi. Boqijon cholga o'z boshidan kechgan kunlarni so'zlab beribdi. Nihoyat, mana shu dardga mubtalo bo'lganini, tuzala olmay yotganini, shu kasal tufayli o'z vatanidan judo bo'lganlarini aytib beribdi. Boqijonning so'zlariga quloq solgan chol unga shunday debdi:

— O'g'lim ko'p qayg'urma, mana shu yo'l bilan borganingda, taxminan bundan uch to'rt tosh uzoqlikda, bir tog' bag'rida katta chinor bor. Chinor tagidan bir chashma suvi qaynab chiqib turibdi. Suvi issiq. Agarda borishga ilojing bo'lsa, tunda borib, o'sha buloqqa tushib cho'milib ko'r-chi, zora shifo topsang.

Guloyim kelib qarasa, erining chehrasi ochiq.

— Ha, o'zi nima gap, bugun xursand ko'rinasiz? — deb so'rabdi Guloyim. Shunda Boqijon mo'ysafid bilan bo'lgan suhbatini aytibdi. Guloyim Boqijonni ko'tarib chashma tomon yo'l olibdi. Qidira-qidira chashmani topishibdi. Boqijonni chashma suviga cho'miltiribdi. Ular o'sha chashmaga yaqinroq joyni makon qilishibdi. Oradan bir-ikki oy o'tgach, haligi chashma suvidan Boqijon shifo topa boshlabdi, tuzala beribdi. Nihoyat, Boqijon, oyoqqa turadigan, keyin yuradigan, nihoyat, mehnatga yaroqli holga kelibdi. Guloyim ikkisi o'sha joydan quruq yer tanlab olib, ikkisi mehnat qilib, suv chiqarib uy-joy qurishibdi. Hovlining atrofini bog'-rog' qilishibdi. U joyda bir qo'rg'on paydo bo'libdi. Hovli, bog'lariga turli mevalar ekib, gullar o'tqazishibdi. Boshqa odamlar ham u yerga ko'chib kelib, uy-joy qurib yashay boshlashibdi. U yerning xalqi yig'ilib, bu qo'rg'onga «Gulobod» deb nom qo'yibdi. Boqijon Guloyimning ota-onasini chaqirtiribdi. Ular Boqijon bilan Guloyimning hayotini ko'rib nihoyatda sevinishibdi. Ular bola-chaqali, uvali-juvali bo'lib, oshlarini oshab, yoshlarini yashab, murod-maqsadlariga yetishibdi.

耐心是金

从前，有一个名叫巴克江的小伙子。他的父母都去世了，留下了一小块土地。巴克江在地里夜以继日地工作以维持生计。在他的庄稼快要成熟的时候，巴依老爷、放高利贷的债主把水引到他们自己的土地上，巴克江的庄稼就因缺水而枯萎。当这个穷小伙子去向水官和长老们要水时，他们拿着鞭子把他赶走。他无衣无食，艰难地生活。然而，巴克江已经长大成人，他向往着结婚成家。在巴克江居住的村庄里，一位贫穷的农民有一个女儿名叫古丽阿伊姆。古丽阿伊姆身材高挑，有着浓黑的眉毛和眼睛，如同日月一般好看的嘴巴和眼睛，她的容颜就像月亮一样美丽。巴克江见到古丽阿伊姆打水时，就爱上了她。古丽阿伊姆把头巾一直披到肩上，对巴克江轻轻一瞥，嘴角露出了一丝微笑。巴克江不知该对谁诉说自己对古丽阿伊姆的爱，他痛苦不堪。巴克江时不时遇见出来打水的姑娘，就过去跟她打招呼，嘘寒问暖。

有一天，巴克江把姨妈叫到家里，诉说了自己的愿望。姨妈同意去古丽阿伊姆家提亲。巴克江的姨妈就去古丽阿伊姆家做媒了。古丽阿伊姆的母亲知道女儿的心思。其实，古丽阿伊姆告诉了母亲她喜欢巴克江。可是，古丽阿伊姆的父亲反对这门亲事。他的父亲嫌弃那些媒人一个是歪瓜，一个是裂枣，都拒绝了。但是，巴克江的姨妈不放弃，一次又一次地说媒。最终，古丽阿伊姆的父母同意了。他们在村里举办了一场适合自己条件的小型婚礼，巴克江和古丽阿伊姆就开始生活在一起。就这样过了几年，巴克江和古丽阿伊姆辛勤劳动，靠田地果园的收获维持生活。

有一天，巴克江得了重病，倒下了。所有的家务、地里的农活都落在了古丽阿伊姆一个人的肩上。可怜的古丽阿伊姆从早到晚不知疲倦地劳作。她要照顾巴克江，照顾家庭，浇灌庄稼，洗衣扫地，一刻也不歇息。任何郎中的药都治不了巴克江的病。他身上的脓疮越来越大，身体却瘦得像一根棍子，根本无法动弹。古丽阿伊姆因为这些痛苦和担忧而日渐消瘦，不知所措，也不知道该向谁求助。古丽阿伊姆的父母很穷，也无法帮助他们。古丽阿伊姆尝试了很多办法给巴克江治病，都没有用。她到巴依家里，给他们洗衣服，给他们打工，用赚来的食物照顾巴克江。这时，村子里传出闲言碎语。大家说，巴克江的脓疮很严重，会传染，必须把他从这个村子赶出去。其实，这些话是村里的长老、巴依、百夫长们传播的。这话也传到了古丽阿伊姆的耳中。她背着巴克江，伤心地大哭了一场。有一天，有人使劲敲门。

古丽阿伊姆问道："你们是谁啊，来干什么？"

原来是村里的长老，还有一两个碎嘴的百事通。他们恶狠狠地对古丽阿伊姆说："你们今天就必须离开村子！你丈夫得了传染病，听说已经躺了好几年了。我们也会被传染。所以，今天就离开村子吧，没什么好说的！如果你们不走，我们就会带着马车来，把你拉到野外去！"可怜的古丽阿伊姆号啕大哭，道："我们的痛苦还不够受的吗？"她走向巴克江，不知道该怎么告诉他。

她说："村里的长老们说了，我们必须今天离开村子，离开我们的家。"巴克江躺在那里，哭了，不知道该怎么办，也找不到任何办法。

他问古丽阿伊姆："那么，我们去哪儿，我们怎么生活啊？"

古丽阿伊姆说："我们总会找到办法，我们命中注定怎样，就怎样吧。"当天晚上，古丽阿伊姆给巴克江洗了澡，然后背着他离开了村庄。她背着巴克江走啊走，来到一片原野，找到一棵树，坐下休息。她太累了，就睡着了。第二天一大早，她醒来洗了脸和手，给巴克江洗了澡，然后吃了一个馕作早餐。他们就在这棵树下落脚，搭了一个帐篷。巴克江躺在帐篷里，而古丽阿伊姆去往周边的城市和村庄找活儿干。她什么活儿都干，把获得的报酬都带给巴克江。

有一天，古丽阿伊姆实在找不到活儿，没有吃的，不知所措地准备回家。在路上，她遇到了一位女商人。女商人问古丽阿伊姆："你能把头发卖给我吗？"古丽阿伊姆的头发编了二十五根辫子，垂在背上。无奈之下，她同意卖掉其中的五根辫子。古丽阿伊姆用卖掉的钱买了馕和其他食物，回到了巴克江身边。巴克江不知道这件事。古丽阿伊姆也隐瞒了这个秘密。

有一天，巴克江一看，古丽阿伊姆的头发好像变少了。然后，他就问古丽阿伊姆。古丽阿伊姆若无其事地说："头发掉了。"

巴克江心疼地说："都是为了我，你这珍贵的生命受尽了折磨，落到了现在的境地。我也落入了无药可救的灾难中。不要浪费你年轻的生命，回到你父母的身边吧，我留在这个地方，直到生命的最后一刻，如果我好了，活一天，算一天吧。"古丽阿伊姆哭着说道："你以为我是什么样的人？与其把你扔下，不如让我死去千百次，不是更好吗？治不好你的病，过不好我们的日子，我是不会离开这里，离开你的！我会和你在一起，直到我生命的尽头。不要说这样的话折磨你自己和我。只要我还有一口气，我就会侍候你。"

过了几个月，古丽阿伊姆又出去找活儿干，有一个老人来到了巴克江身边。巴克江向老人讲述了他的遭遇。他告诉老人，怎么患了这种病，至今无法治愈，因为这种病而离开自己家园的经历。

老人听了巴克江的话，对他说："孩子，你别太伤心，你沿着这条路走，大约在三四塔石①远的地方，半山腰有一棵大梧桐树。梧桐树下有一股泉水涌出。水是热的。如果你有办法去，最好晚上去，用泉水洗澡试试，你会好起来。"

古丽阿伊姆回家时，看到丈夫非常高兴的样子。

"你怎么了，今天看起来很开心呀？"古丽阿伊姆问道。

这时，巴克江讲述了他与老人的谈话。古丽阿伊姆立刻背起巴克江，

---

① 塔石，乌兹别克语 tosh 的音译，表示距离的测量单位，1 塔石约为 8 千米。

朝着泉水那边出发了。找啊找，他们终于找到了泉水。巴克江在泉水里沐浴。他们在那泉水附近找了个落脚的地方。过了一两个月，巴克江开始好起来了，慢慢被泉水治愈了。终于，巴克江能够站起来，然后能够走路了，最终能够劳动了。他们俩在那里选了一块空地，努力劳作，汲水，建造了院落。在院子的周围修建了花园果园。于是，那里出现了一座城堡。院子和花园里种植了各种各样的水果和花草。其他人也纷纷搬到那里，建造庭院，开始生活。那个地方的人们聚集在一起，把这座城堡称为"古丽兰堡[①]"。巴克江把古丽阿伊姆的父母也接过来了。父母看到巴克江和古丽阿伊姆的生活非常高兴。他们有了子女，有了兄弟姐妹，大家丰衣足食，过着幸福的生活。

---

① 古丽兰堡，乌兹别克语 gulobod 的音译，gul 表示花，obod 表示繁荣，此处为地名。

Nima eksang, shuni o'rasan

Bir bor ekan, bir yo'q ekan, qadim zamonda bir chol yashagan ekan. Uning xotini vafot qilgan, chol balog'atga yetgan o'g'li bilan bir o'zi qolgan ekan.

Otasi o'g'lini ikki yildan keyin uylantiribdi. Kelini ishyoqmas, qo'pol ekan. U har kuni arzimagan narsalardan janjal ko'tarar, cholning ahvolidan xabar olmas ekan.

— Nima, meni otangizga cho'rilikka olganmidingiz? Kiyimlarini yuvsam, hali u qilsam, hali bu qilsam... Mening jonim o'nta emas-ku, axir? — derkan har kuni ming'illab.

Chol bechora shol bo'lib qolgan, erta-yu kech bir joyda qimirlamasdan yotar ekan. O'g'li oxiri toqati-toq bo'lib, xotiniga:

— Xo'sh, maqsading nima, nima qilishim kerak? — debdi.

— Otangizni bu yerdan yo'qoting. Iloji bo'lsa, gadoy topmas biror joyga tashlab keling! — debdi xotini.

O'g'il "shunday qilsam, bu la'natining javrashidan qutulaman shekilli," deb o'ylab, otasini opichlab jo'nabdi. Otasi ham, o'g'li ham bir-biri bilan urishganday jim ketayotganmish. Tevarak-atrof jimjit, faqat chigirtkalarning chirillashi-yu, oyoq tagidagi xaslarning shitirlab sinishidan boshqa tovush eshitilmas emish.

O'g'il yo'l yuribdi, yo'l yursa ham mo'l yuribdi, oxiri tog' cho'qqisiga yetib boribdi. Tog'ning bir tomoni jarlik ekan. U o'zicha, «Agar shu jarlikka tashlab yuborsam, bu noinsoflik bo'ladi. Yaxshisi, ana u ko'rinib turgan toshning ustiga o'tqazib qo'yay-da, o'zim ketib qolay. Keyin nima bo'lsa bo'lar, peshonasida borini ko'rar», deb o'ylabdi.

— Otajon, — debdi cholni tosh ustiga o'tqazar ekan, — siz shu yerda birpas o'tirib dam olib turing, men hozir kelaman.

Chol kulib qo'yibdi. Bundan ajablangan o'g'li to'xtab:

— Otajon, nimaga kulyapsiz? — deb so'rabdi.

— Yo'q, o'zim shunday, ketaver, yo'lingdan qolma, — deb javob beribdi otasi va yana kulib qo'yibdi.

O'g'li, "yo'q, aytasiz" deb, oyog'ini tirab turib olgandan keyin, otasi aytishga majbur bo'libdi:

— Meni bu yerga olib kelishingdan maqsad — tashlab ketish. Buni bilib turibman. Xotining shunga seni majbur qilganini ham bilaman. Lekin men xafa emasman. Chunki buni men ham o'z boshimdan kechirganman. Men ham otamni oyingning gapiga kirib, xuddi shu xarsang tosh ustiga tashlab ketgan edim. Qaytar dunyo ekan. Xo'p endi, o'g'lim, xayr, baxtli bo'l, — deb so'zini tugatibdi chol.

O'g'li otasidan bu gapni eshitib: "Nima eksang, shuni o'rasan", degan naqlni eslabdi. U nogiron otasini xo'rlaganiga o'kinib, cholni opichlab uyiga qaytarib olib ketibdi va o'zi parvarishlay boshlabdi.

种瓜得瓜，种豆得豆

很久很久以前，有一位老人，他的妻子去世了，只剩下他和已经成年的儿子一起生活。

两年后，他给儿子办了婚事。可是，儿媳妇非常懒惰，粗鲁无礼。她每天都会为一些鸡毛蒜皮的小事吵架，也不照顾老人。

她每天都要不停地唠叨，说："怎么，你把我当成你父亲的奴仆了吗？让我洗他的衣服，一会儿让我干这，一会儿让我干那……我也没有十条命……"

可怜的老人瘫痪了，从早到晚一动不动地躺着。儿子终于不耐烦了，对媳妇说："那你说，你到底想怎么样，我该怎么办？"

他的媳妇回答道："让你父亲从这里消失。最好，把他扔到一个乞丐都找不到的地方！"

儿子心想，只有这样做，才能摆脱这个女人的咒骂。于是，他背着父亲出发了。父子俩像吵过架一样静静地走着。四周一片寂静，只有蚱蜢的鸣叫声和脚下青草的嘎吱声。

儿子走啊走，走了很多路，终于到了山顶。山的一侧是悬崖。他心想：如果把他扔下这悬崖，我就太没有良心了。还是让他坐在那块看得见的石头上，我就离开。无论他发生什么，就看他的造化吧。

他把老人放在石头上，说到："父亲，您坐在这里休息一会儿，我很快就回来啊。"

老人笑了。儿子惊讶地停了下来，问："父亲，你笑什么？"

"没事，我就是这样，你走吧。"父亲回答道，又笑了。

儿子坚持道："不，您说吧！"他站在那里。父亲不得不回答道："你带我来这里的目的就是为了扔下我。我知道。我也知道，是你媳妇逼你这么做的。但是我并不难过。因为我自己也经历过这样的事。我听你母亲的话，也把父亲留在了同一块石头上。世界就是这样轮回的。好了，儿子，再见，祝你幸福。"

儿子听到这些话，想起了那句俗语："种瓜得瓜，种豆得豆。"他悔恨自己亏待了残疾的父亲，于是背起父亲回家，从此好好照顾他。